南 英男

飼育者
強請屋（ゆすりや）稼業

実業之日本社

実業之日本社文庫

目次

『飼育者　強請屋稼業』おもな登場人物

見城　豪（けんじょうすぐる）……渋谷に事務所を構える私立探偵。六年前まで警視庁赤坂警察署の刑事で、刑事課と防犯課に所属していた。三十六歳。

帆足里沙（ほあしりさ）……パーティー・コンパニオン。見城の恋人。二十五歳。

百目鬼竜一（どうめきりゅういち）……警視庁新宿警察署刑事課強行犯係の刑事。見城の友人。四十歳。

松丸勇介（まつまるゆうすけ）……フリーの盗聴防止コンサルタント。見城の友人。二十八歳。

唐津　誠（からつまこと）……毎朝日報社会部記者。見城の友人。四十二歳。

森脇直昭（もりわきなおあき）……ブラザータイヤ社長。森脇結衣の父親。五十一歳。

飼育者

強請屋稼業

プロローグ

滑車が軋んだ。

太いロープが張り詰めた。白い裸身が宙に浮く。天井から吊るされた女性は、一糸もまとっていなかった。

両手首を縛られている。腋の下を晒す恰好だった。

肉感的な肢体だ。乳房はたわわに実り、腰のくびれが深い。和毛は、ほどよい量だった。白い腿はむっちりとしている。

顔立ちも整っていた。美人と呼んでも差し支えないだろう。

全裸の女性は麻薬取締官だった。麦倉亮子という名だ。つい先月、二十八歳になったばかりである。

亮子は自分の迂闊さを悔やんでいた。囮捜査にしくじり、何者かに麻酔液を嗅がされて、この地下室に連れ込まれたのだ。

意識を取り戻したときは、すでに素っ裸にされていた。

剝ぎ取られた衣服やランジェリーは目の届く場所にはなかった。靴や腕時計も見当たらない。

亮子には、この建物のある場所も見当がつかなかった。

地下室であることはわかった。床も壁もコンクリートの打ち放しだった。

二十畳ほどの広さだ。湿気臭かった。空気も汚れ、澱み切っている。

一九九五年六月中旬のある夜だ。

正確な時刻はわからなかった。外は雨だった。朝から、ずっと降りつづいている。篠つく雨だ。

亮子の近くには巨漢がいた。

上背は二メートル近かった。ライオンに似た面相だった。造りが大きく、凄みがある。

筋肉が発達し、肩も胸板も厚い。

三十代の半ばだろう。頭はスポーツ刈りだ。獰猛な印象を与えるが、やくざには見えない。巨体ながら、運動神経は鈍くなかった。

「いい加減に吐けよ。おまえ、麻薬取締官なんだろっ」

大男が苛立った。

「同じことを何度も言わせないで！　わたしは、本当に新種の混合麻薬をまとめ買いしたかっただけよ」

「しぶといな」

「言い値で買うから、早く麻薬を売ってよ」

亮子は急かした。

「薬物依存者には見えないぜ。どこにも、注射だこがないからな」

「いつも覚醒剤を炙ってたのよ」

「遊びの時間は、もう終わりだ。ハンドバッグはどこに隠した？」

「わたし、ハンドバッグなんか持ってなかったわ」

「世話を焼かせやがる」

「ここは、どこなの？　わたしをどうする気なのよっ」

「喚くな」

巨身の男が薄く笑って、裸の亮子に近づいた。

亮子は反射的に股を閉じ合わせた。彼女の足は、床から六十センチほど離れていた。

レスラーのような大男は薄い唇を歪め、亮子の体を両手でくるくると回しはじめた。

オイルの染み込んだロープが捩れる。限界まで捩れると、大柄な男は亮子から手を放した。

白い裸身が逆回転しはじめた。

バレリーナのような動きだった。大男が、にやりとする。亮子は目をつぶり、甲高い声を放ちつづけた。大男が不意に腰を落とし、張り手を使いはじめた。

大きな手だった。グローブのようだ。ロープが跳ね、亮子の体はサンドバッグのように揺れた。

大男は、亮子に横蹴りを浴びせた。亮子の腰が鈍く鳴った。熟れた女体は揺れながら、回りつづけた。

「おまえの所属は関東信越地区麻薬取締官事務所（現・関東信越厚生局麻薬取締部）だなっ」

「わたしは、ただのOLよ」

「まだ空とぼける気か。それじゃ、仕方ない」

巨漢が黄土色の綿ブルゾンの内ポケットから、大ぶりのカッターナイフを取り出した。すぐに刃を五、六センチ出し、亮子の乳房の裾野に切っ先を寝かせる。とたんに、亮子の頬が引き攣った。

「潜入捜査中だったんだろ？　えっ！」

「違うわ。わたし、本当に〝パラダイス〟とかいう新しい麻薬(ドラッグ)が欲しかっただけよ」

「〝パラダイス〟のことは、誰から聞いたんだ?」

「西麻布の『J』ってクラブのDJが教えてくれたのよ。わたし、あの店によく踊りに行ってたの。こんなことするなんて、ひどいじゃないのっ。わたしは、売人(プッシャー)らしい男が来るのを待ってただけなのに」

「いい根性してるな。気に入ったよ」

大男が抑揚(よくよう)のない声で呟(つぶや)き、無造作にカッターナイフを滑らせた。

亮子は悲鳴をあげた。顔を歪(ゆが)め、痛みを訴える。柔肌には、赤い斜線が生まれていた。十数センチの長さだった。

血の粒(つぶ)は次々に弾(はじ)け、じきに溶け合った。傷口に鮮血が盛り上がる。

大柄な男は残忍そうな笑みを拡(ひろ)げ、量感のある二つの隆起を浅く切りつづけた。

カッターナイフが動くたびに、宙吊りにされた亮子は苦痛の表情を見せた。だが、頑(かたく)なに正体は明かそうとしなかった。

その態度が大男を怒らせたようだ。尖(とが)った目で亮子を睨(にら)みつけながら、幾度も下腹や内腿に刃先を滑らせた。亮子は呻(うめ)きつづけたが、やはり口を割らなかった。ホワイトチーズ色の肌は切り傷だらけになった。

「おまえがどこまで耐えられるか、試(ため)してやらあ」

巨漢は亮子から離れ、壁際(かべぎわ)まで歩いた。

そこには、発電機に似た型の灰色の機器が置いてあった。箱型だ。

大男はフックから電極棒を外し、スイッチボタンを押した。放電音が響き、青いスパークが散りはじめる。コイルコードは長かった。優(ゆう)に十メートルはあるだろう。

「な、何する気なの!?」

亮子は戦(おのの)きはじめた。声が上擦(うわず)っていた。

大男は無言で亮子に歩み寄った。コードが床に延びる。

亮子が大男に悪態(あくたい)をつき、いきなり肩口を蹴った。

大男は意に介さなかった。眉(まゆ)ひとつ動かさずに、アンテナ状の電極棒を亮子の脇腹に押し当てた。グリップの部分はゴムだった。

亮子は裸身を震わせ、凄(すさ)まじい声をあげた。

ほどなく全身が硬直した。半(なか)ば気を失いかけていた。

大男はやや身を屈(かが)め、火花を放つ電極棒を亮子の恥丘に押し当てた。

亮子は強力な電流を体に通され、白目を剝(む)いた。体を痙攣(けいれん)させ、動物じみた唸(うな)り声を発しはじめた。断続的に身を反(そ)らせもした。

「拷問は、まだ終わりじゃないぜ」

大柄な男がうそぶき、電極棒を引き戻した。サディスティックな目つきだった。

亮子はぐったりとしている。

巨漢が電源を切ったとき、地下室の鉄扉が開いた。駆け込んできたのは三十歳前後の細身の男だった。

頬がこけ、眼光が鋭い。片方の耳は潰れている。カリフラワーのようだ。

百七十五、六センチだった。細身だが、ひ弱な体ではない。鋼のように引き締まった体軀だった。

男は茶色のハンドバッグを手にしていた。大柄な男が口を開いた。

「そのバッグは、この女の物だな?」

「ええ。この女、やっぱり麻取の人間でしたよ」

細身の男が憎々しげに言った。

「ハンドバッグは、どこにあったんだ?」

「『J』のクロークに預けてありました。灯台下暗し、でしたね」

「そうだな」

大男はハンドバッグを受け取ると、すぐさま中身を検めた。化粧ポーチの下に、麻薬司法警察と記された黒革の身分証、手錠、潜入用の小型自動拳銃などが入っていた。

麦倉亮子は、関東信越地区麻薬取締官事務所捜査一課（現・関東信越厚生局麻薬取締部）の取締官だった。

「いい女ですね、敵ながら……」

片耳の潰れた細身の男が冗談口調で言った。しかし、裸の亮子に注がれた視線は粘っこかった。

「確かに、マブい女だよな」

「すぐに殺るのは、なんか惜しい気がするなあ」

「実は、おれも同じことを考えてたんだ。ついでに、少し娯しませてもらうか」

巨身の男が相棒に言った。

二人は顔を見合わせ、淫らな笑みを浮かべた。細身の男が腰からサバイバルナイフを抜いた。テクナTK二三〇〇だった。刃は厚く、切っ先は尖っている。両刃だ。

男は鋸歯のほうで、滑車のロープを断ち切った。

亮子が尻から床に落ちる。まだ意識を取り戻していなかった。

二人の男は亮子を地下室の隅に運んだ。細身の男がライターの炎で素肌を炙ると、亮子が我に返った。

男たちは刃物で亮子を脅し、床に這わせた。

亮子は膝と肘で自分の体を支える形になった。後ろに突き出した白いヒップは、まさに桃尻だった。

大男が先にスラックスとトランクスを足首まで下げた。

分身は猛々しく昂まっていた。ズッキーニを想わせるような形状だった。

大柄な男は太い両腕で亮子の尻を引き寄せた。

亮子が抗う。すかさず細身の男が、サバイバルナイフを亮子の首筋に当てた。もう一方の手は亮子の胸を鷲摑みにしている。

「おまえのハンドバッグを見つけたよ。麦倉亮子さんよ、一緒に娯しもうや」

巨体の男がにやついた。亮子は大男に顔を向けた。

「麻薬取締官にこんなことをしたら、どうなるかわかってるんでしょうね！」

「気が強いね、あんた」

巨漢が亮子の双丘を大きく割り、一気に昂まりを埋めた。

亮子は息を詰まらせながらも、全身で暴れた。しかし、結合は解けなかった。亮子は絶望的な顔つきになった。

耳の潰れた細身の男が両膝を落とし、片手でペニスを摑み出した。

まだ力は漲っていない。わずかに頭をもたげているだけだ。

「くわえてやれよ」

大男が言いながら、ダイナミックに腰を躍らせはじめた。

亮子は口を引き結んで、顔を背けた。すると、細身の男がナイフを軽く引いた。亮子が短く呻く。項に、血の条が刻まれていた。

「逆らわないほうが得だぜ」

細身の男は亮子の鼻を強く抓んだ。

少し経つと、亮子の唇が割れた。サバイバルナイフを持った男は、抜け目なく半立ちの男根を亮子の口の中に突き入れた。だが、亮子は舌技を施そうとしない。

細身の男は、亮子のショートヘアを引っ摑んだ。

「舌を使えよ、舌を！」

「けだものっ」

亮子は、くぐもった声で罵った。

男が焦れて、自ら腰を動かしはじめた。きわめて荒っぽいイラマチオだった。亮子の顔が大きく揺れる。

二分ほど過ぎたころ、細身の男が急に叫び声を張り上げた。

亮子にペニスを嚙まれたのだ。男が慌てて腰を引く。陰茎には、くっきりと歯形が彫り込まれていた。血に塗れている。

「てめえ！　ぶっ殺してやるっ」

耳のひしゃげた男が逆上し、亮子の横面を拳で殴った。

骨と肉が派手な音をたてた。亮子は横倒しに転がりそうになった。それを巨漢が支える。

「この女、殺っちゃいましょうよ」

細身の男が忌々しそうに言った。

「急ぐことはねえさ」

「しかし……」

「退がってろ」

「え？」

「おまえは退がって、見物してろや」

大柄な男が早口で言った。

細身の男が、ようやく後方に身を引いた。亮子を睨めつけながら、スラックスの前を整えた。巨漢の律動が一段と速くなった。

亮子は必死に体を離そうともがいている。だが、大男はそれを許さなかった。がむしゃらに突きまくった。肉と肉のぶつかり合う音が地下室に響き渡った。

細身の男は口に生唾を溜めながら、二人の動きをじっと見ていた。

やがて、大男は果てた。

呻きながら、右腕を大きく動かした。いつの間にか、大型のカッターナイフが握られていた。亮子の首が、がくりと垂れた。喉を真一文字に掻き切られていた。鮮血が飛び散る。

亮子はひれ伏すような恰好になり、そのまま微動だにしない。もう生きてはいなかった。コンクリートの床面に、ねっとりとした血糊がゆっくりと拡がりはじめた。

「おい、電動メスとチェーンソーを持ってきてくれ」

大男が相棒に言った。交わったままだった。

「手脚を切断しちまうんですか!?」

「このまま棄てたら、危いからな」

「指紋から身許がわかるとまずいから、両手の指先を落としたほうがいいですよ」

「ああ、そうしよう。それから、歯も引っこ抜いちまおうか」

「バラバラにする前に、もう少し娯しませてもらいたいな。かまわないでしょ?」

「好きにしろ」

「やったぜ。電動メスとチェーンソーを……」

細身の男は舌嘗(したな)めずりして、あたふたと地下室から出ていった。

大柄な男は萎(な)えた陰茎を引き抜き、死んだ亮子の体を荒っぽく突き転がした。

亮子の上瞼(うわまぶた)は閉じきっていなかった。喉がぱっくりと裂け、夥(おびただ)しい量の血が垂れていた。

翌日の早朝、東京の郊外にある井(い)の頭(かしら)公園で女性の切断死体が発見された。

最初に見つかったのは両腕だった。それは黒いビニール袋に入れられ、屑入(くずい)れに突っ込まれていた。発見者は、バードウォッチングをしていた近所に住む大学教授だった。被害者の十本の指は第一関節から切り落とされていた。

胴体部分は、池の畔(ほとり)の繁みの中に遺棄(いき)されていた。通報を受けた最寄(もよ)りの交番の若い巡査が見つけたのである。両脚を探し当てたのは同僚の警官だった。それは、橋の袂(たもと)の灌木(かんぼく)の中に隠されていた。

頭部が発見されたのは正午前だった。生首は重(おも)しをつけられ、池の底に沈んでいた。顔面は鈍器で無残に叩(たた)き潰され、上下の歯はすべて抜かれていた。

次の日、所轄(しょかつ)の三鷹(みたか)署に捜査本部が設置された。しかし、現在、まだ被害者の身許は判明していない。

第一章　謎の令嬢拉致

1

悲鳴が聞こえた。

若い女性の声だった。救いを求める言葉も切れ切れに響いてくる。

見城豪は足を止めた。

南青山三丁目にある馴染みの酒場『沙羅』の前だった。見城は店を出て、自分の車に向かいかけていた。井の頭公園で女性の切断死体が発見された日の夜だ。十時を少し回っていた。

見城は闇を透かして見た。

左手の暗がりで、三つの人影が縺れ合っている。ひとりは若い女で、二人は男だった。

どうやら男たちは、若い娘を無理矢理に車に押し込もうとしているらしい。黒塗りのベンツだった。見て見ぬ振りはできない。

見城は地を蹴って、勢いよく走りはじめた。

人通りは絶えていた。揉み合っている三人のほかに人の姿はなかった。

気配で、二人の男がほぼ同時に振り返った。

どちらも三十歳前後に見える。片方の男は細身で、頰の肉が薄かった。左耳が潰れている。ボクサー崩れだろうか。

もうひとりは五分刈りで、がっしりした体軀だった。小鼻の横に、小豆大の黒子があった。二人は暴力団員ではなさそうだ。

それでいて、威圧感があった。目の配り方も普通ではない。ともに、何か格闘技を心得ているようだ。

「おまえら、何してるんだっ」

見城は怒鳴りつけた。

男たちが挑むような眼差しを向けてきた。見城は怯まなかった。二人の男を等分に睨み据える。見城は歌舞伎役者のような面差しをしているが、めっぽう強い。

実戦空手三段、剣道二段だった。柔道の心得もあった。射撃術の腕も、まだ鈍ってはいない。

「余計な口出しをすると、怪我するぜ」

耳の潰れた男が低い声で凄(すご)んだ。

「二人とも、その娘(こ)から離れろ」

「どういうつもりなんだっ」

「失(う)せろ。もたもたしてると、手錠(ワッパ)ぶち込むぞ」

見城は威(おど)した。五分刈りの男が呟(つぶや)くように言った。

「あんた、警察の人間なのか!?」

「そうだ」

「刑事には見えないがな」

「手帳(チョウメン)、見せてやろう」

見城は麻の生成(きな)りの上着の内ポケットから、模造警察手帳を抓(つま)み出した。

だいぶ前に新宿のポリスマニア・グッズの店で買った手帳だ。造りは本物そっくりだった。一般市民には、まず模造手帳だと見抜けないだろう。事実、数えきれないほど模造手帳を使ってきたが、一度も看破(かんぱ)されたことはない。

「どうする?」

「刑事さんとは思わなかったんで、つい……」

細身の男が鋭い目を和ませた。

「おまえら、その娘をどうする気だったんだ？」

「ちょっとドライブにつき合ってもらおうと思ってたんですよ。ただ、それだけです」

「きょうのところは見逃してやろう。早く消えろ！」

見城は顎をしゃくった。

二人の男はばつ悪げに頭を下げ、そそくさとベンツに乗り込んだ。運転席に坐ったのは細身の男だった。

黒いドイツ車が走り去ると、二十一、二歳の女性が口を開いた。

「ありがとうございました。わたし、怖くて怖くて……」

「飲みに行こうとでも誘われたのかな？」

「いいえ。この道を歩いていたら、いきなり両腕を掴まれたんです」

「さっきの奴らに見覚えは？」

見城は問いかけながら、相手の顔を見た。

卵形の顔は整っている。気品もあった。白いブランド物のポロシャツの上に、若草色のシルクジャケットを羽織っていた。下は淡いクリーム色のミニスカートだ。白っぽいスポーツバッグを提げている。

「逃げた二人組には見覚えがないんですが、あのベンツには……」

「見覚えがあるんだね？」

「はい。昼間、家の近くで見かけた気がします」

「少し気をつけたほうがいいな。この一月末ごろから、政財界人の令嬢や孫娘が謎の組織に十五人も拉致されてるからね」

「ひょっとしたら、わたしも誘拐グループに目をつけられたのかもしれません」

娘が不安顔になった。

「何か思い当たることがあるの？」

「ええ、少しばかり。申し遅れましたけど、わたし、森脇結衣といいます。東日本女子大の四年生です」

「森脇さんか。どこかで聞いたことのある名だな」

「あのう、ブラザータイヤ、ご存じでしょうか？」

「知ってるよ。日本一のタイヤメーカーだからね」

「わたし、ブラザータイヤの創業者の森脇房之助の曾孫なんです」

「それじゃ、現会長はきみのお祖父さんなんだ？」

見城は確かめた。

「はい、そうです。わたしの父は一応、社長を……」

「要するに、きみは森脇コンツェルンのお嬢さまってわけか。道理で気品があると思ったよ」

「わたし、普通の女の子です」

結衣が困惑顔になった。特別扱いされることに、ある種の嫌悪感を抱いているのかもしれない。

森脇グループの企業母体はブラザータイヤだが、その傘下には二十数社の関連企業が入っている。グループ全体の年商は大手商社とあまり変わらない。

もちろん、親会社のブラザータイヤは東証一部上場企業だ。ブラザータイヤの本社は中央区京橋にある。

「こんな時刻に、ひとり歩きは危険だな。どこで夜遊びしてたんだい？」

見城は訊いた。

「いいえ、夜遊びなんかじゃないんです。スポーツクラブでエアロビクスとスカッシュに熱中してるうちに、こんな時間になってしまいました」

「スポーツクラブって、この先にある『東京フィットネス・パレス』かな？」

「ええ、そうです」

結衣が、ためらいがちにうなずいた。

『東京フィットネス・パレス』は、全国でも屈指の超高級スポーツクラブだ。

設備の豪華さと会員の質の高さは、よく知られていた。エアロビクスのトレーニングルームだけではなく、スカッシュやテニスのコートまで備えているようだ。水深七十メートルのダイバー用プールや最新機器を取り揃えた瞑想サロンは、何度も週刊誌やテレビで紹介された。

また、会員用のプライベートビーチを国内外に十カ所近く持ち、マリンスポーツにも力を入れている。乗馬コースもあった。

入会審査の厳しいことでも知られていた。会員の多くは功成り名遂げた人物ばかりだった。入会金は個人会員で一千万円、ファミリー会員は三千五百万円と高い。言ってみれば、名士たちの社交サロンなのだろう。

「運よく刑事さんが通りかかってくれなかったら、わたし、どうなっていたか……」

「ちょっと待ってくれ。さっきの警察手帳は本物じゃないんだ」

見城は慌てて言った。

「嘘でしょ!?」

「昔、刑事だったことは確かなんだが、もう現職じゃない。何かと便利なんで、時々いたずら半分に使ってるんだよ」

「そうだったんですか。いまのお仕事は？」

　結衣が問いかけてきた。

「しがない探偵なんだ」

「カッコいいお仕事じゃないですか」

「映画や小説に出てくる私立探偵はカッコいいが、現実の探偵は細々と浮気調査なんかをやってる。冴えない仕事だよ」

　見城は自嘲した。

　結衣は黙したままだった。返答に窮したようだ。

　三十六歳の見城は、六年前まで赤坂署の刑事だった。刑事課、防犯（現・生活安全）課と渡り歩き、防犯課勤務時代にちょっとした不祥事を起こした。

　ある暴力団の若い組長夫人と親密になり、相手の夫と暴力沙汰を起こしたのだ。

　成り行きから、見城は不倫相手の夫に大怪我を負わせてしまった。しかし、組長は面子を重んじ、最後まで被害事実を認めなかった。

　おかげで、見城は不起訴処分になった。とはいえ、職場には居づらくなった。

見城は依願退職し、大手調査会社に再就職した。二年で調査員の仕事を完璧(かんぺき)にマスターし、四年前に独立したのだ。

自宅を兼ねた事務所は渋谷区桜丘町(さくらがおかちょう)にある。ＪＲ渋谷駅南口のそばだ。賃貸マンションの１ＬＤＫだった。

『東京リサーチ・サービス』という大層な看板を掲(かか)げているが、社員はひとりも雇っていない。見城は自分だけで、すべての調査を手がけていた。

といっても、守備範囲はそれほど広くない。年に数回、企業信用調査や身許調査の依頼がある程度で、もっぱら男女の浮気調査や失踪(しっそう)人捜しをこなしていた。

それも、依頼件数はたいして多くなかった。せいぜい月平均四件で、収入は百万円前後だった。家賃や光熱費などの必要経費を差っ引くと、実収入は六十万円そこそこにしかならない。

なにぶんにも同業者が多すぎる。

全国には、およそ三千五百社の探偵社や調査事務所がある。都内だけでも五百数十社を数える。そのうちの一割程度は休眠会社と言われているが、それでも大変な数だ。

企業信用調査を専門に引き受けている大手は年商百億円以上も稼ぎ出しているが、その数は十社にも満たない。大手や準大手になると、どこも数百人の調査員を抱えている。

そうした業者は、固定客を摑んでいるところが多い。

しかし、約六割は飛び込み客を相手にしている零細業者だ。その種の調査機関は、業界用語で〝一本釣り探偵社〟と呼ばれている。見城も、そのひとりだった。電話帳に派手な広告を載せているのは、このタイプの業者である。

見城は、ただの私立探偵ではなかった。

裏稼業は凄腕の強請屋だった。本業の調査を進めていると、スキャンダルが透けてくることがある。悪事の首謀者が救いようのない極悪人とわかった場合、見城は非情に相手を脅して容赦なく巨額を強請り取る。

権力や財力を持った傲慢な人間をとことん嬲る快感は最高だった。相手の自尊心や誇りを踏みにじる心地よさには、生理的なカタルシスがあった。下剋上の歓びを味わえる。

見城は薄汚い卑劣漢にはひと欠片の情けもかけないが、まともな小市民から金品を巻き揚げるような真似はしなかった。

といっても、義賊を気取っているわけではない。

青臭い正義感などは、とうの昔に捨てていた。行動の起爆剤は、あくまでも欲得と悪人狩りの快感だ。したがって、脅し取った金をむやみに貧乏人に分け与えたりはしない。

見城は女性にも目がなかった。

もともと彼は、異性に好かれるタイプだった。切れ長の目は涼しく、鼻も高い。

体型もスマートだ。身長百七十八センチ、体重七十六キロだった。筋肉質で、贅肉は少しも付いていない。着痩せすることもあって、シルエットはすっきりとしている。

そんなことから、夫や恋人に裏切られた女性たちに言い寄られることが多かった。それで、情事代行も請け負うようになったのである。

報酬は一晩十万円だった。娯しい裏ビジネスで毎月、五、六十万円は稼いでいる。

これまで七十人以上の客をベッドで慰めてきたが、一度もクレームをつけられたことはない。女好きの見城は性の技巧に長けている。サービス精神も旺盛だった。

裏稼業の強請と情事代行で、ここ数年は荒稼ぎをしている。しかし、常に危険とは背中合わせだった。幾度も殺されそうになったし、殺人の濡衣を着せられたことも少なくない。

「あのう、厚かましいお願いがあるんです」

結衣が言いにくそうに切り出した。

「なんだろう？」

「わたしを家までエスコートしてもらえないでしょうか。表通りでタクシーを拾うつもりでいたのですけど、なんだか不安なんです」

「家はどこなの？」

見城は問いかけた。大金持ちの令嬢に恩を売っといて、損はないだろう。

「田園調布五丁目です。もちろん、謝礼はお支払いします」

「そんなふうに、すぐに謝礼のことを口にするのはよくないな。資産家令嬢の悪い癖だと思うよ」

「すみません。わたし、お金で他人を簡単に動かせるなどと考えているわけではないんです。ただ、見ず知らずの方に厚かましいことをお願いするのですから、当然、お礼を差し上げなければと思ったわけです。気を悪くされたんでしたら、謝ります。ごめんなさい」

結衣が深く頭を垂れた。

「別に謝ってもらわなくてもいいんだ。ただね、世の中には銭だけでは尻尾を振らない奴もいるってことを憶えといたほうがいいな」

「はい。わたし、タクシーで帰ることにします」

「家まで送ってやるよ、おれの車で」

「でも……」

「こうして知り合ったのも何かの縁だろう。こっちだよ」

見城は結衣を自分の車に導いた。

オフブラックのローバー827ＳＬｉだ。右ハンドルの四速オートマチックだった。

自分で購入した車ではない。結婚を餌にして女子大生やＯＬの肉体を弄んでいた変態気味の若い歯科医から、一年数カ月前に脅し取った英国車だった。新車で買えば、四百万円以上はする。

見城は結衣を助手席に乗せ、車を穏やかに発進させた。

青山学院大学の裏を抜け、渋谷橋から駒沢通りに入る。車の流れは割にスムーズだった。

「お名前、うかがってもよろしいですか？」

結衣が遠慮がちに言った。

「見城だよ。城を見るって書くんだ」

「素敵なお名前ですね。お顔に似合ってるわ」

「似合うも似合わないも、生まれたときから姓は決まってるからな」

「それはそうですけど」

「スポーツクラブには毎日、通ってるの？」

見城は話題を変えた。

「いいえ、週に三回ぐらいです。土・日は、いつも多摩川べりにある馬場で乗馬の練習をしていますけど」

「優雅な生活だな」

「暇潰しなんです。もう四年生ですので、あまり講義を受けなくてもいいんです。まだ卒論は書いていませんけど」

「専攻は？」

「西洋史です。大学院に進むほどの勉強好きではありませんから、卒業したら、京都の染色家の先生の内弟子になるつもりです」

「同級生たちは就職活動で大変だろうな」

「ええ、かなり厳しいみたいですね。自分の好きなことをやれるという点では、わたしは恵まれていると思います」

「そうだろうね。彼氏は？」

「まだ、いないんです」

結衣が少しはにかんだ。

「スポーツクラブに、イケメンのインストラクターがいるんじゃないのか？」

「ええ、まあ。でも、みんな、もう恋人がいるみたいなんです」

「そいつは残念だな。そういうことなら、おれなんかどうだろう？　まだ独身なんだよ」

「見城さんは大人すぎます」

「うまく逃げられてしまったな」

見城はステアリングを操りながら、頭の中で話の接ぎ穂を探した。しかし、ひと回り以上も若い女と語り合えそうな話題は見つからなかった。

見城はカーラジオの電源を入れた。

選局ボタンを何度か押すと、ニュースを流している局があった。ぼんやりと耳を傾ける。

「今夜八時半ごろ、新栄党の海老原敏信党首の末娘朝美さん、二十四歳が新宿のセンチュリー・プラザホテルで開かれた会合の帰りに何者かに連れ去られました」

男性アナウンサーが告げた。助手席の結衣が驚きの声をあげた。

「海老原党首の娘を知ってるの？」

見城は訊いた。

「ええ。親しいわけではありませんけど、朝美さんとはスポーツクラブで一緒なんです」

「そう」

「彼女、正体不明の誘拐組織に拉致されたんでしょうか?」

「その可能性は高そうだな」

「怖いわ」

　結衣が暗い声で呟いた。見城は音量を上げ、耳をそばだてた。

「警察の調べによると、朝美さんはホテルの一階ロビーで友人たちと別れ、ひとりで地下駐車場に降りた後(あと)、忽然(こつぜん)と姿をくらましました。朝美さんの車のそばに不審な二人組がいたという目撃証言から、捜査当局は頻発(ひんぱつ)している一連の拉致事件と関わりがあるという見方を強めています。次のニュースです」

　アナウンサーが少し間(ま)を取り、すぐに言い継(つ)いだ。

「東京の井の頭公園で発見された女性のバラバラ死体の身許はまだわかっていませんが、捜査本部は女性麻薬取締官が潜入捜査中に連絡を絶(た)ったという情報と事件の関連性を調べています。そのほか詳しいことは、まだわかっていません。次は交通事故のニュースです」

　アナウンサーがそう前置きして、首都高速道路での多重衝突事故の内容をつぶさに伝えはじめた。

見城はラジオのスイッチを切った。ほとんど同時に、結衣が口を開いた。

「朝美さんのことが心配だわ。彼女が一連の拉致事件の犯行グループに連れ去られたんだとしたら、これで被害者は十六人ということになりますね」

「そういうことになるな。拉致された女たちは、大物政財界人の娘や孫娘ばかりだ」

「ええ。なんだか気味悪いわ。さっき、あんなことがありましたし」

「きみが不安になるのはわかるよ。それにしても、奇っ怪な事件が続発してるな。相次いで連れ去られた女性たちは、誰もまだ家に戻っていない」

「ただの営利誘拐じゃないような気がしてるんですけど、どうなんでしょう？」

「身代金目当ての誘拐事件じゃないんだろうな。営利誘拐なら、人質を取ったら、すぐに身代金を要求するからね」

見城は言った。

「犯人は途方もない金額の身代金を要求してるんじゃないのかしら？　それで、被害者の家族は金策に時間がかかっているとも……」

「そうも考えられなくはないが、こっちは犯人側の狙いは身代金じゃないような気がしてるんだ」

「と言いますと、犯人グループは人身売買組織か何かだと？」

「いや、人身売買組織じゃないだろう。被害者がグラマラスな美女ばかりなら、それも考えられるが、必ずしも美人ばかりじゃないようだからな」

「過激派の仕業(しわざ)なんでしょうか？　彼らは、権力や財力のある体制側の人間を敵視していますでしょ？」

結衣が考え考え、そう言った。

「確かに過激派の連中は、政財界人を敵と思ってるだろうな。それに左翼思想に説得力がなくなってるから、闘争資金も思うように集まってないはずだ。しかし、連中は体制側の金は汚れてると考えてるんじゃないのかな」

「そうなのかもしれませんね」

「正直なところ、おれにも誘拐グループの狙いがよくわからないな」

「そうですか。一連の拉致事件といい、きょうの井の頭公園のバラバラ死体遺棄事件といい、最近は凶悪な事件が多くなりましたね」

「そうだな。景気がなかなか好転しないんで、みんなの気持ちが荒(すさ)みはじめてるのかもしれない」

「日本は治安がいいことで知られていましたけど、これでは、アメリカ並(なみ)ですよね。そのうち、日本も銃社会になって、もっと凶悪な事件が次々に起こるんじゃないかしら?」

「拳銃は、もはや一般社会にまで浸透してると言っても過言ではないだろうな」

「そうみたいですね。お医者さんが元患者に射殺されたり、元警察庁長官が自宅マンションの前で撃たれたりしましたものね」

「ああ。警視庁は去年だけで約三千挺の拳銃を押収してるんだが、そのうちの二割は一般の市民が隠し持ってたピストルだったんだ」

見城は言った。

「なぜ、一般市民が拳銃なんか入手できるんでしょう?」

「暴力団には拳銃がだぶついてるんだよ。大きな抗争もないから、組員の中には自分の銃器を堅気に売る奴もいるんだ」

「怖い話ですね」

「それから、ガンマニアも多い。その気になれば、国際宅配便なんかを使って外国から分解した銃の部品を少しずつ送ってもらえる。金属探知機に引っかからないプラスチック製の拳銃もあるしな」

「そんなふうにして、拳銃だけじゃなく、いろんな麻薬も密輸されているのでしょうか?」

「麻薬は、たいがい海から入ってくるんだ。日本は島国だから、到る所に海岸線があるよな？」

「ええ」

「だから、海上保安庁もカバーしきれないんだよ。銃器はともかく、麻薬の密売組織は永久になくならないだろう。世界の先進国はどこも麻薬に汚染されてる。それだけ現代人はストレスを抱え込んでるにちがいない」

「皮肉な話ですね。人類は、高度な文明が幸福をもたらすと必死に励んできたのに」

結衣が溜息をついた。

アメリカほどではないが、日本も麻薬に汚染されていることは間違いない。最も出回っているのは覚醒剤だ。

意外に知られていないことだが、覚醒剤は日本で生まれた薬品である。

明治時代の中期、帝国大学医学部の長井長義教授は咳止めの漢方薬の麻黄から有効成分であるエフェドリンの分離に成功した。その後、エフェドリンを基に史上初の覚醒剤メタンフェタミンを合成した。

数年後、アメリカで喘息の特効薬として、エフェドリンの研究が盛んになった。一九三三年には麻黄に代わる化学合成物アンフェタミンが誕生した。

一方、長井博士が合成したメタンフェタミンに覚醒作用があることに着目したドイツの製薬会社は一九三八年に喘息治療薬『ペルビチン』の発売に踏み切った。こうして普及した薬品は第二次世界大戦をきっかけに、その覚醒作用を悪用されることになる。ドイツ当局はポーランド侵攻直前に大量の錠剤を軍隊に配ったと言われている。イギリスの空軍が、パイロットに覚醒剤を服ませていたというのは有名な話だ。

わが国でも、一九四一年に大日本製薬から『ヒロポン』なるメタンフェタミンの錠剤が発売された。ちょうど太平洋戦争の勃発した年である。

ヒロポンとは、ギリシャ語で〝仕事好き〟を意味する言葉だ。戦時下という時代背景もあって、覚醒剤はたちまち大流行した。

特攻隊員は覚醒剤と玉露を混ぜた〝突撃錠〟で死の恐怖を遠ざけ、軍需工場に駆り出された人々は〝猫目錠〟で昼夜兼行の重労働に耐えた。

戦後の厳しい現実に打ちのめされた国民は、束の間の安らぎを与えてくれる覚醒剤に溺れた。それが、一九四〇年代末の世界初の覚醒剤ブームの下地だった。

政府は慌ててメーカーに製造停止を勧告し、一九五一年に覚せい剤取締法を制定した。しかし、密造者が後を絶たなかった。一九五四年には、なんと五万人以上もの男女が検挙された。大半は、まともな市民だった。

法が改正されて刑罰が重くなると、乱用者は激減した。このころから、暴力団が覚醒剤の密売に関わるようになったわけだ。

その当時の密輸覚醒剤の大部分は韓国産だった。

覚醒剤の密造は、それほど手間はかからない。最初に塩酸エフェドリンを氷酢酸（ひょうさくさん）に溶かし、触媒（しょくばい）と過塩素酸を加えて加熱後に触媒を濾過（ろか）する。

この濃縮液を水で強アルカリ性にし、エーテルで抽出（ちゅうしゅつ）する。ここまでが第一工程だ。さらに半製品を塩酸塩にして沈澱（ちんでん）させ、硝酸クロロフォルムで再結晶させる。町工場でも充分に密造は可能だ。

しかし、コリアン・ルートは十年ほど前に日本の水際（みずぎわ）作戦によって、潰滅（かいめつ）状態に追い込まれた。それ以来、国外の卸元は台湾、香港、中国本土などに変わった。

三つのルート以外にも、タイ、フィリピン、ハワイなどに覚醒剤の密造工場がある。海外から流れ込む覚醒剤は年間で、およそ三トンと推定されている。だが、押収量は少ない。

密輸薬物の多くは九州や沖縄の海上で取引されている。

売り手と買い手の双方が深夜か夜明け前に沖合で会い、覚醒剤を船上で受け渡しするわけだ。この取引を頭突き（パッチギ）と言う。

覚醒剤の儲けは大きい。

仕入れ値が末端価格になると、三、四十倍になる。国内の卸元はもちろん、中間のディーラーの利益も厚い。

末端の売人も、うまい商売をしている。最初の数回は〇・三グラムのパケを相場より安い五、六千円で売りつけて相手の効き目が薄れたとたん、三、四倍に値を吊り上げるのだ。

薬効が切れると、常用者はたちまち脱力感に襲われ、気分も塞ぎがちになる。被害者意識や嫉妬心が募り、心の落ち着きを失う。そうなると、また覚醒剤で多幸感を味わいたいと願うようになる。それで、どんなに無理をしてでも、覚醒剤を手に入れてしまう。

そうこうしているうちに、いつしか薬物中毒に陥る。

一九八四年以降、毎年、二万五千人前後の者が覚醒剤の乱用で逮捕されている。それを裏付けるように、全国の暴力団の資金源のトップは覚醒剤の不正取引によるものだ。その総額は約四千五百億円で、全体の三十五パーセントを占めている。

暴力団員の経済マフィア化が進んでいることは事実だが、いまも広域暴力団の主な収入源は覚醒剤の密売なのだ。次いで、賭博、ノミ行為の順である。

暴力団は覚醒剤のほかに、コカインの密輸も手がけている。覚醒剤の国外卸元は、台湾の『竹連幇（ヅーレンバン）』『四海幇（スーハイバン）』や香港の『三合会（サムハップウィ）』など限られた犯罪組織だ。それらの巨大マフィアと覚醒剤を直（じか）取引できるのは、せいぜい広域暴力団の二次団体までである。

それ以下の下部組織や中小の暴力団は、覚醒剤の代わりにコカイン、ヘロイン、乾燥大麻（マリファナ）、大麻樹脂（ハッシシ）、幻覚剤のＬＳＤなどの密売を主にやっている。組員十人前後の末端組織になると、睡眠薬のハルシオンやトルエンの密売を主たる資金源にしているケースが圧倒的に多い。

覚醒剤に次いで取引量の多いのがコカインだ。

コカインは、南米アンデスの山岳地帯で栽培されているコカの木の葉から抽出された麻薬だ。覚醒剤と同じように、陶酔感と多幸感を得られる。ただし、薬効が三、四時間は持続する覚醒剤と違って、作用は三十分ほどで消失してしまう。

その分、値段は安い。グラム当たり三、四千円で手に入る。

そんなこともあって、一九七〇年代の半ばからアメリカで大流行した。八〇年代の半ばには、全人口の約一割がコカイン体験を持つほどの勢いだった。二十五歳以下の若者の約三割が常用者になっていた。

コカインの卸元は、コロンビアのメデジン・カルテルとカリ・カルテルだ。この二大組織は競（きそ）い合うように、アメリカに大量のコカインを流した。

その結果、値崩れを招いてしまった。レーガンとブッシュが麻薬撲滅作戦に乗り出したこともあって、アメリカ本土でのブームは下火になった。

そこで、二大コカイン組織は一九八〇年代の後半から、新たな市場として日本を選んだ。

九〇年代に入ると、わが国のコカイン事犯の検挙件数は急増し、いまでは年に数百人が検挙されている。日本が麻薬汚染国にされるのは時間の問題だろう。

見城は車の速度を落とした。

いつしか東京医療センター前の交差点に差しかかっていた。左折し、八雲の住宅街に入る。車の数は少なかった。

ローバーが自由が丘の邸宅街に入ったとき、自動車電話が鳴った。見城はコンソールボックスに腕を伸ばした。

「おれだよ」

発信者は百面鬼竜一だった。新宿署の悪徳刑事だ。親しい友人である。

「百さん、どっから電話してるの？」

「『沙羅』だよ。おれがここに来る少し前に、そっちが帰ったって聞いたもんだからさ」

「百さんと顔を合わせると、またたかられると思って逃げたんだよ」

「あんまりセコいこと言うなって」

「冗談だよ。最近、ちょっと元気がないね」

「なあに、いつもの金欠病だよ。それから、女日照り(ひで)でもあるな」

「悪さばかりしてるんで、罰(ばち)が当たったんだよ」

見城は茶化した。

四十歳になったばかりの百面鬼は現職の刑事でありながら、呆(あき)れるほどの悪党だった。暴力団の組長や警察幹部を平気で脅し、金品をせびっている。寺の後継(あとつ)ぎ息子だが、道徳心も仏心もなかった。

風体は、やくざにしか見えない。剃髪頭(スキンヘッド)で、常に薄茶のサングラスをかけている。身なりも派手だった。

百面鬼は、悪徳警官や職員の犯罪の摘発を担当している警視庁警務部人事一課監察のブラックリストに載っている。尾行もされているようだ。

しかし、監察は百面鬼には手も足も出せない。それは、彼が本庁の警察官僚(キャリア)たちや所轄署の署長クラスの致命的な弱みを握っているからだ。百面鬼の悪行を内部告発したら、警察上層部の不正は暴(あば)かれることになるだろう。

法の番人である警察にも、さまざまな不正がはびこっている。

袖の下を使われ、捜査に手心を加える者はひとりや二人ではなかった。情報収集と称し、暴力団直営の飲食店で只酒を飲んだり、金や女を要求する者も数多い。権力者の圧力に屈して、凶悪な犯罪をそっくり握り潰してしまうことさえある。

そうした裏事情があるから、百面鬼は職場で好き放題に振る舞えるわけだ。

その代わり、永久に出世はできそうもない。百面鬼は警部補だったが、強行犯係の平刑事である。本人は、そのことをいっこうに苦にしていないようだ。

「見城ちゃん、どっかに男を蕩かすような女がいねえかよ？」

「女にモテたきゃ、悪い病気を治すんだね」

「病気？」

「喪服プレイのことだよ」

「あれは病気なのか!?　おれはノーマルなことだと思ってるがな」

百面鬼が生真面目に自問自答した。

見城は二の句がつげなかった。百面鬼には、妙な性癖があった。セックスパートナーの素肌に喪服をまとわせないと、性的に昂まらないのだ。しかも喪服の裾を撥ね上げ、背後から貫かなければ、決して射精しないらしい。

一種の変態だろう。百面鬼のそうした歪な趣味は、若い時分からのものだった。

悪徳刑事は十年以上も前に離婚を体験している。

新婚生活は、わずか数カ月だった。初夜から新妻にアブノーマルな営み（いとな）を強い（し）て、実家に逃げ帰られてしまったそうだ。それ以来、百面鬼は練馬（ねりま）の生家で年老（お）いた両親と暮らしている。もっとも外泊することが多く、めったに実家には帰らない。

「女はともかく、恐喝（カツアゲ）の材料（ネタ）はねえの？　おれは面（つら）が厳（いか）ついから、少しまとまった銭を持ってねえと、いい女が相手にしてくれねえんだよ」

百面鬼がぼやいた。いつもの口癖だった。

「いまんとこ、おいしい話はないんだ」

「そうかい。獲物を見つけたら、いつものように声をかけてくれよな」

「ああ。ところで、どうせおれのブッカーズを飲んでるんだろう？」

「当たり（ビンゴ）！　見城ちゃんの肝臓を労（いたわ）ってやろうと思ってさ、おれはせっせとバーボンを減らしてやってるわけよ。友達（ダチ）は大事にしてえからな」

「よく言うよ」

「えへへ。おっ、松（まつ）の野郎が来やがった。あいつの肝臓も労わってやらねえとな」

「そのうち、一緒に飲もう」

見城は通話を切り上げた。

松というのは、松丸勇介のことだ。二人の共通の飲み友達だった。まだ二十八歳だ。松丸は、フリーの盗聴防止コンサルタントである。早い話が、盗聴器探知のプロだ。

私立の電機大を中退した松丸は電圧テスターや広域電波受信機を使って、仕掛けられた各種の盗聴器をたちまち見つけ出してしまう。新商売ながら、だいぶ繁昌している様子だ。月に三百万円も稼ぐことがあるらしい。

見城はこれまでに幾度も松丸の手を借りている。そういう意味では、助手のような存在だった。

松丸は裏ビデオの熱心なコレクターだが、オタク特有の暗さはない。ただ、ファックシーンを観すぎたからか、女体にある種の嫌悪感を抱いているようだ。見城や百面鬼と異なり、金銭欲は強くなかった。

「次の角を曲がってもらえますか」

結衣が言った。

いつの間にか、ローバーは田園調布に達していた。敷地の広い邸が連なっている。見城はターンランプを灯した。

そのとき、結衣が言った。

「ちょっと家に寄っていただけませんか。父か母に挨拶させますので」

「そういうのは苦手なんだ。きみを家の前で降ろしたら、おれはそのまま自宅に帰る」

「見城さんが家に寄ってくれなかったら、わたし、絶対に車から出ません」

「それじゃ、このままモーテルに入るか」

「そ、それは困ります」

「冗談だって」

見城は小さく笑って、ステアリングを大きく切った。

2

鍵（キー）を抜く。

見城は車を降りた。自宅マンションの地下駐車場だ。午前零時を回っていた。

結衣の家から戻ったところだった。見城は森脇家に上がり込む気はなかった。しかし、結衣に粘（ねば）られて豪邸に足を踏み入れることになってしまったのだ。

敷地は五百坪近かった。大きな家屋も立派だった。

見城は、玄関ホールに面した広い応接間に通された。待つほどもなく、結衣の両親が現われた。

母親の律子は楚々とした美人だった。高級な衣服に身を包んでいたが、少しも厭味な感じではなかった。四十四、五歳だった。

父親の直昭にも、尊大な面はなかった。五十一歳にしては若々しかった。ブラザータイヤの三代目社長らしく、物腰は鷹揚だった。

見城は結衣の両親に何度も礼を言われ、さすがに面映かった。

森脇直昭は見城が元刑事の調査員と知ると、興味深げに矢継ぎ早に質問してきた。見城は、差し障りのないことだけを語った。

会話が途切れたのを汐に、ロココ王朝ふうの椅子から立ち上がった。靴を履いていると、結衣の母が土産を差し出した。なんとロマネ・コンティの八十五年物だった。超高級な赤ワインである。さすがは森脇コンツェルンだ。

見城は土産の箱を抱え、エレベーターに乗り込んだ。

借りている『渋谷レジデンス』は九階建てだった。見城の部屋は八〇五号室だ。

部屋は明るかった。

恋人の帆足里沙が来ているようだ。やはり、ドアはロックされていなかった。

里沙はパーティー・コンパニオンだ。仕事の帰りに、しばしば訪ねてくる。里沙には、部屋のスペアキーを渡してあった。

見城は自分の部屋に入った。

すぐに奥から里沙が姿を見せた。白っぽいシャネルスーツを着ていた。里沙はまだ二十五歳だが、すでに熟女ばりの妖艶(ようえん)さを漂わせている。

「お疲れさま！」

「いつ来たんだい？」

「三十分ぐらい前よ」

「そうか」

見城はローファーを脱いだ。

今夜も里沙は美しかった。元テレビタレントだけあって、その容姿は人目を惹(ひ)く。

顔はレモンの形に近い。奥二重の目は幾らかきつい印象を与えるが、ぞくりとするほど色っぽかった。

鼻筋が通り、やや肉厚の唇がなんともセクシーだ。何度でも吸いつきたくなるような唇だった。プロポーションも素晴らしい。百六十四センチの体は、同性に妬(ねた)まれるほど均斉がとれている。

二人が深い関係になって、はや一年以上が過ぎていた。

知り合ったのは、南青山にあるピアノバーだった。見城は気まぐれに、その店にふらりと入った。

と、里沙がたまたま酔客につきまとわれていた。連れはいなかった。とっさに見城は里沙の恋人になりすまして、酔った中年男を追っ払ってやった。それが親しくなるきっかけだった。

見城は里沙と一緒に居間に歩を進めた。

ＬＤＫの部分は十五畳だった。そこに、ソファセット、スチールのデスク、キャビネット、パソコンなどが置いてある。ダイニングキッチンとリビングの間は、アコーディオン・カーテンで仕切れるようになっていた。

依頼人が訪れる前に、それでダイニングキッチンを隠す。ふだんは横に払ったままだった。

「こいつは貰い物なんだ。ロマネ・コンティだよ。後で飲もう」

見城は赤ワインを里沙に渡し、ベランダ側に置いてある机に歩み寄った。

留守録音モードを解除する。何も伝言は録音されていなかった。

「一応、お風呂にお湯を張っておいたわ」

里沙が言った。

「悪いな」

「どういたしまして」

「なんか元気がないな。仕事先で、何か不愉快なことでもあったのか？」

見城は麻のジャケットを脱ぎ、長椅子に腰かけた。深緑（ふかみどり）のポロシャツの胸ボタンも外した。スラックスはアイボリーホワイトだった。

「コンパニオン仲間の子が、きょうの昼過ぎに急死しちゃったの。仲のいい子だったから、ショックでね。まだ二十二だったの」

「若死にだな。交通事故死か何か？」

「ううん、そうじゃないの。薬物によるショック死だったのよ」

「その娘（こ）、前々から何か麻薬（ドラッグ）をやってたのか？」

「初めてだったらしいわ。運の悪い子よね」

里沙が言いながら、正面のソファに腰を沈めた。表情が虚（うつ）ろだった。

「どんな薬をやったんだ？」

「〝クライマックス〟とかいう新しいタイプの麻薬だそうよ。錠剤らしいわ。知ってる？」

「いや、知らないな。アップ系のドラッグなんだろうか」

「アップ系？」

「ちょっと説明不足だったな。麻薬は、アップ系とダウン系に分類されてるんだ。覚醒剤やコカインはアップ系だよ」

「つまり、ハイになれる麻薬ってことね？」

「ああ、そうだな。アップ系の麻薬は、いわゆる興奮剤なんだ。中枢神経が刺激され、陶酔感と多幸感を味わえるんだよ。それで、なんとなくエネルギッシュになれるわけさ」

見城は言って、ロングピースに火を点けた。

ヘビースモーカーだった。一日に七、八十本は喫っている。

「ダウン系というのは？」

「よく知られてるのがヘロインだな。ダウン系の麻薬には抑制作用があって、不安や焦りを取り除いてくれる。だから、リラックスした気分になれるんだよ」

「ヘロインって、モルヒネに何か化学薬品を加えて精製したものでしょ？」

里沙が確かめるように訊いた。

「そう。モルヒネに無水酢酸を加え、煮沸したのがヘロインさ。モルヒネは、ケシ坊主から染み出した阿片に含まれている植物塩基なんだ」

「ずいぶん精しいのね」

「赤坂署にいたころ、麻薬の勉強をさせられたからな」

「それでなのね」

「おそらく〝クライマックス〟というのは、新種のドラッグ・カクテルなんだろう」

「なんなの、それは？」

「複数の麻薬をブレンドしたやつさ。日本語で言うと、混合麻薬ってことになるんだろうな」

「要するに、数種の麻薬をお酒のカクテルみたいにブレンドしてあるのね？」

「そう！　長いこと同じドラッグをやってると、だんだん効き目がなくなってくる。だから、より強烈な薬が欲しくなるのさ」

「混合麻薬(ドラッグ・カクテル)には、どういった物があるの？」

「ポピュラーなのは、〝スピードボール〟と〝ブルーチア〟だな」

「スピードって、覚醒剤のことよね？」

「そうだ。若い奴らはシャブって隠語がダサすぎるからって、アメリカの俗語(スラング)を使ってるんだよ」

「確かにシャブって語感は、おじさんぽいわね」

「そうだな。〝スピードボール〟はコカインとヘロインを混ぜた物で、〝ブルーチア〟というのは覚醒剤にＬＳＤをブレンドしたやつだよ」

見城は口を閉(と)じ、短くなった煙草(たばこ)の火を揉(も)み消した。

「そういう混合麻薬(ドラッグ・カクテル)は効き目が凄いんでしょ？」

「ああ。しかし、その分だけ危険性も高いんだ。アメリカのロック・ミュージシャンや俳優が何人も〝スピードボール〟で若死にしてる。それから、あのエルビス・プレスリーは覚醒剤と睡眠薬の常用で大小便の失禁症にかかってたって話だよ」

「怖いのね」

里沙がしみじみと言った。

「覚醒剤やヘロインといったハード・ドラッグのカクテルとなると、最悪の場合は死を招く。乾燥大麻(マリファナ)や大麻樹脂(ハッシシ)といったソフトなやつには、そういう危険性は少ないんだが」

「混合麻薬(ドラッグ・カクテル)が日本で押収された例は？」

「あることはあるが、アメリカなんかと較(くら)べたら、ずっと少ない。本来、個人でブレンドして、こっそりと愉(たの)しむもんだからな」

「それを誰かが大量に密造して、売り捌(さば)きはじめてるのかしら？」

「それは考えられるな。ちょっと悪知恵の働くヤー公が、裏社会のニュービジネスにする気でいるのかもしれないぞ」

「〝クライマックス〟が混合麻薬(ドラッグ・カクテル)だとしたら、何と何がブレンドされてるんだろう？」

「コカインに、何か幻覚剤が入ってるのかもしれないな」

見城は脚(あし)を組んで、ふたたびロングピースをくわえた。

「幻覚剤というと、ＬＳＤ？」

「そこまではちょっとわからないな。幻覚剤は種類が多いんだよ。天然の物は、中南米原産のサボテンやマッシュルームから抽出(ちゅうしゅつ)されてる」

「そうなの」

「しかし、天然物は数が少ないんだ。ブラックマーケットに出回ってるのは半合成のＬＳＤ、それから合成幻覚剤のジメチルトリプタミンやＭＤＭＡ(エクスタシー)なんかだな」

「幻覚剤には催淫(さいいん)作用があるって話を聞いたことがあるけど、本当なの？」

里沙が問いかけてきた。

「事実だよ。だから、欧米で幻覚剤はラブドラッグなんて呼ばれてる。幻覚剤を服(の)んで、亜硝酸(あしょうさん)ブチルか亜硝酸イソブチルの匂いを嗅(か)ぐと、絶頂感が何倍も鋭く感じられるらしいんだ」

「亜硝酸なんとかって、どういう薬なの？」

「ブチルのほうは家畜用の消臭剤で、イソブチルは狭心症の治療薬なんだよ。それはそうと、死んだ娘は〝クライマックス〟をどうやって手に入れたんだろう？」

見城は煙草の灰を指で叩き落とした。

「死んだ由香の話だと、西麻布のクラブで顔見知りの男から貰ったらしいの」

「その彼女、本業はクラブホステスだったのか？」

「ううん。クラブといっても、DJのいるダンスクラブのことよ。ディスコに代わって、踊れるクラブが流行ってるでしょ？」

「ああ、知ってるよ。その男について、ほかに何か言ってなかった？」

「ううん、特に何も。由香って、とっても気立てのいい子だったの。彼女が、もうこの世にいないだなんて……」

里沙が語尾を湿らせ、下を向いた。

長い睫毛が細かく震えている。懸命に涙を堪えているのだろう。いまの里沙をベッドに誘うわけにはいかない。

見城は煙草の火を消し、静かに立ち上がった。食器棚から二つのワイングラスを摑み出し、すぐに長椅子に戻った。

ロマネ・コンティの封を切り、二つのグラスに赤ワインを注ぐ。

「弔(とむら)い酒にワインは似つかわしくないかもしれないが、少し飲んだほうがいいな。おれもつき合うよ」

「ありがとう」

里沙が無理に微笑し、しなやかな指でワイングラスを抓(つま)み上げた。

見城も赤ワインを口に運んだ。ロマネ・コンティの八十五年物を飲むのは二度目だった。超高級ワインの口当たりはあっさりとしていたが、味わいは深かった。芳醇(ほうじゅん)な香りがいつまでも口中に残った。

「おいしいわ、とっても」

「冷蔵庫のどこかにチーズがあったな。出そうか？」

「ううん、何もいらないわ」

里沙は首を振って、残りのワインを一息に呷(あお)った。

見城は、すぐに里沙のグラスに満たした。グラスを重ねると、里沙は少しずつ明るさを取り戻した。見城も気分が明るくなった。

里沙と会うのは一週間ぶりだった。できることなら、早く肌を貪(むさぼ)り合いたかった。

「ひと風呂浴びてくるよ」

見城は赤ワインを三杯飲むと、浴室に向かった。

湯加減は、ちょうどよかった。見城は途中で里沙が浴室に入ってくることを心のどこかで期待していたが、彼女はやって来なかった。見城は苦笑し、湯から上がった。里沙はソファに坐って、灰皿を見据えていた。まだショックが尾を曳いているのだろう。

「今夜は、おれたち、兄妹になろう」

見城は冗談めかして言った。

里沙と肌を合わせることは諦めかけていた。悲しみに打ちひしがれている女を抱くことは、さすがにためらわれた。

「いやよ、そんなの」

「しかし、里沙は……」

「もう大丈夫よ。大急ぎで汗を流してくるから、ベッドで待ってて」

里沙がすっくと立ち上がり、浴室に足を向けた。何かを払いのけるような足取りだった。

見城は奥の寝室に入った。

全裸のままで、ベッドに仰向けになる。電灯は消さなかった。

十分ほど経つと、胸高に水色のバスタオルを巻いた里沙が入ってきた。白い肌は鴇色に染まっている。典型的な餅肌だった。

「なんか心配させちゃったわね」

「里沙、何も無理することはないんだぞ」

「もう大丈夫よ」

「そういうことなら、いつものパターンでいくか」

見城はおどけて、片手で里沙のバスタオルを剝ぎ取った。

熟れた裸身が目を射る。見城は、にわかに欲望が膨らむのを感じた。

砲弾型の乳房は、どこか誇らしげに見えた。ウエストの曲線がみごとだ。蜜蜂を想わせる体型だった。ほぼ逆三角形に繁った飾り毛は艶やかに輝いている。ほどよく肉のついた腿は、すんなりと長い。

見城は里沙の手首を取って、ベッドに引きずり込んだ。里沙が胸を重ね、唇を求めてきた。

二人は唇をついばみ合い、深く舌を絡めた。

ひとしきり濃厚なくちづけがつづく。見城の下腹部は熱を孕んだ。

頃合を計って、里沙を組み敷く。同時に、見城は薄手の寝具をベッドの下に蹴落とした。

「悲しいことは忘れたいわ」

里沙がいとおしそうに見城の肩や背を撫(な)で回し、不意にペニスを握った。

あまり例のないことだった。ふだんの里沙は官能が昂(たか)まらないと、大胆な動きは見せない。仕事仲間の死を早く頭から遠ざけたいのだろう。

見城は心を込めて、唇と舌を這(は)わせはじめた。

耳、項(うなじ)、喉(のど)、鎖骨のくぼみを丹念になぞり、痼(しこ)った乳首を交互に口に含む。見城は舌で圧(お)し転がし、吸いつけた。

里沙は息を弾ませる。

だが、喘(あえ)ぐほどではなかった。明らかに、いつもよりも反応が鈍い。

見城は片方の乳首を吸い上げながら、もう一方の蕾(つぼみ)を指で擦(こす)った。里沙はわずかに呻(うめ)いたきりだった。いつもの彼女は身を揉んで、なまめかしい呻き声を洩(も)らす。

見城は体を斜めにして、秘めやかな場所に指を進めた。

恥毛の底に潜(ひそ)んだ芽は膨らんでいた。だが、弾みが弱い。芯(しん)の部分も、痼(しこ)っていなかった。

見城はシーツに腹這いになり、里沙の両膝(りょうひざ)を立てた。すぐに舌を閃(ひらめ)かせる。だが、里沙の体はそれほど昂まらなかった。里沙が申し訳なさそうな表情になった。

「ごめんなさい。なんか今夜はおかしいの」

「気にするなって。そういうこともあるさ。きょうは、本当に兄妹みたいに寝もう」

見城は上体を起こした。

「待って、いま、ちょっと魔法をかけてくるから」

「魔法？」

「すぐに戻ってくるわ」

里沙が跳ね起き、慌ただしく寝室を出た。

いったい何をする気なのか。見城は見当がつかなかった。煙草をくわえようとしたとき、里沙が駆け戻ってきた。

「何をしてきたんだ？」

「それは秘密……」

里沙は嫣然と笑い、見城の脚の間にうずくまった。臀部の丸みが強調された。

見城は、すぐに性器を呑まれた。

生温かい舌が心地よい。里沙の舌はさまざまな形に変化した。強弱もあった。巧みな舌技に煽られ、見城は雄々しく反り返った。

数分後、里沙がゆっくりと体をターンさせた。見城の分身をくわえたままだった。

里沙の動きが止まった。見城の顔を跨ぐ姿勢だった。

二人は互いに口唇で慈しみ合った。

やがて、里沙は最初の極みに駆け昇った。悦びの声を発しながら、背を波のようにうねらせた。

里沙の体の震えが凪ぐと、見城は正常位で体を繋いだ。

密着度が強い。里沙の内奥は男根をしっかりと捉え、微妙な圧迫を加えてくる。膣壁は、まだ快感のビートを高らかに刻んでいた。

「体の痺れが、まだ……」

里沙が眉をたわませ、両腿で見城の胴を挟みつけた。

閉じた上瞼の陰影が濃い。顎はのけ反り、喉のあたりがひくついている。色っぽい唇は半開きだった。

見城は六、七回浅く突き、一気に奥まで分け入った。

深く沈み込むたびに、里沙は短く呻いた。見城はダイナミックに抽送しはじめた。突き、捻り、また突く。

その矢先だった。

突然、里沙が全身を痙攣させはじめた。愉悦の反応とは、明らかに震え方が違う。

見城は不安になった。急いで結合を解き、平手で里沙の頬を軽く叩いた。

「どうしたんだ？」

「体が変なの。気持ちが悪くて……」

「さっき何をしてたんだ？」

「うちの社長がくれた媚薬(びやく)を一錠服(の)んだだけよ。なんだか目も回ってきたわ」

里沙が苦しそうに訴えた。

「社長って、コンパニオン派遣会社の女社長のことだな？」

「ええ、そう。社長も誰かに貰ったらしいの。それを一錠だけ分けてくれたのよ。社長は、とってもよく効く媚薬だと言ってたけど」

「すぐ錠剤を吐くんだ」

見城は里沙を抱え起こし、洗面室に連れていった。

手早く濃い食塩水をこしらえ、里沙に飲ませた。プラスチックの青いバケツを差し出し、見城は命じた。

「口の中に指を突っ込んで、ベロの奥をぐっと押さえるんだ。そうすりゃ、胃の中の物は逆流する」

「吐くところをあなたに見られたくないわ。だから、トイレに行かせて」

「錠剤の成分を検(しら)べたいんだ。だから、バケツの中に吐いてくれ」

「でも、恥ずかしいわ」

里沙が首を大きく振った。

「なら、おれは離れた場所にいるよ」

見城は洗面室を出て、居間まで歩いた。

立ち止まったとき、里沙の吐く音が聞こえてきた。いかにも苦しそうだった。ほどなく静かになった。

見城は洗面室に戻った。

里沙は床に正坐し、バケツを両手で抱え込んでいた。後ろ向きだった。

「少しは楽になったか?」

「ええ。こっちに来ないで。バケツの中を見られたくないの」

「錠剤は?」

見城は訊いた。

「吐き出したわ。角のあたりが溶けてたけど、まだ原形を留めてたわね」

「なら、それほど心配はいらない。その錠剤、捨てないでくれ」

「ええ。きれいに水で洗っておくわ。ごめんね。迷惑かけちゃって」

里沙が詫びた。

「なに水臭いことを言ってるんだ。それより、体の震えは？」

「だいぶ小さくなったわ。気分もずっと楽になった感じよ」

「それを聞いて、安心したよ。まだ薬は、たいして吸収されてないだろう。安静にしてれば、もっと楽になるさ」

「これ、媚薬じゃなかったのかしら？」

「催淫剤も入ってることは入ってるんだと思うよ。しかし、主な成分はハード・ドラッグかもしれないな」

「えっ!? それじゃ、社長はわたしに麻薬をくれたのね」

「いや、おそらく女社長は単なる媚薬と信じてるんだろう」

「そうなのかしら？」

「里沙、女社長が誰から錠剤を貰ったのか、それとなく聞き出してくれないか」

「ええ、明日にでも……」

「おれは、そいつの成分を専門家に検べてもらうよ」

「おかしなことになっちゃって、すごく悪いと思ってるわ。わたし、軽はずみだったわね」

「気にするほどのことじゃないさ。里沙、自分で立てるか？」

見城は訊いた。

「ええ、立ててるわ。吐いた物をトイレに流したいの。悪いけど、もう一度、離れてもらえる？」

「おれが流してやろう」

「駄目よ、こっちに来ないで」

里沙が体でバケツを隠した。

見城は居間に引き返し、洗面所に背を向けた。里沙の羞恥心を少しでも薄めてやりたかったからだ。

3

不意に野鳥が枝から飛び立った。

ベンチに腰かけた見城は、小さく首を巡らせた。一組の若いカップルが愉しげに笑いながら、のんびりと遊歩道をたどっている。千葉県柏市内にある公園だった。

見城は百面鬼を待っていた。午後二時過ぎだった。

見城は昼前に里沙を参宮橋のマンションに送り届けた後、新宿署を訪れた。百面鬼に会って昨夜の出来事を話し、協力を求めたのである。

スキンヘッドの悪党刑事は、いま警察庁科学警察研究所の化学班の研究室にいるはずだ。きのうの晩、里沙が吐き出した錠剤の成分分析を知り合いの技官に頼んだのだ。

科学警察研究所は、全国の警察署から持ち込まれる証拠品の分析と鑑定を手がけている組織である。警視庁の科学捜査研究所と混同されることが多いが、まったく別の研究所だった。

科学警察研究所には、特別捜査部、交通犯罪部、防犯少年部、総務部の四部（現在は、総務部のほか六部に分かれている）がある。

特別捜査本部は法医学、物理、化学、銃砲、心理、復顔、音声、文書の各班に分かれ、約九十人の研究員が働いている。彼らは警察官ではない。技官と呼ばれる研究者だ。研究者たちのほか、所内には三十人前後の事務系の警察官がいる。

見城は刑事時代にたびたび科学警察研究所を訪れ、遺留品の鑑定をしてもらった。顔見知りの技官は何人もいた。しかも、ほんの数カ月前にベテランの技官に声紋鑑定をこっそりやってもらったばかりだった。

科学警察研究所は公的機関だ。民間からの依頼は受け付けていない。

民間人の依頼を受けたことが発覚したら、当然、技官は何らかの咎を受けることになる。

そこで見城は、現職刑事の百面鬼に協力してもらったのだ。百面鬼は、何人かの技官の弱みを押さえていた。急な分析依頼だが、まず断られることはないだろう。

見城は四本目の煙草をくわえた。

もう三、四十分は待たされるだろう。ロングピースをゆったりと喫(す)った。ふた口ほど喫ったころ、百面鬼がやってきた。

芥子色(からしいろ)のスーツ姿だった。肩をそびやかしながら、大股(おおまた)で歩いてくる。トレードマークの薄茶のサングラスが陽光を撥(は)ね返していた。

見城は片手を挙げ、喫いさしの煙草を足許に捨てた。火を踏み消す。

「野郎同士が公園で落ち合うなんて、妙な気分だぜ」

「人目につかないほうがいいと思ったんだ。それにしても、早かったね」

「化学技官をちょいと脅して、超特急でやらせたんだよ。その野郎、両刀遣(づか)いなんだ。女房がいるのに、美少年ともつき合ってやがるんだよ。変態だな」

「百(どう)さんだって、変態じゃないか。女に喪服着せないと、エレクトしないんだからさ」

「おれは変態じゃねえよ。並の男よりも、ちょっと芸術家的なセンスがあるだけだって」

百面鬼が澄ました顔で言い、どっかとベンチに腰かけた。

靴は白と黒のコンビネーションだった。相変わらず、田舎の地回りのような恰好だ。

「成分はなんだったの？」

見城は促した。

「ベースはコカインだってさ。それに、ＬＳＤとブチル・ニトライトが混入されてるらしいぜ」

「やっぱり、ベースはコカインだったか」

「ブチル・ニトライトってのは、亜硝酸ブチルのことだってよ」

「それは知ってたんだ」

「そうか。里沙ちゃん、危ないとこだったな。あの錠剤は〝クライマックス〟って新種の混合麻薬で、アレルギー体質の奴は中毒死しかねないらしいよ」

百面鬼がそう言い、茶色の葉煙草に火を点けた。

「里沙のコンパニオン仲間の娘も〝クライマックス〟で死んだようなんだ」

「その娘も里沙ちゃんと同じように、女社長に錠剤を貰ったんじゃねえのか？」

「いや、その彼女は西麻布のＤＪのいるクラブで顔見知りの男に貰ったらしいんだよ」

「そうなのか。技官の話によると、〝クライマックス〟のほかに〝パラダイス〟って名のドラッグ・カクテルも六本木や西麻布で密売されてるらしいぜ。六本木に住んでたスタイリストの姐ちゃんが〝パラダイス〟で死んだとかで、麻布署から錠剤の分析鑑定依頼があったんだってさ」

「百さん、〝パラダイス〟のほうの成分は？」

見城は訊いた。百面鬼がシガリロを歯で押さえ、上着から手帳を抓み出した。

「そっちはベースが覚醒剤だな。それに、幻覚剤のMDMAとニトログリセリンがブレンドされてるそうだ」

「そう。六本木は関東義友会と関東桜仁会が縄張りを分け合ってる。西麻布は東門会の山崎組が仕切ってるはずだ」

「見城ちゃん、二つのドラッグ・カクテルの卸元は暴力団かね？　おれは、そうじゃねえと思うんだがな」

「その根拠は？」

見城は訊ねた。

「薬の出回ってる量が少なすぎらあ。ヤー公が売してるんだったら、もっともっと出回ってるだろうよ。奴らは銭になると思えば、大胆に動くからな」

「暴力団対策法があるから、連中も慎重になってるんじゃないのか？」

「そうなのかねえ。量のこともそうだが、連中が混合麻薬(ドラッグ・カクテル)をわざわざこさえるとも思えねえんだ。結構、手間もかかるだろうしな。それに、ブチル・ニトライトやニトログリセリンの入手も難しいんじゃねえのか?」

百面鬼が口から煙を吐きながら、そう言った。

「日本のやくざが混合麻薬(ドラッグ・カクテル)を密造してるんじゃないのかもしれないな」

「海外から混合麻薬が流れ込んでる?」

「ああ、おそらくね」

「そうなら、もっと派手に売(バイ)するんじゃねえの? 新種の麻薬なら、飛びつく奴らが多いだろうからな」

「うむ」

見城は曖昧(あいまい)に唸(うな)った。百面鬼の説には一理あった。

暴力団が新法で動きにくくなっていることは間違いないが、大きな儲け話に乗らないわけはない。どこかの組が試験的に海外の麻薬組織から、少量だけ新種のドラッグ・カクテルを買い付けたのだろうか。

「なんだったら、偉い奴を脅して、アメリカの司法省麻薬取締局(DEA)に〝パラダイス〟や〝クライマックス〟の出所を探(さぐ)らせてみてもいいぜ」

「何かのついでがあったら、頼むよ」

「わかった。そこまで検べる気なんだから、見城ちゃんは新種ドラッグの卸元を咬む気なんだろ？」

百面鬼が葉煙草の火を踏み消し、探りを入れてきた。

「まあね。里沙に辛い思いをさせて、何人かの人間を死なせてるんだ。おれが咬んでも、罰は当たらないだろう」

「どうせなら、思いっきり咬んでやれよ。見城ちゃんが獲物の肉を喰い飽きたころ、遠慮深いおれがおこぼれをいただきに行くからさ」

「百さんのどこが遠慮深いんだよ？　狩りもしないで、おいしい肉ばっかり喰ってるじゃないか」

「見城ちゃん、それは誤解ってもんだ。確かにおれは狩りはしてねえよ。だけど、うめえ肉なんか喰ってねえぜ。いつも筋肉や骨を控え目にしゃぶってるだけだろうがよ」

「百さんには負けるな」

「なんの、なんの。見城ちゃんの悪賢さには、とてもかなわねえよ。おれは根が優しくて、気も小せえからな」

「よく言うよ」

見城は肩を竦(すく)めた。呆(あき)れ果て、文句を言う気にもなれなかった。

「そうだ、見城ちゃんに訊きてえことがあったんだ」

「なんだい、改まっちゃって」

「赤坂署にいたころ、現場で麻薬取締官(マトリ)と鉢合わせすることがあっただろう？」

「たまにあったね」

「関東信越地区麻薬取締官事務所捜査一課（現・関東信越厚生局麻薬取締部）の麦倉亮子って女、知ってるかい？」

百面鬼が訊いた。

「一、二度会ってるな。彼女がどうかしたの？」

「死んだよ。井の頭公園の死体遺棄事件の被害者(マルガイ)は、その麦倉亮子だったんだ」

「なんだって!?」

見城は強い衝撃を受けた。

亮子とは他人ではなかった。たった一度だが、六年前に肌を合わせている。当時、見城はまだ現職刑事だった。

ある夜、署に密告電話があり、彼は単独でコカイン密売人の自宅に向かった。あいにく被疑者は留守だった。張り込んでいると、一組の男女が現われた。二人は麻薬取締官だった。女のほうは新米で、いかにも頼りなげに見えた。それが亮子だった。

二人の麻薬取締官は、すぐに見城に気づいた。彼らは厚生（現・厚生労働）省に属している。取締官の数こそ少ないが、麻薬の専門家だ。それだけに、防犯（現・生活安全）課の刑事には対抗意識を燃やしている。

被疑者が帰宅するなり、二人は見城よりも先に踏み込んだ。被疑者は気が動転したらしく、隠し持っていた38口径のリボルバーで男性取締官の腹を撃った。

亮子はうずくまった同僚に怒鳴られ、携行していた拳銃を引き抜いた。

だが、発砲できなかった。ためらいと恐怖のせいだろう。

被疑者は亮子を突き飛ばし、すぐに逃げた。見城は被疑者に組みつき、路上に捩伏せた。亮子たちは二カ月も前から内偵捜査をしていたらしかった。

それを知った見城は、亮子に手錠を打たせてやった。もともと点数を稼ぐ気はなかった。見城は黙って現場から遠ざかった。

亮子がひょっこり職場に来訪したのは、数日後の夕方だった。彼女は手柄をたてさせてもらったことを感謝し、何か返礼させてほしいと言った。

見城は恩を売ったつもりはなかった。しかし、若い美人に食事を誘われたことは決して悪い気分ではなかった。

見城は銀座の高級レストランで、フランス料理を奢られた。

勘定は安くなかった。見城は返礼のつもりで、亮子をカクテルバーに案内した。酔いが回ったころには、二人はすっかり打ち解けていた。さらに酒場を数軒回った後、ごく自然にホテルで体を求め合った。

亮子は明らかに男性体験は多くなかった。戯れの相手にするのは少々、酷な気がした。

その後、亮子から四、五回、誘いの電話があった。

見城はもっともらしい口実をつけて、デートを断りつづけた。亮子は自分が嫌われたと思ったようで、それきり連絡をしてこなくなった。

「だいぶショックを受けたみてえだな。見城ちゃん、殺された麦倉亮子って女と何かあったんじゃねえのか？」

百面鬼の声が、見城の追想を断ち切った。

「一度、一緒に飲んだことがあるんだ」

「それだけってことはねえだろ？」

「おれは百さんとは違うよ。見境なく女と寝てるわけじゃない」

「なんだよ、そんなにむきになることないじゃねえか」

「別に、むきになっちゃいないよ。それより、マスコミ報道によると、被害者は十本の指を切り落とされ、歯も全部抜かれてたはずだがな。よく身許がわかったな」

「捜査本部から洩れてきた情報だと、司法解剖のときに発見された鎖骨の補強金具と掌紋(しょうもん)で身許が割れたって話だったな」

「彼女、鎖骨を折ったことがあったのか……」

見城は、まったく手術痕には気づかなかった。

「そうなんだよ」

「麦倉亮子の事件(ヤマ)の捜査はどの程度まで進んでるんだろう？」

「犯人の手がかりは、ほとんど掴んでねえみたいだな。被害者(マルガイ)は数カ月前から、六本木や西麻布あたりで潜入捜査をしてたようだ」

「潜入捜査中だったのか」

「ひょっとしたら、新種の混合麻薬(ドラッグ・カクテル)の密売ルートを洗ってたんじゃねえの？　いや、それじゃ、話ができすぎか」

百面鬼が自問自答し、また葉煙草(シガリロ)に火を点けた。

「百(どう)さん、そうなのかもしれないぜ。亮子は、ひどく麻薬を憎んでたんだ。大学生のころに海外旅行をして、薬物に溺れる若者を多く目にしたらしいんだよ」

「で、麻薬取締官(マトリ)になったわけか」

「ああ、そう言ってた」

「真面目な女だったんだな。売春と麻薬は地球に人間がいる限り、絶対になくならねえのに。快楽と結びついてる犯罪を根絶やしにすることなんかできっこない」

「おれも、そう思うよ。だからといって、取り締まりをやらないわけにはいかない」

「そりゃ、そうだ。麦倉亮子の弔い合戦のつもりで、見城ちゃん、〝パラダイス〟や〝クライマックス〟のルートを探ってみなよ」

「そうするつもりなんだ」

見城は言った。

「おれ、助けるよ。何かあったら、いつでも声をかけてくれや。少しは狩りの手伝いをしねえと、分け前を貰いにくいからな」

「柄にもないこと言うね。きょうは梅雨の晴れ間だが、また明日から雨になりそうだな」

「見城ちゃんも言うなあ。おれより、四つも若いくせによ」

「精神年齢は、おれのほうが上だと思うがね」

「この野郎、殺すぞ」

百面鬼がふざけて、太い腕を見城の首に回す真似をした。

　見城は笑い返した。極悪刑事とは、およそ九年の腐れ縁だった。二人は射撃術に長（た）けていた。どちらも、オリンピック出場選手の候補に選ばれた。揃（そろ）って予選で落ちてしまったのだが、そのときの残念会で親しくなった。

　二人とも署内ではそれぞれ孤立していた。はぐれ者同士が同じ体臭を嗅ぎ当て、身を寄せ合ったのかもしれない。

「見城ちゃんよ、一連の令嬢拉致事件をどう読んでる？　おれは、そっちの犯罪（ヤマ）のほうが銭になりそうな気がしてるんだが……」

　百面鬼が靴の先で小石を蹴りながら、唐突に言った。

「ああ、確かに札束の匂いがするね。百（どう）さん、もう追い込みの材料（ネタ）を握ってるんじゃないだろうな？」

「おれの肚（はら）を探ってるのか。おれは見城ちゃんみてえに、腹芸なんかできねえよ。そっちこそ、どうなんでえ？」

「ほら、きた。百（どう）さんも、けっこう役者だからな」

「強請の材料（ネタ）は何も摑んじゃいねえよ。ただ、なんとなく銭になりそうな気がしただけさ」

「おれも、そうなんだ」

見城は即座に応じた。

「一応、そういうことにしといてやらあ」

「おかしな言い方しないでくれ」

「ま、いいじゃねえか。どっちにしても、新栄党の党首の娘を含めて、この一月末から十六人の若い女が何者かに連れ去られた。それも大物の政財界人の娘や孫娘ばかりな。犯人グループは、とんでもないことを企んでやがるんだろう」

「だろうね」

「その陰謀を暴きゃ、しこたま銭を寄せられそうだな」

「ああ。でも、拉致した目的が読めない」

「そうなんだよな。おれも行方不明の女たちの家族や所轄署の動きをそれとなく探ってるんだが、犯行グループはどこにも身代金を要求してねえんだ。さらわれた女どもは、サディスト集団にセックスペットとして飼われてるんじゃねえのかな」

百面鬼が言った。

「それは単なる勘なの？　それとも、何か多少の裏付けがあるのかな」

「ただの勘だよ。身代金の要求がないのは、銭が目的じゃないってことだろう？　仮に家族が警察を欺むいて犯人側と裏取引をしたんだとしたら、女たちの誰かが家に戻ってるだろう。しかし、その気配はうかがえねえ」

「なるほど、それでセックスペットか」

「大物政財界人たちの娘や孫娘を嬲（なぶ）ったら、かなりサディズムは満たされるんじゃねえの？」

「いつも女に喪服を着せてバックから突っ込んでるサディストの予備軍がそう言うんだから、それなりの征服感はあるんだろうな」

「見城ちゃん、雑（ま）ぜ返すなって。おれは、マジなんだからよ」

「おれは事実を言っただけさ」

見城は、にやにやした。

「おれのことは措（お）いとこうや。とにかく、拉致された女たちは犬みてえに首輪を掛けられて、性の奉仕をさせられてるにちがいねえよ」

「そうなのかな。そういう目的なら、もっとセクシーな女たちを引っさらいそうだがね。たとえば、ヘアヌードのモデルとかAV女優とかさ」

「読みが浅いな。女は令嬢じゃなきゃならねえんだよ。手の届かない女たちを穢（けが）すことに、サディズムの歓（よろこ）びがある。だから、お嬢さまたちが誘拐されたんだろう」

百面鬼が読み筋を語った。

「どうも百さんの推測には、すんなりとうなずけないな」

「若い女たちを引っさらっといて、身代金も要求してねえとなりゃ、狙いは肉体だろうが。犯人どもは女たちを死ぬまで嬲って、死体を切り刻むつもりなんだよ。中には死姦をやったり、人肉を喰らう気でいる奴もいるのかもしれねえな」

「まさかそこまで過激なことはやらないと思うよ」

「現実に女の血を飲んだり、抉り取った乳房や性器を喰っちまう奴がいるじゃねえか。日本にはそう多くねえけど、アメリカやヨーロッパにはそんなことをやった野郎が大勢いるぜ」

「知ってるよ。しかし、おれはその線じゃない気がするな」

「ほかに、何が考えられるか？」

「いろいろ考えられるが、どれも根拠のない話だからね。しかし、そのうちに何かが見えてくるだろう」

「そうなら、いいけどな」

「百さん、悪かったね。おれ、これから、中目黒の麻薬取締官事務所（現在はすでに解体されている）に行ってみようと思うんだ」

見城は腰を浮かせた。百面鬼が無言でうなずき、ベンチから立ち上がった。

二人は公園を出て、おのおの車に乗り込んだ。百面鬼が乗り回している覆面パトカーは、ミッドナイトブルーのスカイラインだった。

見城は先に車をスタートさせた。

4

三階建ての古めかしい建物が見えてきた。

厚生（現・厚生労働）省の関東信越地区麻薬取締官事務所（現・関東信越厚生局麻薬取締部）だ。ちなみに二〇〇一年の中央省庁再編で、新しい組織は改称されて九段第三合同庁舎に移転した。

全国には、八つの麻薬取締官事務所がある。さらに沖縄の那覇市に支所があり、横浜市、神戸市、北九州市に分室が設けられている。

見城は低速で、目黒川に架かる橋を渡った。

付近一帯は目黒区中目黒二丁目だった。目的の事務所は橋の袂に建っていた。門を潜り、広い車寄せの端にローバーを停める。

見城は立ち襟の白い長袖シャツの上に綿の黒い上着を羽織って、すぐに車を降りた。

スラックスはサンドベージュだった。

間もなく三時半だ。いつしか頭上には、雨雲がかかりはじめていた。

見城は、ゆったりとスペースをとった前庭を大股で進んだ。事務所の前は車で幾度も通っていたが、建物の中に足を踏み入れたことはなかった。

見城は玄関ホールに入り、プレートを見た。亮子の所属していた捜査一課は二階にあった。

見城は階段を駆け上がった。

二階には、捜査一課、情報官室、捜査二課の順に部屋が並んでいた。三室とも、間口はそれほど広くなかった。全国には、麻薬取締官がおよそ二百数十人しかいない。この事務所は最大規模だが、職員数は四十人に満たないのではないか。

捜査一課は一番手前の部屋だった。

見城はドアをノックした。三十二、三歳の小太りの男が応対に現われた。

「かつて赤坂署の防犯（現・生活安全）課にいた者ですが、麦倉亮子さんはいらっしゃいますか？」

見城は亮子の死を知らない振りをした。

「麦倉は亡くなりました」

「えっ⁉　いつです？」

「殺されたのは一昨日です。遺体が井の頭公園で発見されたのは、きのうでしたけど」

「それでは、バラバラ遺体は麦倉亮子さんだったんですね？」

「ええ、そうです。身許が判明したのは、きょうなんですよ。テレビやラジオのニュースで、そのことは報じられました」

男が言った。

「そうでしょうね。わたし、朝から外に出てたもんで……」

「そういうことですので、麦倉はもうここにはおりません」

「彼女にはとても世話になったんですよ。もう少し詳しい話を聞かせてもらえませんか。上司の方にお取り次ぎ願えると、ありがたいのですがね」

見城は頼み込んだ。

男が奥に引っ込んだ。一分ほど待つと、四十六、七歳の男が姿を見せた。色が浅黒く、精悍な風貌だった。

「部下から話はうかがいました。わたし、課長の玉井稔です。どうぞお入りください」

「失礼します」

見城は部屋に入った。

スチールのデスクが六つ並び、玉井のほかは先ほどの男がいるきりだった。見城は玉井と名刺を交換し、応接ソファに腰かけた。

「いまは探偵社を経営されてるんですね」

玉井が見城の名刺を見ながら、正面に坐った。

「その社名は、営業上のはったりなんですよ。私立探偵なんです」

「そうですか。いま思い出しましたが、六年前に麦倉に協力してくれた方じゃありませんか？　ほら、コカインの密売人を検挙(アゲ)たときのことですよ。あなたのことは聞いていました」

「そうでしたか。麦倉さんが殺されたなんて、信じられないな。まだ若かったのに」

「わたしも、まだ信じられない気持ちです」

「惨(むご)い殺され方をしたものだ」

見城は溜息をつき、煙草をくわえた。

「ええ、まったくね。犯人(ホシ)を八つ裂きにしてやりたい気持ちですよ、個人感情としては」

「もう被疑者(マルヒ)の見当はついてるんでしょ？」

「いや、まだそこまでは……」

「麦倉さんは潜入捜査中だったんですか？」

「ええ、まあ」

「何を洗ってたんです？」

「新タイプの麻薬を追ってたんですが、具体的なことは勘弁してください。職務上、外部の方にお話しするわけにはいかないんですよ」

「よくわかります。しかし、わたしも昔は似たような仕事をしてた人間です。絶対に口外はしませんので、もう少し詳しい話を聞かせてくれませんか」

「新種の混合麻薬の密売ルートを探ってたんですよ」

「アメリカから、〝スピードボール〟でも入ってきたんですか？」

「いいえ、そうではありません。これ以上は教えられません」

玉井が拝む真似をした。

ちょうどそのとき、部下が二人分の日本茶を運んできた。男が自席につくと、見城は玉井に問いかけた。

「麦倉さんの遺体は？」

「もうお骨になりました。手脚や首を切断されて、顔まで潰されてましたんでね。それに、全身に切り傷がありました。ですので、縫合はせずに、そのまま火葬に……」

「性的な暴行は？」

「ええ、体内に精液が認められたそうです」

「複数人の体液ですか？」

「いいえ、レイプしたのはひとりだったようです。A型の体液しか検出されなかったそうですから。ただ、解剖医の話によると、麦倉は別の男に口を穢（けが）された可能性が高いということでした」

玉井が辛（つら）そうに明かした。

「口の中から、陰毛が検出されたんですね？」

「いいえ、そうじゃないんです。男の透明な粘液が少量、検出されたらしいんですよ。射精前の前兆の……」

「ええ、わかります」

見城は煙草の火を揉み消し、緑茶を啜（すす）った。

亮子が辱（はずか）しめられている情景が脳裏に浮かんだ。遣（や）りきれない気持ちになった。

「きょう、通夜なんですよ。麦倉の自宅はご存じですか？」

「確か武蔵小杉（むさしこすぎ）でしたよね？」

「ええ。わたしはもちろん、一課の者は全員、通夜に出るつもりです」

「時間の都合がつきましたら、弔問しましょう。ところで、六年前にコカイン密売人に腹部を撃たれた方はどうされてます？」

「鬼塚靖のことですね。元気ですよ。いまは、外出中ですが」

「麦倉さんは、亡くなるまで彼とペアを組んでいたんでしょう？」

「ええ、だいたいね。鬼塚と接触するおつもりなんですか？」

　玉井が訊いた。

「いいえ、別にそういうわけじゃないんですよ。ただ、どうされてるかなと思っただけです」

「そうですか。元刑事のあなたが麦倉の事件に興味を持たれるのはわかりますが、民間の方が個人的に動かれるのは控えたほうがいいでしょう。犯人は麦倉が現職の麻薬取締官と知りながら、惨殺したんです。下手をすると、命を落とす危険性もあるんではないかな」

「犯人を憎む気持ちは強いですが、個人で事件を解決できるなんて思っちゃいませんよ。貴重なお時間を割いていただきまして、ありがとうございました」

　見城は型通りの挨拶をし、おもむろに腰を上げた。

　玉井に見送られて捜査一課を出る。そのとき、情報官室から若い男が現われた。男は見城の顔を無遠慮に眺め、階段を駆け下(お)りていった。

　情報官室は、警察や海外の麻薬取締機関と情報交換をしているセクションだ。

　見城は一階に下りた。玄関を出ると、見覚えのある男が前方から歩いてきた。鬼塚だった。

　見城は会釈(えしゃく)した。

「あなたは赤坂署の……」

　鬼塚がたたずんだ。丸顔で、中肉中背だ。

「すごい記憶力だな」

「忘れやしませんよ。六年前、あなたに犯人(ホシ)を横奪(よこど)りされそうになったんですから」

「そんな気はなかったんだがな」

「自分、鬼塚といいます。麦倉のことで、こちらに？」

「この近くまで来たんで、ちょっと立ち寄らせてもらったんだ。そうしたら、井の頭公園のバラバラ死体は麦倉さんだと言うんで、すごく驚いたよ。一瞬、自分の耳を疑ったね」

「うちの課の誰にお会いになったんです？」

「玉井課長だよ。麦倉さん、六本木や西麻布で新種の混合麻薬(ドラッグ・カクテル)の密売ルートを探(さぐ)ってたんだってね。えーと、ドラッグ・カクテルの名は〝パラダイス〟と〝クライマックス〟だったかな」

見城は際どい賭けを打った。

鬼塚が目を丸くした。何か言いかけて、急に口を噤んだ。

「麻薬の名、違ってたかな？」

「いいえ、間違ってませんよ。しかし、うちの課長がそこまで話したとはねえ。課長、外部の人間にはガードが固いんで有名なんですよ」

「こっちがもう刑事じゃないんで、警戒心を緩めたんだろうな」

「警察、やめちゃったんですか。いつごろなんです？」

「きみらと鉢合わせしてから、数カ月後だよ。個人的な理由があって、依願退職したんだ」

「いまは何を？」

「小さな探偵事務所をやってる」

「あなたには、お似合いの仕事なんじゃないのかな。そう思いますよ、自分は」

「話を戻すが、一昨日、麦倉さんは新麻薬の密売グループのアジトに潜入したのかな？」

見城は訊いた。

「アジトじゃなく、売人が現われるというDJクラブに潜り込んだんですよ。西麻布にある『J』って店です。彼女は売人と接触できたら、いったん表に出てくる手筈になってました」

「きみらは外で待機してたわけだ？」

「ええ、わたしを入れて三人の取締官がね。わたしたちは踏み込むチャンスを待っていたのですが、麦倉はなかなか出てこなかったんですよ。で、心配になって、自分が店に様子を見に行ったんです」

「しかし、彼女の姿はなかった？」

「そうなんですよ。なんだか狐につままれたようでした。その店は地下一階にあって、出入口は一カ所しかありませんでしたから」

「店内をくまなく捜してみた？」

「もちろんですよ！　化粧室、従業員用の更衣室、DJのいるブース、厨房なんかを全部ね」

鬼塚が幾分、感情的な口調になった。

「店の者や客に、麦倉のことを訊いてみた？」

「当然、訊きましたよ。彼女を最後に見かけたのは、店のウェイターでした。その男の証言によると、麦倉は化粧室に入ったきり、自分のテーブル席には戻らなかったというんです」

「そのとき、店に不審な客は？」

「三十四、五歳の二メートル近い大男がいたそうです。そいつは隅のテーブル席で酒を飲みながら、フロアで踊ってる女の子たちをずっと眺めてたらしいんですよ。それから、そのスポーツ刈りの大男は折り畳み式の自転車を持ってたそうです」

「というと、携帯バッグはかなり大きいはずだ。そいつが麦倉さんに麻酔液を嗅がせてから、携帯バッグの中に入れて店の外に運び出したのかもしれないな」

見城は自分の推測を口にした。

「なるほど、そうなのかもしれません。自分ら三人は、重そうな携帯バッグを抱えた大男を見てるんですよ。外側には車輪の形がくっきりと浮いてましたんで、別に怪しみもしませんでしたが」

「それなら、推測は正しいんだろう。被害者は、その大男に連れ出されたんだな」

「わたしたちがもっと注意深く人の出入りをチェックしてれば、あいつは、麦倉亮子は殺されずに済んだのに」

鬼塚が下唇を嚙(か)んだ。

「新種のドラッグ・カクテルのことは、どの程度まで把握(はあく)してるのかな？」

「ほとんど何もわかってないんですよ。この三月の上旬ごろから、〝パラダイス〟と〝クライマックス〟という二種類の混合麻薬(ドラッグ・カクテル)が六本木や西麻布で密(ひそ)かに売られてるという情報を入手した程度で……」

「しかし、その新麻薬を所持してる奴を逮捕(パク)ってるんだろう？」

「ええ、ひとりだけ検挙(アゲ)ました。だけど、その男は本当の売人を知らなかったんですよ」

「ダミーを使ってるようだな」

「そうでしょうね。それも通りすがりの人間をダミーに使って、売人は絶対に買い手に顔を見せないようですよ。物(ブツ)と金の受け渡しは、行きずりのダミーにやらせてるんです」

「使われたダミーは、どんな奴だったの？」

「十九歳のフリーターです。そいつは、濃いサングラスをかけた男に『J』でアルバイトの話を持ちかけられたというんですよ」

「その坊やの名は？」

見城は問いかけた。

「通称フミヤで、茶髪(ちゃぱつ)の小僧です。サングラスの男は二種類の薬(ヤク)をスーパー級の催淫剤だと言って、客に売り込ませてたようです」

「売り値は？」

「それが一定してないんですよ。〝パラダイス〟のほうは一錠五千円から一万数千円で、〝クライマックス〟のほうは一錠四千円から一万円どまりのようです」

「押収品の成分分析はもう終わってるね？」

「ええ。〝パラダイス〟は、覚醒剤に幻覚剤のＭＤＭＡ(エクスタシー)とニトログリセリンを混ぜた物でした。〝クライマックス〟のほうはベースがコカインで、ＬＳＤとブチル・ニトライトがブレンドされてました」

　鬼塚が言った。

「国外から錠剤で入ってきたの？　それとも、国内で錠剤化してるんだろうか」

「それが、どちらかはっきりしないんですよ。アメリカ司法省麻薬取締局に照会中なんですが、まだ回答がないんです」

「六本木や西麻布を仕切ってる暴力団は事件に関与してそうなのかな？」

「六本木の関東義友会や関東桜仁(おうじん)会、それから西麻布の東門(とうもん)会山崎組も新種の混合麻薬に絡んではなさそうなんですよ」

「そう。早く麦倉さんを殺った奴と密売組織のアジトが見つかるといいな。縁があったら、また会おう」

見城は鬼塚の肩を叩き、自分のローバーに駆け寄った。

運転席に腰かけたとき、自動車電話が軽やかに鳴りはじめた。発信者は帆足里沙だった。

「里沙、体の具合はどうだ？」

「もうすっかりよくなったわ。連絡が遅くなって、ごめんなさい。うちの社長、なかなか摑まらなかったの」

「そうか。里沙が吐き出した錠剤は、やっぱり新種のドラッグ・カクテルだったよ。百さんに頼んで、科警研で成分を検べてもらったんだ」

見城は成分を教えた。

「由香が服んだ錠剤と同じだったのね。うちの社長も媚薬と信じてたみたいよ。由香やわたしのことを話したら、社長、すごく驚いてたわ」

「で、女社長は誰から錠剤を貰ったんだって？」

「新宿の『アポロン』というホストクラブの甲斐翔吾というホストだそうよ。社長がよく指名してるホストらしいの。二十三歳だったかな」

「店はどこにあるんだろう？」

「歌舞伎町二丁目よ。区役所通りに面した飲食店ビルの中にあるらしいわ」

里沙が言った。

「女社長の名は、なんて言ったっけ？」

「佐瀬智恵（させちえ）よ。四十六歳だけど、本人は三十代のつもりみたいなの。ねえ、社長に迷惑はかけないでね。彼女も、あの錠剤が新しい混合麻薬（ドラッグ・カクテル）だってことは知らなかったんだから」

「そのへんは心得てるよ」

「無理しないでね。さっきテレビのニュースで知ったんだけど、井の頭公園のバラバラ死体は麻薬取締官だったんだって」

「そうだったようだな」

見城は理由（わけ）もなく、どぎまぎしてしまった。

「麦倉亮子とかいう綺麗（きれい）な女性（ひと）だったけど、刑事時代に会ったことがあるんじゃない？」

「いや、面識はないな」

「そう。まだ二十八歳だったらしいの。気の毒よね」

「そうだな。そんなことより、今夜は大事をとって、仕事を休んだほうがいいぞ」

「そうさせてもらったわ。でも、なんだか退屈で」

「贅沢(ぜいたく)言ってるな」

「ねえ、いま忙しいの？」

急に里沙の声に、恥じらいが混じった。

「夜まで少し時間があるよ」

「だったら、こっちに来ない？」

「そうするか」

「待ってるわ。何か夕食の用意をしておきます」

「二十分ぐらいで行けると思うよ」

「そんなに早く!?　それじゃ、簡単な料理しかできないかな」

「夕食の用意なんかしなくてもいいよ。ベッドでひと汗かいたら、何か出前してもらおう」

見城は電話を切ると、イグニッションキーを勢いよく捻った。

第二章　危険な混合麻薬(ドラッグ・カクテル)

1

何かが頬を掠(かす)めた。

風切り音は鋭かった。里沙の自宅マンションを出た直後だった。

見城は身を屈(かが)めた。そのとき、背後の石塀が音をたてた。金属のぶつかった音だ。

撥(は)ね返されたのは、星の形をした黒い手投げナイフだった。

縁(ふち)の部分は刃(やいば)のように鋭く尖(とが)っている。中心部は六角形に刳(く)り貫(ぬ)かれていた。手裏剣(しゅりけん)にヒントを得て作られた手製の手投げナイフなのだろう。

見城は路上の暗がりに目をやった。

ローバーの近くに黒ずくめの男が立っていた。細身で、割に上背もあった。

顔かたちは判然としない。

男は黒のキャップを目深に被っている。顔全体が黒っぽかった。

見城は星形ナイフを摑み上げようとした。

しかし、それは二番目に投げ放たれた手投げナイフで弾き飛ばされた。ナイフ投げの達人と思われる。見城は幾分、緊張した。

男との距離を目で測る。八、九メートルしか離れていない。

見城はダッシュした。また、ナイフが放たれた。空気の裂ける音が不気味だった。ナイフは見城の頭上を疾駆していった。

わざと的を外しているようだ。何か警告しているのか。

見城は地を蹴った。

できるだけ高く跳んで、相手の顎と鳩尾に連続蹴りを見舞うつもりだった。空手道では顎を三日月、鳩尾を水月と呼ぶ。どちらも人体の急所だ。

黒ずくめの男が身を翻し、小走りに駆けはじめた。逃げる気なのか。

見城は着地すると、猛然と追った。

ふたたび高く舞い、男の背に右袈裟蹴りを浴びせた。男は前に大きくつんのめった。

だが、倒れなかった。

男は小さく振り返り、不敵な笑みを浮かべた。近くに仲間の車が待機していた。メタリックグレイのクラウンだった。

黒ずくめの男が助手席に乗り込んだ。車は急発進した。走って追いかけても、とうてい追いつきそうもない。見城は自分の車に駆け戻った。

クラウンを追った。襲撃者の車は、余裕のある走り方をしている。

どうやら自分をどこかに誘い込む気らしい。

見城は、そう直感した。暴漢は手強そうだったが、少しも恐怖は覚えなかった。

クラウンは小田急線の参宮橋駅の脇を抜けると、近くの代々木公園の外周路を巡りはじめた。そして代々木八幡駅の少し手前で、左に折れた。

見城は車を公園の中に入れた。

小雨が降っているせいか、カップルたちの姿は少なかった。駐車中の車も疎らだ。

あと数分で、午後八時になる。

見城は里沙と濃厚な情事を娯しんだ後、出前の握り鮨を三人前頬張った。腹がいくらか重かった。

少し暴れれば、ちょうどよくなるだろう。

見城はミラーを見上げた。怪しい追尾車は見当たらなかった。挟み撃ちにされる心配はなさそうだ。

クラウンが停止した。

公園のほぼ中央だった。あたりに人の姿は見当たらない。見城はクラウンの二十メートルほど後方にローバーをパークさせた。エンジンは切らなかった。

黒ずくめの男が車を降りた。

ヌンチャクに似た武具を手にしていた。握りの部分は短杖に近かった。そこには、鎖が幾重にも巻きついていた。先端には分銅が付いている。李大だった。

クラウンの運転席にいる大柄な男は、外に出ようとしなかった。

黒ずくめの男が芝生の中に入った。ところどころに太い樹木がある。見城も芝生に足を踏み入れた。樹葉と草いきれで、むせそうだった。

二人は対峙した。

睨み合う。火花が散った。見城は、男との距離を目で測った。十メートルは離れていた。

「何者なんだっ」

見城は先に声を張った。

黒いキャップを被った男は、口を開こうとしなかった。手首を器用に捻って、分銅付きの鎖を外した。

見城はわずかに横に動き、櫟の大木と並行に立った。形勢が悪くなったら、相手の鎖を幹に絡ませる気でいた。

「あんた、何を嗅ぎ回ってるんだ？」

男が初めて口を利いた。陰気な声だった。

「てめえこそ、何者なんだ？　ヤー公じゃなさそうだな」

「長生きしたかったら、新しい麻薬には興味を持たないことだ」

「新種のドラッグ・カクテルの卸元の番犬らしいな」

「………」

「麦倉亮子を始末したのは、てめえなのかっ」

見城は身構えた。

黒ずくめの男が右腕を振りはじめた。短杖を想わせる握りの部分は、六角形だった。白樫か。長さは五十センチ前後だろう。

鎖が張り詰め、くすんだ色の分銅が空気を断ち切りはじめた。見城は急かなかった。相手の出方を待つことにした。

「少し痛い思いをすれば、あんたの考えも変わるだろう」

男が言いながら、勢いを増した分銅を左右に振りだした。8の字を描くような振り方だった。交差回しである。

見城は上着を脱ごうとした。

そのとき、分銅が唸りをあげて飛んできた。反射的に見城は腰を沈めた。

頭上で風切り音が響き、樹木の幹が鳴った。

砕けた樹皮と生木の欠片が頭の上から降ってきた。膝を伸ばすと、今度は分銅が足許に叩きつけられた。

芝生が千切れ、土塊が跳ねた。

見城は横に跳んだ。ふたたびジャケットを脱ぎかけると、分銅が真上から落下してきた。見城は上体を傾けて、辛うじて躱した。

「結構、やるな」

男が素早く分銅を手繰り寄せた。

見城は動かなかった。不用意に近づいたら、分銅で脳天を叩き割られることになる。あるいは、鼻柱を叩き潰されるだろう。

見城は逸る気持ちを抑えて、男が焦れるのを待つことにした。間合いを少しだけ詰める。

鎖が大きく撓り、分銅が宙を舞った。見城は肝を冷やしたが、なんとか分銅の直撃は免れた。黒ずくめの男は、次第に動きが粗くなった。焦りと忌々しさを感じているにちがいなかった。

もうすぐ反撃のチャンスが訪れるだろう。それまで仕掛けないほうがよさそうだ。

見城は自分に言い聞かせた。

その数秒後だった。分銅が足と足の間に落ちた。凄まじい勢いだった。

見城は分銅を片足で踏みつけ、両手で鎖を素早く引き寄せた。男を一気に手繰り寄せるつもりだった。

しかし、それは敵に読まれていた。黒ずくめの男が不意に力を緩めた。

見城は虚を衝かれ、後ろにのけ反りそうになった。

男は隙を見逃さなかった。勢いよく走り寄ってきて、白樫のグリップの底で見城の胃のあたりを突いた。

見城は前屈みになりながらも、前蹴りを放った。

狙ったのは膝の上の内側だった。そこは脆い箇所だった。案の定、男がよろけた。

すかさず見城は、相手の顔面に肘当てをくれた。右の振り猿臂打ちだった。

男の腰がふらついた。見城は足払いをかけた。だが、相手に躱された。

見城は右足刀で相手を遠ざけ、回し蹴りを浴びせた。中段蹴りだった。

男が芝生に転がった。弾みで、黒いキャップが落ちた。三十歳前後だった。

見城は奇妙な武具を奪い取り、男を蹴りまくった。

フルコンタクト系の空手はパワーを抜かない。黒ずくめの男は、右に左に転がった。

その手脚は縮まっていた。

「雇い主の名を喋ってもらおうか」

見城は言って、奪った武具の鎖を短く持った。

返事はなかった。見城は分銅を男の腰に叩きつけた。黒ずくめの男が長く唸る。

見城は、またもや分銅で男を叩いた。肩の骨が不快な音をたてた。男が怪鳥じみた叫び声をあげ、のたうち回りはじめた。

そのすぐ後だった。

クラウンの運転席から、巨身の男が飛び出してきた。三十代の半ばだろうか。

ライオンのような面相で、全身の筋肉が瘤のように盛り上がっている。上背は二メートルはありそうだ。髪はスポーツ刈りだった。

大男は金属バットを手にしていた。

羆のように、のっしのっしと歩いてくる。見城は黒ずくめの男から離れ、大男の方にゆっくりと歩(ほ)を進めた。大男が大股(おおまた)になった。

見城は鎖を短く持ち直し、分銅を頭の上で水平に旋回させはじめた。

巨身の男が立ち止まった。影が驚くほど大きかった。プロレスラー崩れなのかもしれない。威圧感があった。

「半殺しにしてやる」

巨漢が金属バットを上段に構えた。

見城は分銅を泳がせた。それは、相手の腹に命中した。

しかし、分銅はすぐに撥(は)ね返された。見城は度肝(どぎも)を抜かれた。

大男が腹筋に力を込めたことは間違いない。鍛(きた)え抜いた筋肉は、想像以上に硬いものだ。コンクリート並(なみ)の強度を誇る者さえいる。

見城は手早く鎖を引き戻した。

その瞬間、大男が走ってきた。見城は分銅を投げつけた。大男は左腕で顔面を庇(かば)った。鎖が大男の丸太のような腕に絡みついた。

見城は鎖を引いた。

すぐに巨身の男も腕に力を漲(みなぎ)らせた。力較(ちからくら)べになった。見城は少しずつ引きずられはじめた。手を放そうとした瞬間、鎖がぶっ千切れた。どちらも、よろめいた。グリップだけが残った。

そのとき、見城のスラックスの裾が裂けた。

倒れている黒ずくめの男が星形のナイフを投げ放ったのだ。

見城は男に走り寄って、顎を思うさまに蹴り上げた。男が、まともに地べたに後頭部を打ちつけた。小さな地響きがした。

見城は大男に向き直った。

ほとんど同時に、金属バットが振り下ろされた。見城は手刀受けの要領で大男の右手首を払い、白樫を繰り出した。

残念ながら、わずかに届かなかった。すぐに踏み込んで、膝蹴りを放つ。金的を直撃した。股間だ。

大男は口の中で呻いたが、体勢は崩さなかった。

プロの格闘家並のタフさだ。侮れない。

見城は大男の顔面に左の流し突きを入れた。

正拳だった。強かな手応えがあったが、大男はのけ反らなかった。見城はすぐに白樫で側頭部を撲った。手首が痺れただけだった。

「この野郎ーっ」

大男が見城の肩口をグローブのような手でむんずと摑み、片手で金属バットを振り翳した。

見城は先に面打ちをくれた。そのとき、不意に犬が吼えた。けたたましい鳴き方だった。そう遠くない場所だ。

「おい、喧嘩してるんだろ？　やめないと、一一〇番するぞ」

暗がりの底で、年老いた男の声がした。

見城は目を凝らした。フード付きのレインコートを着た七十年配の老人が、ジャーマン・シェパードの引き綱を握っていた。

「うるせえな。黙ってろ、じじい！」

大男が苛立ち、老人に怒鳴った。

隙だらけだった。見城は縦拳で大男の頬骨を叩いた。巨漢が体をふらつかせた。よろけながらも、大男は金属バットを薙いだ。ほぼ水平だった。

空気が縺れ合った。バットを白樫で払う。

見城は半歩退がり、回し蹴りを放った。

ようやく大男が倒れた。しかし、バットは握ったままだった。

後ろから、また星形のナイフが飛んできた。

見城は体の向きを変えた。黒ずくめの男は身構えていた。少林寺拳法の構えに似ているが、腰の位置がだいぶ低い。沖縄空手と中国拳法をミックスした空拳道なのか。男は、落としたキャップを目深に被っていた。

犬の走る音がした。

見城は音のする方を見た。引き綱を解かれたジャーマン・シェパードが、大男に跳びかかる姿が見えた。大男は大型犬を蹴り上げた。

シェパードは宙で背を丸めたが、怯む気配は見せなかった。着地すると、すぐさま大きく跳躍した。

大男の肩口を咬んだ。巨漢は声をあげながら、仰向けに倒れた。

ジャーマン・シェパードは何を思ったのか、今度は見城に唸りはじめた。

「咬みたきゃ、あいつを狙えよ」

見城は、黒ずくめの男を白樫で指し示した。

だが、大型犬は見城のスラックスの裾に喰いついた。やむなく見城は、シェパードの喉笛を軽く蹴りつけた。

それがいけなかった。

大型犬は執拗に襲いかかってきた。見城は、ボクサーのようにフットワークをつづけなければならなくなった。時には不本意ながらも、犬の腹を蹴る必要に迫られた。

視界の端に、大男と黒ずくめの男がクラウンに乗り込む姿が映った。しかし、見城は追うに追えなかった。

クラウンが走りだした。

見城は渾身の力を込め、ジャーマン・シェパードの眉間を蹴りつけた。大型犬は高く宙に浮き、どさりと芝の上に落ちた。それきり動かなくなった。

飼い主の老人が駆け寄ってきて、シェパードを抱き上げた。

「ペーター、しっかりしろ」

「多分、脳震盪を起こしてるでしょう。もし死んでたら、運が悪かったと諦めてください」

「なんて言い種なんだ。わしは、あんたの加勢をしてやろうと思ったのに」

「加勢どころか、危うく咬み殺されるところでしたよ」

見城は白樫を捨て、ローバーに駆け寄った。

クラウンが走り去った道をフルスピードで追った。しかし、とうに二人組の車は闇に呑まれていた。

とんだ邪魔が入ったものだ。

見城は舌打ちして、車を新宿に向けた。歌舞伎町までは、ひとっ走りだった。見城は車を新宿区役所の脇道に不法駐車し、飲食店ビルの軒灯を順番に確かめていった。

めざすホストクラブは、区役所から十数軒先の飲食店ビルの六階にあった。

見城は『アポロン』の扉を押した。フロアマネージャーらしい男が小首を傾げながら、小走りにやってきた。三十一、二歳だった。

「お店を間違えてますね。ここは、ホストクラブですよ」

「わかってる。甲斐翔吾って男に会いたいんだ」

「あのう、どちらさまです？」

「新宿署の者だよ」

見城は模造警察手帳を短く呈示した。

「当店は、お咎めを受けるような営業はしていませんよ。翔吾が何をやったんです？」

「ちょっとした事情聴取だよ。甲斐翔吾はいるんだろう？」

「ええ」

「呼んできてくれ。店の外で待ってる」

「わかりました。少々、お待ちください」

黒服の男が軽く頭を下げた。

見城は店を出て、ロングピースに火を点けた。壁に凭れ、煙草を深く喫いつける。

髪の毛も服も雨で濡れていた。待つほどもなく、中性的な顔立ちの美青年が現われた。

舞台衣裳のようなレモンイエローのスーツをまとっていた。しかも、うっすらと化粧をしている。睫毛は長く、穂先がカールしていた。

「甲斐翔吾だな？」

「ええ、そうです。お店では、ただの翔吾で通してるけど。防犯（現・生活安全）の方が、ぼくにどんな用があるんです？」

「おまえ、上客に媚薬を配ってるのか？」

「媚薬って？」

「〝クライマックス〟って、新種の混合麻薬のことだよ」

見城は煙草の火を白い壁に押しつけた。火の粉が散った。切れ長の目を攣り上げる。

凄みを利かせたのだ。

「あの錠剤がドラッグ・カクテルだなんて、冗談でしょ？」

「とぼける気なのか。上等だっ」

「刑事さん、待ってください。あれは、極上の媚薬だって聞いてたんです」

「主成分はコカインなんだよ。それに、幻覚剤のＬＳＤとブチル・ニトライトという薬が混入されてる。コカインもＬＳＤも非合法のドラッグだってことは、おまえも知ってるよな？」

「ええ、もちろん。でも、ぼくは一錠も服んでないんですよ。貰った〝クライマックス〟は、ぼくを必ず指名してくれるお客さんにそっくりあげちゃったんでね。全部で二十錠だったかな。それを四人のお客さんに五錠ずつ配ったんです。ぼくは、あんまり薬を信じてないんですよ。だから、まったく服まなかったんです。それに、ちょっぴり怖い気もしましたしね」

　翔吾が澱みなく喋った。この調子で、リッチな女社長や有閑マダムの母性本能を巧みにくすぐり、高級外車や高価な装身具をねだっているのだろう。

　左手首に光らせている宝飾時計は、文字盤も針もダイヤずくめだった。派手なスーツは、イタリアの有名ブランドの製品だろう。靴はハンドメイドにちがいない。

「その二十錠の〝クライマックス〟は、誰から貰ったんだ？」

「言わなきゃ、まずいですかね」

「捜査に協力しなかったら、おまえの体を叩いて、無理にでも埃を出すことになるな」

「埃なんか、何も出ませんよ。〝誠意〟がぼくの売りですから」

「銭をたっぷり貰えりゃ、自分の母親ぐらいのおばさんたちの股座も一晩中、舐め回してやってるんじゃないのか」

見城は厭味を言った。翔吾が気色ばんだ。

「刑事さん、三流の週刊誌か何かに毒されてません？　ぼくたちホストは、セックスペットじゃないんです。婚期を逸した女性やご主人に相手にされなくなった主婦たちに、束の間の夢を与えてるんですよ。何も疚しさは感じてないし、むしろ仕事に誇りを持ってます」

「経営者が聞いたら、涙を流しそうな台詞だな。そういう話は、いつか暇なときにゆっくり聞いてやろう。で、誰なんだ？」

「刑事さんには縁のない所だろうけど、『東京フィットネス・パレス』って、知ってます？」

「厭味の返礼か。おまえ、性格が暗いな。どんな育ち方をしたんだ？」

「父は真面目一方の牧師ですっ」

「なるほど、その反動で性格がひねくれちまったか」

見城はやり返し、先を促した。翔吾は悔しそうな目をしたが、素直に質問に答えた。

「あのクラブの鵜沢常陽社長の奥さんがくれたんですよ」

「社長夫人の名は？」

「真咲さんです」

「いくつなんだ？」

「三十四、五歳だと思います。ぼくの最高のお客さんなんですから、彼女に迷惑かけないでくださいよね。それに、あの錠剤が混合麻薬だったとしても、社長夫人には罪はありません」

「それ、どういうことなんだ？」

見城は問いかけた。

「問題の錠剤は、真咲さん宛に匿名で送られてきた物らしいんです。添え文には、抜群の効き目のある媚薬だから、ぜひ試してくれとパソコン文字で記してあったそうです」

「なんだって、社長夫人にそんな物が送りつけられたんだ？」

「送り主は鵜沢社長がセックスに淡泊だってことを知ってたんだと思うな。真咲さんのご主人はもう五十八だし、持病の重い糖尿病を患ってるから、精力剤を使っても……」

「エレクトしないんだな？」

「みたいですよ。だから、いろいろ努力してたんじゃないですか」

翔吾はそう言って、謎めいた笑い方をした。

この男は、社長夫妻と3Pをやったことがあるのかもしれない。見城は、そんな気がした。

「そういうことですんで、鵜沢真咲さんは罪にならないはずですよ」

「社長夫人が、おまえに嘘をついたってこともあり得るだろうが？」

「そんなことは絶対にないですよ。だいたいドラッグに手を出すような女性ではありません。彼女は、ちゃんと分別を持った素敵な大人ですからね」

翔吾がむきになって、上客を庇った。まるで自分の身内をけなされたような剣幕だった。

「社長夫人に送り付けられた〝クライマックス〟は何錠だったって？」

「三十錠だったそうです。そのうちの二十錠をぼくにくれたわけですよ。残りの十錠が、まだ彼女の手許にあるかどうかはわかりません」

「そいつは、おれが調べよう。営業中に悪かったな。せいぜい稼いでくれ」

見城は美形のホストに言って、エレベーターホールに足を向けた。

翔吾が何かを隠そうとしているようには見受けられなかった。いま聞いた話は、事実の可能性が高い。

真咲に接触する前に、西麻布の『J』ってダンスクラブを覗いてみるか。見城はエレベーターの下降ボタンを押した。

2

煙の輪が天井の近くで崩れた。

見城は煙草を指に挟みながら、拡散する黄ばんだ煙の行方をぼんやりと目で追った。自宅マンションの居間だった。ついいましがた、遅い朝食を摂ったところだ。

正午前だった。

見城はめざめてから、ずっと昨夜の二人組のことを考えていた。男たちは、どこから自分を尾行していたのか。あるいは、最初から里沙のマンションの前で張り込んでいたのだろうか。そうだったとしたら、何日か前から何者かに動きを探られていたのかもしれない。

それにしても、きのうは最悪だった。

見城は煙草の火を消した。ホストクラブから西麻布の『J』に回ったのは九時半ごろだった。店内は若い男女で、ごった返していた。

DJが客たちを巧みに煽り、ひっきりなしにダンスミュージックを流していた。主にハウスやジャングルといった若者好みの音楽がかかっていた。どの曲も大音量だった。

見城は、ウェイターやＤＪに大声で話しかけなければならなかった。

麦倉亮子が消えた夜、店内に不審な大男がいたことは確かだった。その男が、折り畳み式の自転車用キャリーバッグを持っていたことも複数の証言で裏付けられた。

しかし、大男の服装や容貌については曖昧な証言しか得られなかった。

怪しい男が店を出ていった時刻を正確に憶えている者はいなかった。亮子に関する情報も、麻薬取締官の鬼塚靖から聞いていた話ばかりだった。

見城は場違いな場所にいる居心地の悪さに耐えながら、店の従業員や客たちに新種の混合麻薬についても訊いてみた。

多くの者が六本木や西麻布に〝パラダイス〟と〝クライマックス〟が出回っているという噂は知っていたが、現物を直に見た者はひとりもいなかった。

鬼塚がダミーの売人と称したフミヤという若者が店によく現われることは間違いなかった。だが、彼の本名や住まいを知っている者は皆無だった。

見城は午前一時まで粘ってみた。

しかし、フミヤはとうとう姿を見せなかった。見城はダンスクラブを出ると、通りすがりの若い男女に片端から声をかけてみた。だが、新麻薬を入手する方法を知っている者は見つけられなかった。

徒労感を抱え、帰途につい たのは明け方だった。そのころは雨も上がっていた。

きのうの男たちは、まさか里沙に妙なことはしなかったと思うが……。

見城は急に心配になった。ソファから立ち上がり、スチールのデスクに歩み寄る。

机上の電話機は親機だった。子機は寝室のベッドサイドのテーブルの上にある。

見城は立ったまま、タッチコール・ボタンを数度押した。里沙の自宅の電話番号は短縮ダイアルに組み入れてあった。

先方の受話器が外れた。

「おれだよ。妙なことを訊くが、きのう、何か変わったことはなかった？」

「ううん、別にないけど。どうして？」

「それなら、いいんだ」

「昨夜、帰りに何かあったのね？」

里沙は察しがよかった。

見城は少し迷ってから、不審な二人組に尾けられていたことだけを話した。立ち回りを演じたことを話せば、里沙に余計な心配をさせることになる。

「いやねえ。なんか気持ち悪いわ」

「おおかた、おれに浮気を暴かれた野郎が逆恨みでもして、二人組を雇ったんだろう」

見城は言い繕った。

「少し気をつけたほうがいいわね」

「そうだな」

「新宿のホストクラブに行ってみたの？」

里沙が問いかけてきた。見城は、翔吾から聞いた話を伝えた。

「社長夫人に匿名で三十錠の錠剤が送り付けられたなんて話、本当なのかしら？」

「翔吾って奴が嘘をついてるようには見えなかったんだよ」

「なら、本当の話なのかもね。まさか高級スポーツクラブの経営者の奥さんがドラッグ・カクテルの密売人なんてことは考えられないもの」

「確かに、常識では考えられないよな。しかし、いまや常識を超える事件がいろいろ起こってるから、可能性がゼロとは言えないんじゃないか」

「それはそうだろうけど……」

「カナダの元大統領夫人が大物ロック歌手と浮名を流し、ヘロインとクラック漬けの暮らしをしてたって話もあるぜ」

「あれは例外でしょ？」

里沙が言った。

クラックというのは、コカインにアンモニアやベーキング・ソーダを加えた白い固形状の麻薬だ。密売されているコカインは良質の物でも、四割前後は不純物が混じっている。しかし、クラックの純度は高い。極上物になると、わずか数パーセントしか混ぜ物が入っていない。

一般的にはパイプのボウルに目の細かい金網を張り、その上でクラックを燃やし、煙を吸入する。金網の代わりに、アルミ箔(はく)を使う者もいる。フリーベーシングという味わい方だ。

粉末にしたクラックを鼻腔吸入(スニッフィング)する者も少なくない。どちらの方法でも、作用時間はたったの七、八分だ。したがって、常用者はかなり大量にクラックを買い入れなければならない。

「女社長の名前は出さなかったよ」

「ありがとう」

「里沙、部屋にいるときは必ずドアのチェーンを掛けといてくれ。何も起こらないと思うが、念のためにな。それじゃ、また！」

見城は先に電話を切った。

それを待っていたかのように、すぐに着信音が響きはじめた。電話をかけてきたのは百面鬼だった。

「見城ちゃん、例の二種類の混合麻薬(ドラッグ・カクテル)はどうも国内で密造されてるみてえだぞ。アメリカ大使館経由で、本国のＤＥＡに問い合わせてもらったんだが、イタリア人マフィア、コロンビア人マフィア、中国人マフィアのどこも、〝パラダイス〟や〝クライマックス〟は密造もしてねえし、売(バイ)もしてねえってよ」

「錠剤化に手間がかかるからな」

「それもあるだろうが、そもそもドラッグ・カクテルって、個人がそれぞれの好みでブレンドして愉(たの)しんでるわけだろう？」

「基本的には、そうだろうな」

「日本で密造してるとなると、ある程度は薬品に関する知識を持った奴じゃねえと、無理だろう」

「だろうね。医学部とか薬学部出身、それから理工学部で化学を修めた奴と限られると思うよ」

見城は言った。

「それに、看護士（現・師）なんかを加えてもいいんじゃねえの？」

「いや、看護士は薬品の知識はあっても、錠剤化はできないだろう」

「そうか、そうだろうな。いずれにしても、素人には無理だ。どっかの病院で密かに製造されてるんじゃねえのか？」

「病院関係と絞るのは危険だな。製薬会社の人間や薬剤師だって、密造は可能だろう」

「それほど大がかりな工場じゃなくても、密造できそうだな」

百面鬼が相槌（あいづち）を打った。

「それから、首謀者が病院や製薬会社関係の者とは限らない。金で協力者は、いくらでも集められるだろうからさ」

「ああ。ボスが堅気（ネス）であることは間違いなさそうだが、問題は覚醒剤（シャブ）、コカイン、幻覚剤といった原料をどっから入手してるかだよな。素人（トウシロ）が暴力団から大量に買い付けられるわけねえ」

「だね。おそらく何か巧みな方法で法網（ほうもう）を潜り抜けて、外国から麻薬（ヤク）を買い入れてるんだろう」

「そう考えるべきか」

「百（どう）さん、きょうの情報の謝礼は三万でいいよね？」

「謝礼はいらねえよ。いつも見城ちゃんのバーボンを飲んでるから、チャラってことにしようや」

「珍しいことを言うね」

「きのう、都内某所でビル持ちの未亡人と知り合ったんだよ。喪服を着せてバックから責めてやったら、随喜(ずいき)の涙を流してな。別れしなに、スタミナつけてって百万も小遣いをくれたんだよ。えへへ」

「いくつなの？」

「おれより二つ年上だよ」

「大年増だな」

見城はストレートに言った。すると、極悪刑事がむきになって言い返した。

「けどよ、子供を産(う)んだことがねえから、まだ肌が張ってるんだ。乳房(パイオツ)もほとんど垂れてねえし、あそこもよく締まる」

「百(どう)さん、もう少し文学的な表現はできないの？　それじゃ、まるで女に飢えてる野郎みたいじゃないか」

「妬(や)くな、妬くな」

「その女をうまく誑(たら)し込んで、持ちビルをいただいちゃう気なんじゃないだろうね？」

「見損なっちゃいけねえよ。おれは情(じょう)を交わした女にゃ、汚ないことはしねえ主義なんだ。見城ちゃんだって、そのへんのことは知ってるだろうがよ」

「百万も小遣いを貰ったんじゃ、きれいなつき合い方をしてるとは言えないと思うがな」

「あの金は、そのうち十倍にして返してやるつもりなんだよ。だから、見城ちゃん、早く獲物をめっけてくれや」

「わかったよ、ハイエナの旦那(だんな)」

見城は受話器を置き、リビングソファに戻った。

インターフォンが鳴ったのは数分後だった。見城は反射的に腰を浮かせたが、壁の受話器には手を伸ばさなかった。昨夜の男たちが押しかけてきたとも考えられたからだ。

見城は忍び足で玄関口に急ぎ、ドア・スコープを覗いた。緊張と警戒心が解(と)ける。

来訪者は森脇直昭だった。ブラザータイヤの社長は、何か深刻そうな顔をしていた。

見城はドアを開け、結衣の父親にロマネ・コンティの礼を述べた。

「実は、結衣のことで少し相談があるんです」

「調査の依頼ということでしょうか？」

「ええ、そうです」

森脇が深くうなずいた。表情が暗く沈んでいる。目も充血していた。寝不足のようだ。

いったい何があったのか。見城は、気品のある依頼人を居間に通した。

　アコーディオン・カーテンでダイニングキッチンを隠す時間はなかった。大金持ちに見栄を張っても始まらない。見城は開き直って、散らかったダイニングキッチンを覆い隠さなかった。

　二人はコーヒーテーブルを挟んで向かいあった。見城は先に言葉を発した。

「早速ですが、依頼の内容をお聞かせください」

「『東京フィットネス・パレス』が若い女性会員に何かいかがわしいことをやっているのかどうかを調べていただきたいんですよ」

「いかがわしいこと!?」

「はい。どうも結衣がきのうの午後、クラブのリラクゼーションルームで妙な錠剤をインストラクターの男に服まされたようなんですよ」

　森脇が辛そうな表情で打ち明けた。

「どんな錠剤なんですか？」

「わかりません。おそらく幻覚剤か、強力な催眠剤だったんでしょう。もしかしたら、向精神剤の類かもしれません」

「穏やかじゃない話ですね」

　見城はテーブルの下から依頼ノートを取り上げ、ボールペンを握った。

「結衣は意識がぼやけているときに、何かエッチなことをされたようなんです。家内の話ですと、娘はきのう帰宅したとき、ひどく塞ぎ込んでいたらしいんです」

「きっとショックなことがあったんでしょう」

「ええ、おそらく。結衣は夕食も摂らずに、自分の部屋に閉じ籠ったきりだったそうです。妻がそっと様子を見に行くと、娘は泣いていたようです」

「奥さんは結衣さんに声をかけられたんでしょうか？」

「はい。何度も泣いている理由を訊いたみたいです。しかし、結衣は頑なに喋ろうとしなかったらしいんですよ」

「親にも言えないような体験をしたんでしょうね」

「わたしたち夫婦は、とても心配になりました。なにしろ、結衣しか子供には恵まれませんでしたのでね。過保護だと笑われるかもしれませんが、今朝、結衣がシャワーを浴びているときに、こっそり妻に娘の日記帳を盗み読みさせたんです」

「感心できることじゃないが、親御さんの気持ちはよくわかりますよ」

「恥ずかしい親だと思っています。しかし、道徳心よりも心配のほうが先に立ちまして。これは、きのう付けの日記をコピーしたものです」

森脇が仕立てのよさそうなブラウングレイの上着から、二つ折りにした紙片を抓み出した。二頁分だった。

「どんなことが綴られてるんです？　他人の日記を読むのはどうも……」

「かまいません。どうぞお読みになってください。親が口で伝えるには、辛いものがありますので……」

「では、拝見させてもらいます」

見城は日記のコピーを受け取り、女らしい流麗な文字を目でなぞりはじめた。

信じられないことが、わが身に起こった。

あれは現実だったのか。それとも、わたしは幻に惑わされていただけなのだろうか。

後者だと思いたいが、そう言い切れる自信もない。

リラクゼーションルームの温水カプセルに仰向けになって、防水ヘッドフォンで野鳥のテープを聴いているときだった。

インストラクターの妻木望さんがビタミン剤だという白い錠剤を持ってきた。わたしはなんの疑いも持たずに、その錠剤をスポーツドリンクと一緒に口の中に入れてしまった。

十四、五分後、とってもハイな気分になった。実際に体験したことはないが、雲の上を歩いているような感じだった。

そのうち頭のスクリーンに、サイケデリックな絵が次々に浮かぶようになった。エンゼル・フィッシュやグッピーが、なぜかピンクの空を泳ぎ回っていた。

その次には、わたしが巨大なフリーフォールにたったひとりで乗っていた。それは途中でジェットコースターに変わって、渦巻きのトンネルの中に吸い込まれていった。

その先のことは、よく思い出せない。

多分、あの直後にわたしの意識は混濁したのだろう。体に痛みと重みを感じたときには、わたしの胸の上に若い黒人の男がのしかかっていた。逞しい体つきで、まだ若かった。

わたしは水着を着ていなかった。

しかも両脚を高く掲げられ、肌の黒い男にレイプされていたのだ。わたしは股が裂けそうな恐怖に取り憑かれた。とにかく、とても不安だった。

事実、相手の性器はビール壜ぐらいのサイズがあるように感じられた。

そばには、栗色の髪の白人の男がいた。その瞳はエメラルドグリーンだった。二十代だと思う。そのアメリカ人らしい男はわたしの乳首を交互にいじりながら、反り返ったペニスでこちらの顔面を叩いていた。

急にストロボが焚かれたのは、白人男がわたしの口に男性器を押し込もうとしたときだった。なんとインスタントカメラを構えていたのは、妻木さんではないか。ショックだった。わたしは何か悪い夢を見ていると思い込もうとした。

しかし、夢はなかなか終わってくれなかった。

黒人の男が射精すると、白人の男がわたしの秘部をお湯で洗った。それから緑色の瞳の男は、わたしの体に入ってきた。その瞬間、また写真を撮られた。

妻木さん自身は、ちゃんとトレーニングウェアを着ていた。彼は何も言わなかったが、終始、にたにたしていた。悪魔に見えた。

白人の男が離れると、わたしはまた別の錠剤を強引に口の中に押し込まれた。泣いているうちに、なんだか急に眠くなった。

ふと気がつくと、わたしは温水カプセルの中に浮かんでいた。なぜだか、きちんと水着をつけていた。

二人の外国人は、どこにもいなかった。妻木さんは、隣のカプセルの排水口の掃除をしていた。

わたしは彼に自分が眠ってしまったのではないかと訊いた。しかし、そんなことはないと言った。わたしは、わけがわからなくなってしまった。

半睡状態のときに、淫夢を見ただけなのだろうか。いや、そうではないだろう。シャワー室で水着を脱いだとき、股の付け根に引っ掻き傷とキスマークがうっすらと残っていた。体の芯にも疼痛感があった。

わたしは、どこの誰かもわからない二人の外国人に身を穢されてしまったにちがいない。

それなのに、犯人を捜す手立てがない。

妻木さんを詰問しても、妄想だと一笑に付されるだけだろう。レイプ犯たちを手引きしたのは彼だと思われる。状況証拠だけだが、そう疑いたくなる。

心密かに憧れていた妻木さんに、こんなひどいことをされるとは思いもしなかった。自分の運命を呪わずにはいられない。

ああ、わたしはどうすればいいの!? いっそ死んでしまいたい気持ちだ。

見城は日記を読み終えた。

記されたことが現実に起こったのだとしたら、慰めようもなかった。無言で紙片を畳む。

「そんなことが結衣の身に起こったとは信じたくない気持ちです。しかし、文脈から考えて、単なる被害妄想とは思えません」

森脇が感情を抑えた声で言った。

「被害妄想と片づけるには抵抗がありますね」

「はい。そこで、あなたに事件の有無(うむ)を確かめていただきたいのです。調査費用はどんなにかかってもかまいません。お引き受けいただけますでしょうか？」

「調べてみましょう」

見城は快諾(かいだく)した。

むろん、青臭い正義感に衝(つ)き動かされたわけではない。結衣が服(の)まされたと綴(つづ)っている錠剤が新種の混合麻薬(ドラッグ・カクテル)の可能性があったからだ。

「どうかよろしくお願いします」

「わかりました。さて、どんなふうに高級スポーツクラブに潜入するかな。わたしには、会員になるだけの財力もないですしね」

「わたしの家族のビジターとしてなら、何も疑われずに潜入できるでしょう」

依頼人が知恵を授(さず)けてくれた。

「それは名案ですね。なら、わたしはあなたの知り合いのフリージャーナリストという触(ふ)れ込みで、探訪ルポの取材という名目で……」

「それでは、わたしはゼネラルマネージャーの友浦遙さんに電話を入れておきます。女史といっても、まだ三十歳ですがね。聡明で美しい方ですよ」

「先方には、中村太郎という偽名を使ってもらえますか。本名だと、何かあった場合に面倒なことになりかねませんので」

「わかりました」

「それはそうと、鵜沢社長とはどの程度のおつき合いなんです？」

見城は訊いた。

「パーティーやゴルフ場ではよく顔を合わせますが、個人的なつき合いはないんですよ」

「そうですか。なかなか遣り手の事業家のようですね？」

「商才もありますし、着想も斬新です。思い切りもいい。しかし、それだけに大胆すぎる面が裏目に出ることも……」

「何か事業で失敗したようですね」

「鵜沢さんは去年、豪華船を建造し、クルージング・レジャー会社を新たに興したんです。大都会にいるときと同じように、さまざまなレジャーやスポーツを楽しみながら、船旅を満喫してもらうというコンセプトだったようですね。しかし、景気がなかなか好転しないので、肝心の客が思うように集まらなかったそうです」

「本業に支障をきたすような状態なんですか？」

「迂闊（うかつ）なことは言えませんが、青山のスポーツクラブの建物と土地は早晩、銀行の管理下に置かれるという情報が経済界には流れています」

森脇は控え目な言い方をしたが、倒産の危機に直面しているということだろう。

鵜沢社長は金に困って、何か悪巧（わるだく）みをしているのだろうか。見城は煙草のパッケージから、ロングピースを振り出した。

「いつから調査にかかっていただけるのでしょう？」

「午後から取りかかります。その前に、できたら結衣さんにお目にかかって、それとなく様子をうかがいたいですね。もちろん、日記に書かれていることをストレートに質問するようなことはしません」

「あいにく娘は家にはいないんです。一時間ほど前に、妻と一緒に軽井沢の別荘に出かけたんですよ」

「そうですか。家に閉じ籠（こも）って塞ぎ込んでるよりは、そのほうがいいでしょう」

「結衣は気が進まなかったようですが、妻が強引に連れ出したのです。我が家の山荘の近くに、地元の乗馬クラブがあるんですよ。娘は子供のころから、そこでよく馬に乗っていたんです」

「環境が変われば、気分も変わるでしょう」

「わたしも妻も、それを願っています。それはそうと、費用はいかほどお支払いしたら？」

「着手金三十万、成功報酬が百万円ということでどうでしょう？」

「ええ、結構です。それでは、とりあえず着手金をお払いしましょう」

森脇が分厚い札入れを懐から取り出した。

もう少し吹っかけるべきだったか。見城は淡く悔みながら、領収証の用意をした。

3

目の醒めるような美人だった。

知的な容貌でありながら、充分に色気が感じられる。肢体も官能的だ。

見城は名刺を交換しながら、友浦遙の瓜実顔をまじまじと見つめてしまった。

「お化粧崩れしているのかしら？」

美しいゼネラルマネージャーが、ほっそりとした白い指を頬に当てた。

『東京フィットネス・パレス』の一階ロビーである。午後二時を五分ほど回っていた。

「あなたがあまりにも綺麗なんで、つい見惚れてしまったんですよ」

「あら、どうしましょう!?」

「美しいだけじゃない。男を惑わせる妖しさを漂わせてる」

「悪い方ね。そんなふうにして、いつも女性を口説いてらっしゃるんでしょ?」

「さっきみたいに気障な台詞を口にしたのは、生まれて初めてですよ。あなたにつきまとうことになるかもしれないな」

　見城は冗談めかして言ったが、内心、一度は寝てみたい相手だと考えていた。

「ジョークはそれくらいにしていただいて、本題に入らせてもらいます。森脇さまのお話ですと、うちのクラブをどこかの週刊誌に書いてくださるとか?」

「ええ、『週刊ワールド』に今回の探訪ルポを載せてもらうことになっています」

「ありがたいお話です。記事風の体裁をとったパブリシティーだと、見開き二頁で何百万も広告料を取られてしまいますものね」

　遥が嬉しそうに言った。

「後日、専属のカメラマンが写真を撮りにうかがいますので、その節はよろしく!」

「わかりました。それで、記事の狙いは?」

「最新の設備と会員令嬢たちの紹介ですね。スキューバ用のプールや瞑想サロン、それからご自慢のリラクゼーションルームあたりを中心に紹介することになるかな」

「欲張ったことを言うようですけど、スカッシュのコートも取り上げていただきたいわ。うちのコートはブーススタイルで、一面ずつ完全防音になっていますの」

「そうですか。とりあえず、各フロアを覗かせてもらいます」

見城は言った。

美人ゼネラルマネージャーが案内に立った。ライトグレイのテーラードスーツに包まれた体は、実にバランスがとれていた。

ヒップの位置が高いせいか、脚が長く見える。きゅっと引き締まった形のいい尻はなんともセクシーだ。

最初に導かれたのは、地階にある潜水用プールだった。

会員の女たちが六人ほどボンベを背負って、練習に励んでいた。見城はもっともらしく、遙にプールの面積や水深などを訊いた。さらに、若い人妻や女子大生にインタビューもした。

プールの横に、スカッシュのコートが三面あった。遙の説明通りに、各コートは箱型のブースになっていた。透明な仕切り壁は強化ガラスだった。

左端のブースで、二人の中年女性がボールを打ち合っていた。

ともに後ろ向きだった。女たちは壁面に交互に球を打ち込み、撥ね返ったボールを相手のコートに落とし合っていた。

「テニスコートは屋外にありますの。でも、ドーム型の造りですので、雨天でも練習はできます」

遙が言った。

「そりゃ、凄いな」

「コート、ご覧になります？」

「いや、いいですよ、天蓋付きのコートでも、テニスはもう絵にならないからな。階上に行きましょう」

二人は階段で一階に上がった。

受付カウンターの横にロッカールーム、シャワールーム、医務室、従業員用休憩室、レストラン、喫茶室などがあった。

二階が総鏡張りのエアロビクスの練習場になっていた。

カラフルなレオタードをまとった十数人の女がリズムに合わせて、手脚を跳ね上げていた。若い女は少ない。大多数は、美食や飽食で肥満した中高年の女性だった。

醜くたるんだ三段腹や腿を長く眺める気にはなれなかった。

見城は遙を促し、次の階に移った。

三階から四階までは、筋肉増強を目的としたトレーニングルームだった。マッスル・マシーンの数が、驚くほど多かった。

全身、上半身、下半身の筋力を高める器械だけではなく、ごく限られた部分の筋肉を引き締めるマシーンまで揃っていた。

「インストラクターの妻木望さんは、どこにいるんです？」

四階の踊り場で、見城は訊いた。

「妻木のことはどなたから？」

「森脇さんから聞いたんですよ。お嬢さんの結衣さんが、ちょっと妻木さんに関心があるような口ぶりだったな」

「彼は、女性会員のアイドルなんですの」

「ボディービルダーみたいな体型で、マスクがいいんでしょ？」

「ハンサムだけど、筋骨隆々という体ではありません。妻木はマッスル・トレーナーじゃないんですよ」

「というと、瞑想やリラクゼーションのほうのインストラクターなのかな？」

「ええ、そうです。妻木は大学院で運動生理学を勉強した後、看護士（現・師）の資格を取得したのです。ですから、ふだんは瞑想室やリラクゼーションルームにいるんですの」

「いくつなんです？」

「二十八歳だったと思います」

「独身？」

「ええ。ですから、若い女性会員に騒がれてるんです」

「会ってみたいな」

「ええ、ご案内します」

遙が階段の昇り口に向かった。

見城は後に従った。五階はアスレチックルームになっているらしかった。室内全体を野外に見立て、人工の吊り橋、沢、断崖などがあるという話だった。

六階は瞑想室とリラクゼーションルームに分かれていた。

遙が先に足を踏み入れたのは瞑想室だった。年配の男女会員がヨガや座禅のポーズで、それぞれ自分の内面と向かい合っていた。彼らの前には、スクリーンが垂れている。

「リモコン操作で、お好みの風景写真や宗教画が画面に映し出せるんですの」

　遙が得意顔で言って、インストラクターの顔をひとりずつ確かめた。女が二人に、男が三人だった。

「妻木さんはいるのかな？」

　見城は小声で問いかけた。

「いいえ、ここにはおりません。多分、隣のリラクゼーションルームでしょう。ここの会員さんの取材もされます？」

「いや、結構です」

「それでは、隣にまいりましょうか」

　遙が先に廊下に出た。大理石の床は磨き上げられ、鏡面のように光っている。

　リラクゼーションルームは薄暗かった。

　かなり広い。百畳ほどのスペースはありそうだった。

　右手に寝椅子型のカプセルが十二基並び、正面には大きな熱帯魚用の水槽があった。珍しい形をした色鮮やかな魚が群をなし、気持ちよさそうに回遊している。

　左手側には仕切りパネルがあり、壁際に十基の温水カプセルが据え置かれていた。

　水着姿の女性が幾人か、仰向けに浮かんでいる。ゴーグルのようなもので両眼を覆い、防水ヘッドフォンをつけていた。

「この方々は体をリラックスさせ、お気に入りの環境サウンドを聴いたり、心の休まる映像を眺めているんです。映像はコンピューター・グラフィックスによるものです」

「下からのジェット水流で、会員たちの浮揚力を保（たも）ってるのかな？」

見城は確かめた。

遙がうなずき、近くにいる女性インストラクターに声をかけた。

「妻木君は？」

「休憩室にいるはずです。呼んでまいりましょうか？」

「ううん、いいわ。こちらから行くから」

「そうですか」

相手が軽く頭を下げ、少し離れた。クリーム色のジャージの上下だった。二十六、七歳だろう。容姿は平凡だった。

見城は遙に導かれ、奥の休憩室に向かった。

妻木望はソファに深く腰かけ、紫煙（しえん）をくゆらせていた。長身だった。濃紺のジャージ姿のためか、細身に映った。

端整な顔立ちで、非の打ちどころがない。ふた昔前の二枚目俳優のような造作だ。ハンサムだが、味や個性のない面相だった。

「こちらはブラザータイヤの森脇社長のお知り合いの中村太郎さんよ。フリーライターで、うちのクラブのことを『週刊ワールド』に書いてくださるの。きょうは、その取材でお見えになったのよ」

遙が言った。

妻木が弾かれたように立ち上がり、折目正しい挨拶をした。見城は笑顔で名乗った。しかし、名刺は渡さなかった。

遙に勧められ、見城は妻木と向き合う位置に坐った。遙が備え付けの冷蔵庫から、三人分の缶コーラを取り出した。ダイエットコークだった。

三つのプルタブを引き抜き、遙は妻木のかたわらに浅く腰かけた。

「森脇結衣さんは、きみのファンみたいだよ」

見城は言って、妻木の反応を探った。

妻木はわずかに狼狽した。すぐに笑いでごまかしたが、頬の強張りはほぐれなかった。

「あなたはお嬢さま方や若奥さんたちのアイドルだものね」

「やめてくださいよ、ゼネラルマネージャー」

妻木は遙の方を見て、いかにも迷惑げに眉根を寄せた。

「ごめんなさい。別に、からかったわけじゃないのよ。事実を事実として話しただけ」

「でも、そういうことは言ってほしくないんです。ぼくは人気商売をしてるわけではありませんから」

「そうね、よくなかったわ。ごめんなさい。これからは口を慎(つつし)みます」

遙が謝った。

気まずい空気が流れた。遙と妻木が相前後してコーラを飲んだ。

見城は煙草に火を点けた。

そのとき、だしぬけにドアが開いた。女性インストラクターの制止を振り切って、五十四、五歳の恰幅(かっぷく)のいい男が休憩室に入ってきた。

「妻木、わたしの娘に何をしたんだっ」

「鶴岡(つるおか)さま、いったいなんのことでしょう？」

遙が冷静に言って、そっと立ち上がった。

「きみ、監督不行き届きだぞ。一昨日(おととい)の夕方、妻木はわたしの娘におかしな錠剤を服(の)ませて、水着を剥(は)ぎ取ろうとしたらしいんだ」

「まさか!?」

「きみは、わたしの娘がいい加減な作り話をしてると言うのかっ」

鶴岡と呼ばれた男が大声を張り上げた。

「いいえ、そんなつもりで申し上げたんではありません。どうかご容赦くださいようしゃ」

「まあ、いい。娘は強力な睡眠薬を服のまされたようだな。睡魔に引きずり込まれそうになったとき、妻木がスイミングウェアに手を掛けたと……」

「それは言いがかりです」

妻木が憤然ふんぜんと立ち上がった。

「言いがかりだと？」

「そうです。わたしが、そんなことをするわけありません。リラクゼーションルームの指導員は、ぼくひとりだけではないんです。いつも近くに複数のスタッフがいるんですよ。だから、そういうことは絶対に……」

「言い逃れはやめろ！　きさまは、うちの娘に睡眠薬を服ませたはずだ」

「あれはビタミン剤ですよ。ご希望される会員の方には、どなたにも差し上げているんです」

「その話は嘘ではありません」

遙が言い添えた。

面白くなってきた。見城は長い灰を落とし、煙草を深く喫すいつけた。

「そのビタミン錠に、何か意識が朦朧もうろうとするような薬を混ぜたんじゃないのかっ」

「何を根拠に、そういうでたらめをおっしゃるんです！　根拠があるのでしたら、それをはっきりとおっしゃってください」

「わたしは娘の話を信じてる」

「それはご自由ですが、そんなことは根拠になりません」

「生意気な若造だな」

鶴岡が苦々しげな顔つきになった。見城は煙草の火を消した。

「おそらく、おたくのお嬢さんは仕返しをしたかったんでしょう」

「仕返し？」

「ええ。半月ほど前に、ぼくはお嬢さんにデートに誘われました。そのとき、娘さんは高級腕時計をプレゼントしたいと言ったんです。しかし、ぼくはデートも贈物の申し出も断りました。そのことで、お嬢さんはプライドが傷ついたんだと思います」

妻木は昂然と言った。

「そんなことがあったのか」

「ぼくは逃げも隠れもしません。もう一度、娘さんの話をよく聞いてから、出直してください」

「ああ、そうしよう。尻に帆を掛けて逃げ出すなよ」

鶴岡は言い捨て、休憩室から出ていった。

「とんだ場面をお見せしてしまって、すみませんでした」

妻木が謝罪し、ソファに坐った。見城はインストラクターに訊いた。

「いまの男は？」

「成金ですよ。株と土地をうまく売り抜けて、ひと財産築いた中小企業のおっさんです」

「妻木君、お客さまの悪口は御法度だったでしょ！」

遙が窘めた。妻木は素直に詫びた。

「女にモテると、何かと大変だな」

見城は妻木に顔を向けた。

「こんなことは初めてです」

「そう。ところで、きみにもう少し訊きたいことがあるんだ」

「なんでしょう？」

妻木が探るような眼差しを向けてきた。

見城は切れ長の目をことさら和ませ、揺さぶりをかけた。

「きみは英会話が得意なんだって？」

「そうでもありませんよ。日常会話をなんとかこなせる程度です」

「それなら、六本木あたりで遊んでる白人モデルなんかと親しくなれそうだね。アメリカ人の友達、割に多いんじゃないの？」

「何人か知り合いはいますけど、友達と呼べるような奴はいません」

「もしコカインかクラックをやってるのがいたら、新種の混合麻薬(ドラッグ・カクテル)が手に入らないか、それとなく訊いてもらえないかな」

「あなた、麻薬(ドラッグ)をやってるんですか!?」

　妻木が声を裏返らせた。

「そうじゃないんだ。麻薬に魅(み)せられた連中のルポを書きたいと思ってるんだよ。取材のためだったら、トリップ体験をしてみてもいいと考えてる」

「そういうことなんですか。びっくりしました」

「どうせなら、〝スピードボール〟や〝ブルーチア〟をやってみたいな。両方とも、強烈らしいんだよ。それから、噂に聞いた新しい混合麻薬の〝パラダイス〟や〝クライマックス〟なんてのも試(ため)してみたいね」

　見城は喋りながら、妻木の表情を観察しつづけた。しかし、表情に何も変化は生まれなかった。

「どれも初めて聞く名ばかりですね」

「そう。きみぐらいの世代なら、誰もが知ってると思ってたがな」

「麻薬には興味ないんですよ。常用したら、体によくないでしょうからね。ヘロインや覚醒剤、それからＬＳＤのフラッシュバックはしつこく続くらしいから」

妻木が言ってから、悔やむ顔になった。

フラッシュバックとは、麻薬を絶(た)った後(あと)も使用時の作用が急に蘇(よみがえ)ることだ。麻薬にまるで関心がなければ、そうした専門用語には疎(うと)いのではないか。

「妻木君、麻薬(ドラッグ)に精(くわ)しいのね。案外、薬物依存症だったりして」

遙が半畳を入れた。妻木が慌(あわ)てて強く否定した。

さっき怒鳴り込んできた男のことを考えると、結衣が偽のビタミン剤を服まされたのは幻ではないだろう。ひょっとしたら、彼女はこの休憩室で二人の外国人に身を穢(けが)されたのかもしれない。

見城はごく自然に上着の右ポケットに手を突っ込み、超小型盗聴マイクを指の間に挟みつけた。

「もう取材はよろしいかしら？」

遙が訊いた。

「ええ、ここはね」

「それでは、上の階に行きましょうか？」

「そうですね」

見城はソファから腰を浮かせ、スチールのロッカーに歩み寄った。靴の紐を結び直す振りをして、ロッカーの底部にピーナッツ大の盗聴マイクを貼りつける。磁石付きのマイクだった。

妻木も遙も怪訝そうな顔はしなかった。

ほどなく見城は、遙とリラクゼーションルームを出た。七階には会員用の社交サロンや事務所があるらしかった。

「社長をご紹介しましょう」

遙がそう言い、六階のエレベーターホールに急いだ。

二人は八階まで上がった。社長室は広かった。見晴らしもよかった。

鵜沢社長は赤ら顔で、福々しい顔をしていた。耳朶が異様に大きい。

社長室には、たまたま妻の真咲も居合わせた。大輪の花を想わせる華やかさがあった。だが、ちょっとした仕種に頽廃的な色香が感じられた。爛熟という言葉が似合いそうな女だった。

見城は社長夫妻と十分ほど世間話をして、遙と廊下に出た。

「パンフレットの類(たぐい)は受付カウンターにありますので、どうぞお持ち帰りになってください」

「ええ。社長のご自宅のほうの写真も撮らせてもらいたいんですよ。お住まいは成城でしたっけ？」

見城は当てずっぽうに言った。

「いいえ、五反田(ごたんだ)の池田山です」

「ああ、そうでしたね」

「撮影予定日の前日にでも、お電話いただけます？」

「わかりました」

「それから、今夜八時に赤坂八丁目にある京懐石のお店に来ていただけます？『鴨川(かもがわ)』という店名なんですけど」

「どういうことなのかな？」

「お世話になるので、社長夫人と一緒に一献(いっこん)差し上げたいと……」

「そういうお気遣いは無用ですよ。記事を書くのは、こちらの仕事ですんで」

「それはそうでしょうけど、当社としては只(ただ)で宣伝していただけるわけですので、その程度の接待は当然ですわ」

「それじゃ、遠慮なくご馳走になるか。社長夫人を早々に追っ払って、あなたと差しつ差されつといきたいな」

「まだお飲みにもなっていないのに、そんなことをおっしゃって。いけない方ね。それでは後ほど」

遙が婀娜っぽく笑い、優美に遠ざかった。

彼女をうまく口説ければ、いろいろ探り出せそうだ。見城は遙の後ろ姿を見ながら、胸底で呟いた。

4

耳の奥が痒くなった。

見城はイヤフォンを外した。コードはＦＭ受信機に繋がっている。

車の中だった。午後七時四十五分になろうとしていた。

見城は『東京フィットネス・パレス』の裏道にローバーを駐めていた。高級スポーツクラブを出て、すぐにここにやってきたのだ。

それから、ずっとイヤフォンを嵌め通しだった。

しかし、何も収穫はなかった。リラクゼーションルームに仕掛けた超小型盗聴マイクは、平凡な女性インストラクターの調子っぱずれの鼻歌を拾ったきりだった。彼女はおやつのクッキーを頰張りながら、同じナンバーを繰り返し歌っていた。

肝心の妻木望の声は、まったく聴こえてこなかった。マイクを温水カプセルのそばに仕掛けるべきだったか。

見城は少し後悔し、煙草をくわえた。

小粒ながら、集音能力の高いマイクだった。しかも生活騒音の類はカットし、人の声を鮮明に拾ってくれるという優れた製品だ。妻木の声を聴き漏らしたということはあり得ないと思う。

見城は職業柄、さまざまな盗聴器を持っていた。

盗聴器には独立型と内蔵型がある。独立型の物は、ワイヤレス・マイクと同じ原理になっている。最小の物はピーナッツよりも小さい。

厚さ五メートルのコンクリート壁の向こう側の会話を集めてくれる吸盤型の盗聴器もある。装置はワンタッチで、大きさもライターとほぼ変わらない。

内蔵型の盗聴器は電卓、目覚まし時計、ペンライト、万年筆、蛍光スタンド、置物などに仕込まれている。一見したところでは、まったくわからない。

昔から知られている電話盗聴は、電話機内、引き込み線のヒューズ管、プラグなどに特殊マイクを仕掛けるわけだ。

その受信機には超小型録音機（マイクロ・テープレコーダー）が組み込まれている製品が目立つ。つまり、盗聴マイクを仕掛けられた家の会話は自動的に録音されてしまう。怖い話ではないか。

こうした盗聴マイクは、オフィスビル、ホテル、マンション、民家にこっそりとセットされている。その数は少なくないと言われている。

それだけ現代人は、人間不信に陥（おちい）っているのだろう。考えてみれば、悲しい時代だ。

盗聴器の集音・送信能力は値段によって、だいぶ差がある。ポルノ雑誌などに通信販売の広告がよく載（の）っているが、そうした業者の扱う製品はたいてい玩具（おもちゃ）の域を出ない。

どのタイプの盗聴器であっても、基本的にはＦＭ電波を利用して受信する。周波数は国内向けＦＭラジオだと、ＶＨＦの七十六メガヘルツから百八メガヘルツ帯で音声をキャッチできる。

見城は、輸出用のＦＭラジオを使っていた。

こちらは、チューナーを八十八メガヘルツから百八メガヘルツ帯に合わせなければならない。この受信機なら、盗聴した音声が近所のＦＭラジオに流れる心配はない。プロの調査員たちは、輸出用のＦＭ受信機を使っている。

盗聴器の水銀電池が二・六ボルト程度だと、受信可能エリアは五百メートル以下だ。さまざまな電波が飛び交っている都心部では、エリアはぐっと狭まる。その上、雑音が混じることも避けられない。

見城は、いつも高性能アンテナを使用していた。電池は三ボルトだ。これだと、平坦地で一キロ離れていても受信できる。

松丸は、なかなか姿を見せない。

見城は焦れはじめた。八時には、京懐石の店に行かなければならない。

盗聴器ハンターの松丸勇介に代役を頼んだのは小一時間前だった。そのとき、松丸は世田谷の外れにいると言っていた。

煙草の火を消したとき、前方でヘッドライトが短く明滅した。

松丸のワンボックスカーだった。見城は車の外に出た。松丸の車が路肩に寄せられた。見城はワンボックスカーまで走った。

「遅くなっちゃって、すみません！　お客さんが話し好きで、まいったすよ」

松丸が運転席の窓から、ほっそりとした顔を突き出した。洗いざらしのワークシャツを着ていた。

ワンボックスカーには、大型の電波探索機、数種の広域受信機、電圧テスターなどが積み込まれている。組立式のアンテナも、後部座席に転がっていた。

口の開いた黒いスポーツバッグの底には、四、五巻のビデオテープのカセットが収めてあった。

「松ちゃん、また、どっかで新しい裏ビデオを手に入れたな」

見城は言った。

「電機大時代の友達が貸してくれたんすよ」

「よく飽きないな」

「もう飽きたっすよ。でも、生身の女は面倒臭いじゃないっすか。『あたしの体だけが目的じゃないわよね』なんて訊いたりするから」

「そんなふうに女とじゃれつくのも愉しいぜ」

「そうっすかね？　おれは、そういうのがうっとうしいんすよ」

松丸が真顔で言った。

「どう答えりゃいいのかね」

「時間、大丈夫っすか？　八時に誰かと会う約束があるんでしょ？」

「ああ」

見城はうなずいた。

「妻木とかいうインストラクターの音声をキャッチしたら、ちゃんと録音しておきますよ」

「悪いが、頼むな。きょうの日当、いま、払おうか？」

「謝礼はいらないっすよ。もう本業のノルマは片づけたんすから」

「それじゃ、そのうち何かで埋め合わせをしよう」

「いいっすよ、そんなこと」

「電話で、きょうの仕事は逆コースなんだと言ってたな。盗聴器を探知するんじゃなくて、こっそり取り付けたわけか？」

「そうなんすよ。世田谷の岡本（おかもと）一丁目に住んでる画商の家に行ったんすけど、そこの長男がワルガキで、親父さんの蒐（あつ）めた古美術品を勝手に売っ払って覚醒剤（スピード）を買ってるらしいんす。で、その高校三年の坊やが使ってるコードレスの子機に盗聴器を取り付けてくれって注文だったんすよ」

「そうか。その坊やが混合麻薬（ドラッグ・カクテル）に手を出してるようだったら、おれに教えてくれないか」

「いいっすよ。いまの調査に麻薬（ドラッグ）が絡んでるんすか？」

松丸が訊いた。

「うん、まあ」

「そうっすか。なんか無駄話をしちゃって、悪かったっすね。見城さん、もう行ったほうがいいっすよ。後のことは、おれ、ちゃんとやりますから」

「よろしくな。それじゃ！」

見城はローバーに駆け戻り、すぐさま発進させた。

指定された『鴨川』は、造作なく見つかった。料亭風の店構えだった。見城は店の駐車場にローバーを入れ、檜の香りのする玄関を潜った。

「中村です」

「お連れさまは、もうお見えになられています。ご案内いたします」

五十年配の太った女が、にこやかに言った。女将ではなく、仲居頭のようだった。

見城は趣のある部屋に通された。

躙り口にはなっていなかったが、茶室風の部屋だった。漆塗りの座卓の向こう側に、鵜沢真咲と友浦遙が並んで正坐していた。

下坐だった。卓上には、二人分の茶だけが出されている。

「遅くなって申し訳ありません」

見城は二人に詫び、遙の前に坐ろうとした。

すると、遙が小さく首を振った。見城は社長夫人の真ん前に腰を落とした。

「いい記事にしてくださいね」

真咲が言った。マスカットグリーンのスーツが似合っていた。大粒のダイヤの指輪が美しい輝きを放っている。

「もちろん、そのつもりです」

「お世話になるお礼というわけでもありませんけど、あなたの特別会員のカードを作らせてもらいました。いつでもお好きなときにクラブをお使いください」

「そういうことをされると、困るなあ」

見城は頭に手をやった。

社長夫人がゴールドのカードを卓上に置き、つーっと滑らせた。見城は困惑顔をつくりながらも、カードを上着の内ポケットに収めた。

仲居がビールと先付を運んできた。粋な小鉢には百合根が入っていた。彩りに、焼雲丹が添えてある。

三人はビールで乾杯した。

次々に料理が卓上に並んだ。鮎の素揚げ、鯛と鮪の大トロを花弁のように盛り付けたお造り、鱧（はも）の蒲焼（かばやき）、とろろの湯葉（ゆば）包み揚げと向付（むこうづけ）も八寸も豪華だった。

三人は京都の地酒を傾けながら、現代風にアレンジされた京懐石料理をつついた。

見城は遙と言葉を交わしたかったが、そのチャンスは少なかった。社長夫人が、ひっきりなしに語りかけてくる。

水菓子が届けられる前に、遙が席を立った。化粧室に行ったものと勝手に考えていたが、彼女はいっこうに戻ってこない。

「友浦さん、どうしたんだろう？」

「きっと彼女は気を利（き）かせてくれたのよ」

「どういう意味なんでしょう？」

「遙さんは勘のいい女性（ひと）だから、わたしの気持ちを察したんでしょう」

真咲がそう言って、意味ありげに笑った。

「話がよく呑（の）み込めないな」

「わかってらっしゃるくせに。男と女の駆け引きに馴（な）れてらっしゃるのね」

「とんでもない。いい年齢（とし）してるのに、まだまだ初心（うぶ）なもんです」

見城は笑い返し、盃（さかずき）を口に運んだ。数十分前から、社長夫人の流し目には気づいていた。

しかし、ひと夜限りの戯れなら、遙を相手にしたいという思いが強かった。

といって、真咲をあまり邪険に扱うわけにもいかない。〝クライマックス〟のことを探り出す絶好のチャンスだった。

「わたし、かわいそうな女なのよ」

「贅沢な暮らしをしてらっしゃるのに、いったい何が不満なんです？」

「確かに物質的には恵まれてるわ。でもね、女として不幸なの。鵜沢は男性機能が健康な殿方より、だいぶ劣るんですよ」

真咲が言って、媚を孕んだ黒々とした瞳を向けてきた。潤んだような目だった。

それで、ホストの翔吾で埋め合わせをしているわけか。見城はそう思いながら、煙草に火を点けた。

「わたしの浮気は夫公認なの」

「鵜沢さんは、さばけた方なんだな」

「ある意味ではね。だけど、逆説的な言い方をすれば、もう妻のわたしにはたいした愛情は持ってないってことでしょ？」

「そうとは限らないでしょ？」

「ううん、そうなの。そうなのよ」

真咲が肩を揺すった。幼女が、いやいやをするような感じだった。そのときばかりは妖艶（ようえん）さが消えた。多面性を持った女らしい。

「あなた、わたしの好みよ。優しげだけど、ワイルドな何かを秘めてる感じで、とっても素敵だわ」

「それはどうも」

「わたしね、主人には教えていないプライベートルームを持ってるの。高輪（たかなわ）だから、ここからは遠くないのよね」

真咲が言った。瞳には、紗（しゃ）のようなものがかかっていた。

「おれを誘ってるんですか？」

「やっとわかってくれたのね。嬉しいわ。ううん、わかってて、焦（じ）らしたんでしょ？」

「そんなにやりたいのか。いいよ、そのプライベートルームで一発やろう」

見城は、わざと下卑（げび）た言い方をした。

ふだん上品に振る舞っている女たちは、こうした下品さに官能を煽（あお）られることがある。

真咲は一瞬うろたえたが、すぐに嬉々（きき）とした表情になった。

「ここ、出ましょう。あなたの気持ちが変わらないうちに、早く高輪のマンションに……」

「そうしよう」

見城は煙草の火を消し、すぐに立ち上がった。

真咲の肩を抱き、そのまま店を出る。二人はローバーで高輪に向かった。

案内された高層マンションは分譲らしかった。社長夫人のプライベートルームは最上の十一階にあった。

真咲は後ろ手に玄関ドアを閉めると、全身で抱きついてきた。

見城は背を丸め、真咲の狂おしいキスに応えた。舌を絡めながら、二人は体をまさぐり合った。真咲は、せっかちに見城の性器を揉んだ。見城も真咲の乳房に触れ、弾むヒップを撫で回した。

五分ほど経ってから、二人は奥の寝室に直行した。

ダブルベッドに真咲を組み敷き、荒っぽく衣服とランジェリーを剝ぎ取った。ナイトスタンドの灯を点けると、真咲が眩しそうに目を細めた。

見城は裸身を眺め下ろした。

思った通りの体だった。熟れた女体を見ながら、見城は手早く全裸になった。欲望は膨らみきっていた。

見城はベッドに上がり、真咲の足首を摑んだ。そのまま脚を大きく割った。

真咲が嬌声をあげる。弾みで、碗型の乳房が揺れた。まだ張りを失っていない。乳首は尖っていた。やや色素が濃かった。

見城は前戯なしで、猛ったペニスを埋めた。

完全に沈み込むと、真咲が迎え腰を使いはじめた。馴れた腰つきだった。

見城は動きはじめた。深く突くたびに、結合部が湿った音をたてた。

「わたしの体が、いやらしい音をたててる」

真咲が息を弾ませながら、呟くように言った。そうしたことを口走る女は、卑猥な言葉で昂まるタイプだ。

見城は敏感な芽を恥骨で刺激しながら、スラストを速めた。

いくらも経たないうちに、真咲は呆気なく極みに駆け昇った。その瞬間、全身に鋭い震えが走った。

見城はいったん体を離し、真咲の呼吸が鎮まるのを待った。

少し経つと、真咲の胸の波動が小さくなった。震えも熄んだ。

「感じすぎちゃって、頭と体が変になりそうだわ」

「敏感なんだな」

「告白すると、『鴨川』で催淫剤を服んだのよ。あなたが来る前にね」

「催淫剤って？」

「〝クライマックス〟って名らしいわ。どこの誰だか知らないけど、その錠剤を送ってくれたの。三十錠もね」

「ふうん」

見城は、さも興味がなさそうな返事をした。ホストの翔吾の話と符合している。

「最初は薄気味悪くて服む気になれなかったんだけど、試しに使ってみたら、凄い効き目があったの。それで、きょうもこっそりとね」

「そんな媚薬、誰がなんのために……」

「主人があまり役に立たないことを知ってる方が、親切心から送ってくれたんだと思うわ。だけど、鵜沢はまったく服もうとしないの。おかげで、わたしだけ淫乱になっちゃったみたい」

「それにしても、凄い乱れ方だったよ」

「あなたも燃えてほしいわ」

真咲が萎えかけたペニスを揺さぶり、徐々に体を下にずらしていった。ほどなく見城は分身をくわえられた。

真咲は喉を鳴らしながら、いきなりディープ・スロートを開始した。昂まりの先端は彼女の喉の粘膜まで達していた。

一ラウンドが終わったら、また探りを入れてみるか。

見城は体の力を抜き、情熱的な口唇愛撫に身を委ねた。

第三章　飼われた女たち

1

固定電話が鳴った。

歯磨きの途中だった。見城は大急ぎで口を漱(すす)ぎ、洗面室を出た。自宅マンションだ。

高輪のマンションから戻ったのは、夜が明け初(そ)めたころだった。

見城は鵜沢真咲を二度抱いた。真咲は、なんと七回も昇りつめた。最後の極(きわ)みに達すると、そのまま彼女は眠りに落ちた。

見城は、〝クライマックス〟のことをさらに探(さぐ)り出す気でいた。

何度か社長夫人の肩を揺すってみたが、目を覚ます気配はなかった。見城は諦(あきら)め、帰宅したのである。

いまは正午過ぎだ。見城はリビングの机に駆け寄り、受話器を摑み上げた。

「おれっす」

松丸だった。

「ご苦労さん！　妻木に何か動きがあったんだな？」

「それがっすね、何も怪しい動きはなかったんすよ。休憩室で誰かと密談することもなかったし、どこかに電話することもなかったんす」

「そうなのか」

「で、おれ、ちょっと妻木望って奴を尾けてみたんすよ」

「松ちゃんは、妻木の面を知らないはずだがな。なんで尾行できたんだい？」

「あのスポーツクラブのクロークにいた奴に教えてもらったんす」

「そういうことか」

「妻木が職場を出たのは十時ごろでした。六本木に出て、外国人モデルなんかが溜まり場にしてるショットバーに入ったんすよ。行きつけの店って感じでしたね」

「松ちゃん、その店に入ったのか？」

見城は訊いた。

「入りかけたんすけど、カウンターに近づける雰囲気じゃなかったんすよ。常連客ばっかりという感じだったし、連中、堂々とマリファナ煙草を吹かしてたんす」

「そうか。妻木の様子は？」

「白人の客たちと陽気に挨拶(あいさつ)を交わしてたっすよ」

「店に若い黒人の男は？」

「いなかったすね。おれ、三時間ぐらい張り込んでみたんすけど、妻木は店から出てこなかったんすよ。だから、おれ、自分のマンションに……」

「そう。そのショットバーの名前は？」

「『ドランカー』っす。酔っ払いって意味っすよね？　軒灯には、横文字だけしか出てなかったな」

「どのへんにあるんだい？」

「昔、マスコミの話題になった巨大ディスコのあった通りに面してるっす」

「行けば、わかりそうだな」

「ええ。おれ、きょう、『東京フィットネス・パレス』の近くの植え込みに、自動録音装置付きの受信機を置いとくっすよ」

「そいつは助かるな。松ちゃん、よろしく頼む！」

「それじゃ、そういうことで……」

電話が切れた。

見城は電話をフックに掛けると、黒い大型テレビのスイッチを入れた。長椅子に腰かけ、遠隔操作器で次々にチャンネルを換える。

ニュースを流している局があった。

見城は煙草に火を点けた。画面には、国連本部ビルが映し出されていた。民族紛争関係のニュースが終わると、映像は変わった。

女性アナウンサーの顔が消え、放水路がアップで映された。捜査員や鑑識係の者が現場検証中だった。

「今朝五時ごろ、江戸川放水路のごみ除け鉄柵に若い女性の全裸死体が引っ掛かっていました。死体を発見したのは新聞配達員でした」

アナウンサーは言葉を切り、言い継いだ。

「警察の調べで、この女性は東京・千代田区三番町の議員秘書、海老原朝美さん、二十四歳とわかりました。朝美さんは新栄党の海老原党首の末娘で、数日前に都内のホテルの地下駐車場で何者かに拉致された形跡がありました。死体に外傷は見られませんでしたが、左腕に静脈注射の痕がありました。捜査当局は薬物による毒殺の疑いを強めています。次のニュースです」

またもや映像が変わった。

見城はテレビの電源を切り、机に歩み寄った。

新宿署に電話をかける。しかし、百面鬼はまだ職場に現われていなかった。連絡もつかないという。おおかた百面鬼は、ビル持ちの未亡人宅にいるのだろう。

唐津から情報を集めることにした。

見城は寝室に走り入り、身仕度に取りかかった。

麻の煉瓦色の半袖シャツを素肌にまとい、麻と綿の混紡の白いスーツを着る。見城は戸締りをして、すぐに部屋を出た。

唐津誠の勤めている毎朝日報は千代田区内にある。四十二歳の唐津とは、旧知の間柄だった。

見城は刑事時代、警察回り記者だった唐津と何度も酒を酌み交わしていた。その後も、たびたび事件現場で偶然に顔を合わせている。

唐津は社会部のエリート記者だったのだが、離婚を機に自ら出世レースから降りてしまった変わり種だ。いまは社会部の遊軍記者だった。いわば、助っ人要員である。

しかし、唐津は有能だった。何度も大スクープで紙面を飾り、時々、署名入りのコラムを執筆していた。

竹橋の大手濠端にある大手新聞社の地下駐車場に車ごと潜り込んだのは、およそ四十分後だった。

見城はローバーを降りると、一階の受付に回った。

唐津が社内にいる可能性は、四、五十パーセントだった。あまり期待はしていなかったが、幸運にも唐津は在社していた。

「すぐにまいりますので、あちらでお待ちください」

受付嬢が社内電話を切り、応接ソファセットを手で示した。

見城はロビーのソファに腰かけた。待つほどもなくエレベーターホールの方から、唐津がやってきた。右脚を少し引きずっている。

見城はソファから腰を浮かせ、唐津に近づいた。

「野暮用でこの近くまで来たんで、ちょっとご尊顔を拝しておこうと思ったんですよ」

「おたくがそんなタマかね。何を探りに来た？」

唐津が、どんぐり眼を細めた。

「おれ、信用ないんですね」

「さんざん利用されたからな、こっちは」

「人聞きの悪いことを言わないでくださいよ。それより、脚、どうしたんです？」

「足首を挫いちまったんだ。酔っ払って、発車寸前の終電車に飛び乗ったときにさ。おれも、もう年齢だな」

「何を言ってるんです。まだ四十二でしょうが」

「もう四十二さ」

「そういう考え方もあるか。どこかでコーヒーでもどうです？」

「どうせなら、飯をつき合えよ。天ざるぐらい、奢るからさ」

「そういえば、昼飯を喰ってなかったな。つき合いましょう」

見城は言った。

二人は地階にある日本蕎麦屋に入った。どちらも天ざるを頼んだ。

「テレビのニュースで知ったんですが、行方不明だった新栄党の海老原の娘が全裸死体で見つかりましたね」

「ほら、きた！　おれは何も知らないよ。その事件は担当してないからな。おたく、まさか海老原党首の娘の捜索を頼まれてたんじゃないだろうね。どうなんだ？」

「からかわないでほしいな。おれは、しがない探偵ですよ。そんな依頼があるわけないでしょうが」

「ちょっと厭味だったか？」

唐津が笑って、番茶を啜った。

きょうもワイシャツの袖口は薄汚れている。背広も皺だらけだった。

もともと身だしなみには無頓着な男だったが、離婚後は一段と構わなくなった。髪の毛も、ぼさぼさだ。元妻がいまの唐津を見たら、どんな気持ちになるだろうか。見城は、つい余計なことを考えてしまった。

「手の内を見せてくれりゃ、協力してやらないこともないんだがね」

唐津が駆け引きをはじめた。

「わかりました。実は、麻薬絡みの調査の依頼を受けてるんですよ」

「そんな大雑把な言い方じゃなあ」

「ある令嬢が、ある奴に何か麻薬を服まされたようなんですよ。ニュースによると、海老原朝美も何か薬物を静脈に射たれたって話でした。それで、おれの調査してる件に何か関連があるかどうかと気になったわけです」

「ある令嬢って、誰なんだ？」

「依頼人のことは外部には漏らせないんですよ。勘弁してください」

「喰えない男だ」

「何も予防線を張ってるわけじゃないんです」

見城は煙草の火を消した。

そのすぐ後、天ざるが運ばれてきた。二人は割箸を抓み上げた。

「朝美はヘロインを注射されてたらしいよ。一度に三百ミリグラムも静脈にぶち込まれてたそうだ」

唐津がそう言い、穴子の天ぷらを蕎麦汁に浸した。

「三百ミリグラムといったら、致死量をはるかに超えてるな。静脈注射の場合、一回の使用量は五ミリグラム前後なんですよ。耐性ができて薬効が弱くなった者でも、せいぜい耳搔き二杯分の八十ミリグラムしか使わないんです」

「刑事時代に、だいぶ勉強させられたようだな」

「ええ、まあ。それだけの量だと、犯人は最初から朝美を殺す気だったのかもしれないな」

「ああ、おそらくね。朝美は、何かで犯人を怒らせたんだろうな」

「もう朝美の司法解剖は終わってるんですか？」

見城は問いかけ、蕎麦を食べはじめた。

「ほんの少し前に終わったらしいよ。死因は、薬物による中毒死だってさ。つまり、ヘロインを射たれて殺されたんだ」

「やっぱり、そうだったか」

「ついでに教えてやろう。朝美の胃から、覚醒剤、幻覚剤のMDMA(エクスタシー)、ニトログリセリンが検出されたって話だったよ。経口麻薬も服(の)まされてたようだな」

唐津が言った。

どうやら海老原朝美は、混合麻薬(ドラッグ・カクテル)の〝パラダイス〟を服まされたらしい。ということは、麦倉亮子を殺した男が令嬢たちの拉致事件に絡んでいる可能性が高い。それどころか、別々の事件の犯人が同一とも考えられる。

見城は海老の天ぷらを口に運んだ。

「ここの天ざる、割にいけるだろ？」

「ええ、うまいですね。ところで、朝美の死亡推定時刻は？」

「おたくは、ほんとに抜け目がないな。おれは、うまく話を逸(そ)らしたつもりだったんだが……」

「死亡推定時刻ぐらい教えてくださいよ。どうせ夕刊には記事になるんだろうから」

「昨夜の十一時前後らしいよ」

唐津が苦く笑って、そう言った。

「死体が遺棄(いき)された場所は？」

「江戸川大橋から三百メートルほど上流の河川敷から投げ込まれたようだな。目撃者はいないらしいが、そのあたりに朝美の指輪の石だけが落ちてたそうだ」

「石はなんだったんです？」

「大ぶりのトルコ石だよ」

「ほかに手がかりは？」

　見城は畳みかけた。

「いまのところ、有力な手がかりはないってさ。ただ、昨夜一時過ぎに江戸川の土堤を往復してる不審なワゴン車を付近の住民が何人か見てるらしいよ」

「車のナンバーは？」

「それは誰も見てないそうだ。ただ、車体に『東京フィットネス・パレス』の名が記してあったという話だよ」

「えっ」

「何か思い当たることがあるようだな？」

　唐津の箸を持つ手が止まった。見城は内心の狼狽を隠して、努めて平静に言った。

「あのスポーツクラブのゼネラルマネージャーや社長夫人をちょっと知ってるだけですよ」

「嘘つけ！」

「なにを疑ってるんです？　それだけですよ」

「まあ、いいさ。土堤道を往復してたワゴン車が『東京フィットネス・パレス』のものかどうかは、まだ確認できてないようだ。しかし、行動が怪しいことは怪しいよな」

「そうですね」

会話が中断した。

二人は黙々と蕎麦を搔っ込んだ。相前後して食べ終えた。

「朝美は、一連の令嬢拉致事件の犯行グループに引っさらわれたと考えてもよさそうだな」

唐津が言って、爪楊枝（つまようじ）で歯の間をせせりはじめた。

「おれも、そう思ってるんですよ。それにしても、おかしな事件（ヤマ）だな。政財界の大物たちの娘や孫娘がさらわれたとなりゃ、誰もが営利誘拐と思いますよね。ところが、犯人側が身代金を要求した気配はうかがえない」

「そうだな」

「ひょっとしたら、そういう事実があったにもかかわらず、マスコミが協定を結んで報道を控えてるんだろうか」

見城はロングピースをくわえた。

「拉致された令嬢たちが生還するまで新聞社やテレビ局が事実だけを控え目に報道しようと申し合わせたことは確かだよ。しかし、身代金の要求は本当にどの家にもないんだ」

「そうですか、唐津さんは、一連の事件をどう見てるんです？」

「まず、単独犯じゃないな。犯人グループは、五人前後で構成されてるんじゃないか」

「そうなのかもしれません」

「犯人たちの目的は金じゃなさそうだ。おそらく狙いは政財界人に精神的な苦痛を与えたいんだろう。だから、いつまでも十五人の女たちを解放しようとしない」

「海老原朝美がヘロインで中毒死させられたことを考えると、十五人の令嬢も何か麻薬を投与されてると……」

「そう考えるべきだろうな。犯人グループは人質に麻薬を投与して、逃亡を防ぐ気なんだと思うよ。もしかすると、彼女たちを薬物依存者にするつもりなのかもしれない」

唐津が二つに折った爪楊枝を灰皿に捨て、番茶を一息に飲み干した。

「薬物依存者にしてしまうってわけか」

「それだけでも、人質の両親や祖父母に相当なショックを与えられる」

「その通りですが、大物政財界人たちに精神的な苦痛を与えることが目的なら、令嬢たちをひと思いに殺害したほうがインパクトが強いでしょ？」

「いや、ひと思いに殺(や)ってしまったら、犯人側はさほど愉(たの)しめない。だから、真綿で首を絞めるように、じわりじわりと大物政財界人を苦しめてるのさ」

「唐津さんの推測が正しいとしたら、犯人どもは権力者たちに相当な恨みを持ってる人間だろうな」

　見城は誘い水を撒(ま)いた。

「きっと、そうにちがいないよ。大企業や大手メーカーに泣かされつづけてきた中小企業や町工場の経営者、あるいは政治家に利用された事業家、国家権力に繋がるＶＩＰをすべて憎んでるアナーキストたち……」

「そういう連中が、ヘロインを簡単に入手できるかな」

　見城は煙草の火を揉(も)み消した。

「そう言われると、自信が揺らぐよ。おたくは、一連の事件をどう読んでる？」

「なかなか読めないんですよ」

「例によって、おとぼけか。まいったね。話を戻すが、おたくが調査中の麻薬を服(の)まされたらしい令嬢って、誰なんだ？」

「こう見えても、おれは口が堅いんです。悪いけど、調査依頼の内容については明かせません」

「わかった。教えてくれなくてもいいよ。その代わり、ここはおたくの奢りだぞ」

唐津が言い放ち、卓上の伝票を見城の前に移動させた。

「なんだったら、天せいろ、追加しましょうか？」

「蕎麦ばっかり喰えるかよ。今度、ランジェリーパブに案内してくれ。その後は高級ソープに連れてけ」

「いいですよ」

見城は伝票を抓んで立ち上がった。唐津も腰を浮かせた。

二人は店の前で右と左に別れた。見城は地下駐車場のローバーに乗り込んだ。友浦遙に会って、妻木望や鵜沢社長のことをうまく探り出すつもりだった。

車道に出て間もなく、自動車電話が着信音を発した。電話をかけてきたのは森脇直昭だった。

「結衣が今朝、何者かに連れ去られてしまったんです」

「えっ。そのときの詳しい話を……」

「娘は妻と乗馬クラブの早朝練習の帰りに、別荘のそばの林道でゴムマスクを被った二人組の男に襲われたんです。家内が高圧電流銃で気絶させられている隙に、結衣だけ車に押し込まれたそうです」

「で、警察には？」

「妻から電話で話を聞いて、わたし、すぐに警察に通報する気でした。そのとき、犯人から連絡があったんですよ。警察に泣きついたら、結衣を殺すと脅迫されました。わたし、どうしたらいいのかわからなくなってしまって、あなたに相談してみる気になったわけです」

「いまは、本社の社長室に？」

見城は訊ねた。

「いいえ、軽井沢の山荘にいます。妻のことも心配でしたので、大急ぎでこちらに来たんですよ」

「そうですか。わたし、これから、軽井沢に向かいましょう」

「来ていただけるんですか。それは心強いな。山荘は、旧軽の西北側にあります。三笠をご存じでしょうか？」

「ええ、わかります。高級別荘地として知られてますからね。別荘は、三笠通りから少し小瀬温泉の方に寄ったあたりですね？」

「ええ、そうです」

　森脇が正確な住所を告げた。

「暗くなるまでには着くでしょう。もし犯人側から何か連絡があったら、遣り取りを録音しておいてください」

「わかりました」

「話をうかがってから、警察の手を借りるべきかどうか、わたしなりの助言をさせてもらいます。それでは、後ほど」

　見城は自動車電話（カーフォン）をコンソールボックスに置き、関越自動車道に向かった。

2

　森脇結衣の両親が立ち止まった。

　三笠の高級別荘地に通じる林道だった。両側には、栂（つが）、落葉松（からまつ）、赤松などが連（つら）なっている。夕陽が林全体を緋色（ひいろ）に染めていた。

「二人組の男に襲われたのは、この場所なんですね？」

　見城は、結衣の母親に確かめた。

律子は夫に支えられていた。泣き腫(は)らした目が痛々しい。

「はい、そうです。わたしと娘が並んで歩いていると、後ろから二人のゴムマスクを被(かぶ)った男が走ってきて……」

「どんなゴムマスクでした？」

「頭からすっぽり被るタイプのマスクで、肌色でした。どちらもフランケンシュタインのマスクだったわ」

「体つきは？」

「二人とも大柄で、片方は細身でした。もうひとりは、がっしりとした体型で巨身だったわ」

「男たちは何か言いました？」

「いいえ、何も。いきなり、わたしと娘は腕を摑まれたの。わたしは、すぐに首筋に高圧電流銃(スタンガン)の電極棒を当てられたんですよ」

「あなたが気を失っていたのは何分ぐらいでした？」

見城は質問を重ねた。

「一分か二分だと思います。起き上がって、別荘地の外周路の方を見ると、ちょうど結衣が黒い車に乗せられかけていました。わたしはすぐに車に駆け寄ったんですけど、もう間に合いませんでした」

「車種は？」

「ベンツです」

律子が答えた。

「こないだの晩、青山でお嬢さんを無理に車に押し込もうとしてた二人組かもしれないな。そいつらもベンツに乗ってたんですよ」

「それじゃ、娘はずっと狙われていたということに？」

森脇が口を挟んだ。

「そう考えるべきでしょうね。ご一家が誰かに逆恨みされているようなことは？」

「特に思い当たりません」

「結衣さんを連れ去ったのは、一連の令嬢拉致事件の犯人たちと考えられそうですね」

見城は言った。ほとんど同時に、律子が泣き崩れた。

森脇が屈み込み、妻の肩を抱く。

「律子、しっかりしなさい」

「赦して、あなた。わたしがついていながら、こんなことになってしまって」

「きみのせいじゃない。そんなに自分を責めるのはよしなさい」

「でも、ここを通って近道しようと言ったのはわたしなの。いつものように乗馬クラブの脇の広い道を通っていたら、難を免れたかもしれないわ」

律子の嗚咽が、ふたたび高くなった。

「妻と先に山荘に戻ってもいいでしょうか？　ここにいると、辛くなるのでね」

「ええ、どうぞ。わたしは、ここでもう少し……」

見城は言った。森脇が律子を立たせる。二人はゆっくりと遠ざかっていった。

森脇家の別荘は、七、八百メートル離れた場所にあった。森脇の運転するロールスロイスが走りだした。

見城はしゃがんで、林道に目を落とした。

無数の足跡が残っていたが、誘拐犯の靴の跡と特定することは難しかった。灌木や生い繁った草を掻き分けながら、少しずつ林道を移動していく。

十数メートル進んだ所で、見城は鈍く光る物を見つけた。

羊歯の中から、それを拾い上げる。五輪マークに似た金属バッジだった。

結衣を拉致した二人組のどちらかが落としたのだろうか。

見城はバッジを上着の右ポケットに入れ、さらに下生えに目を走らせつづけた。しかし、ほかには犯人の遺留品らしい物は何も落ちていなかった。

見城は林道を逆戻りして、広い車道に出た。

ローバーに乗り込み、乗馬クラブをめざす。数分走っただけで、乗馬クラブに着いた。

左側に広い馬場(ばば)があり、その奥に厩舎(きゅうしゃ)が見える。右手には牧場があった。

正面に高床式(ピロティ)のログハウスが建っていた。テラスのテーブルでは、乗馬服姿の女たちがソフトドリンクを傾けている。

馬場には、八頭の馬がいた。馬上の若い女たちは近くの別荘族なのだろう。

見城はクラブハウスの前の広場に車を停めた。

クラブハウスに入ると、カウボーイハットを被った五十年配の男がにこやかに近づいてきた。首には、青っぽいバンダナを巻いていた。

「クラブに入会されたいのですね?」

「いや、そうじゃないんですよ。会員の森脇結衣さんのことで、ちょっと訊(き)きたいことがありましてね」

「あなたはどなたなんです?」

「森脇家のご家族のガードをしている者です」

見城は職種をぼかした。

「セキュリティー・サービスの方ですね?」

「ええ、そういうことになりますね。今朝、結衣さんが母親の律子さんと一緒に馬場に来ましたでしょ？」

「ええ、お見えになりましたよ。朝の六時から八時まで練習されて、歩いてご自分の別荘に帰られました」

「その時間帯に、この付近に妙な男たちが現われませんでしたか」

「妙な男たちって？」

「二人組です。片方は細身で、もうひとりは巨漢です」

「その男たちなら、きのうの夕方、ここに来ましたよ。入会したいから、パンフレットを貰えないかってね」

「どっちの男と話されたんです？」

「片方の耳が潰れてる細身のほうです。目つきの悪い奴でしたね」

カウボーイハットの男が少し顔をしかめた。

先日、自分が追っ払った連中だ。見城は確信を深めた。

「感じの悪い奴らだったので、適当にあしらっておきました。あの二人が結衣ちゃんか、お母さんに何か悪さをしたんですか？」

「いや、そうじゃないんですよ。この一月末から、大物政財界人の令嬢たちが拉致されてますでしょ？　それで、ちょっとガードを固めることになったわけです」

「そういえば、行方不明だった海老原新栄党党首のお嬢さんが江戸川放水路で全裸死体で発見されましたね。テレビのニュースで知って、びっくりしました」

男が言った。

「党首の娘さんとは面識があったんですか？」

「朝美さんは二度ほど、ここに乗馬の練習に来られたことがあります」

「このクラブのメンバーだったのかな？」

「いいえ。朝美さんは、ここの会員の友人と一緒に来られたんですよ。その友人のお宅の別荘が三笠通りにあるんです。朝美さんはお嬢さんぶったりしない方でしたね。あんなことになるなんて、人間の運命ってわからないものだな」

「朝美さんがここに来たのは、いつごろなんでしょう？」

「去年の夏と秋だったと思います」

「これに、見憶えはありませんか？」

見城は上着のポケットから、林道で見つけたバッジを取り出した。

男がバッジを手に取って、しげしげと眺める。しかし、表情に変化は生まれなかった。

「どうです？」

「そうですか。どうもお忙しいところをありがとうございました」

「見たことありませんね」

見城は謝意を表し、クラブハウスを出た。

別荘地の管理事務所に向かう。しかし、これといった手がかりは得られなかった。見城は森脇家の豪壮な別荘に戻った。いつしか夕闇が濃くなっていた。

敷地は千坪以上ありそうだった。チロル風の二階建ての山荘は、奥まった場所に建てられている。周囲は自然林だ。まったく手は加えられていない。

前庭はロータリーになっていた。

ロッジの左手は、広い芝生になっている。誘蛾灯が瞬き、無数の小さな虫が乱舞していた。蛾は少なかった。

見城は森脇のロールスロイスの近くに自分の車を駐め、山荘のアプローチをたどりはじめた。

白樺がアクセントになっていた。虫の音が高かった。高級別荘地は静かだった。

灯の入っている別荘は少ない。梅雨が明けてから、避暑地は賑わうのだろう。旧軽の商店街に支店を構えている東京の有名店の多くは、まだ営業していなかった。

本格的な夏が訪れたら、メインストリートは例年のように喧騒に包まれ、古くからの別荘族は海外に逃げ出すことになるのか。

いまは悪くない季節だ。陽が落ちると、いくらか肌寒く感じられるが、別荘地全体に本来の落ち着きが漂っている。

湧きはじめた夜霧もどこか幻想的だった。老いたら、こんな所でのんびりと暮らしたいものだ。

見城はそう思ったが、自分の年老いた姿は想像できなかった。無頼な日々を送っているからか、長生きできないような気がしていた。

特別に長生きしたいとも願っていなかった。

女や金に興味がなくなったら、生きていても仕方がない。六十代の後半で人生の幕を下ろすのが理想だ。しかし、そこまで生きられるかどうか。

見城は山荘に入った。

玄関は十畳ほどの広さだった。玄関ホールは旅館並だ。贅を尽くした造りだった。

森脇夫妻は玄関ホール脇の応接間にいた。

大きな暖炉の中で、薪が炎をあげている。クラシック調の家具と調和がとれていた。

壁に掲げられているユトリロの油彩画は、もちろん複製画ではないだろう。

「何か手がかりがありましたか？」

森脇が重厚なモケット張りのソファから立ち上がった。

「お嬢さんを連れ去ったのは、やはり先日の二人組のようです」

「なぜ、そのことがおわかりになったんです？」

「乗馬クラブに行ってきたんですよ。きのうの夕方、犯人と思われる二人組がクラブを訪ねてきたそうです」

見城は詳しい話をした。口を結ぶと、森脇が椅子を勧めた。

見城は森脇の正面に坐った。律子が目礼し、静かに腰を上げた。茶の用意でもする気なのか。もう結衣の母親は泣いてはいなかった。

律子が応接間を出ていくと、見城はポケットのバッジを抓み出した。

「これに見覚えはありませんか？」

「それは、『東京フィットネス・パレス』のインストラクターがつけてるバッジですよ。林道に落ちてたんですね？　それでは、リラクゼーションルームの妻木という男が結衣を拉致したのかもしれませんよ」

「森脇さん、落ち着いてください。このバッジが犯行現場で発見されたからと言って、そこまで結論を急ぐのは……」

「ええ、性急でしたね。インストラクターは妻木のほかにも、三十人前後いるわけですから。ただ、結衣の日記に書かれていたことが事実だったとすれば、妻木が怪しいということになるんではないだろうか」

「まだ確証は得ていませんが、妻木が結衣さんに妙な錠剤を服ませて、いかがわしい行為に及んだ疑いは濃厚ですね」

「ああ、なんてことなんだ」

森脇が両手で頭を抱え込んだ。

「きのう、妻木と会っているときに、たまたまリラクゼーションルームに怒鳴り込んできた会員がいました」

「結衣と同じようなことをされた娘さんがいたんですね?」

「そうなんです」

見城は、前日の出来事をつぶさに語った。

「その鶴岡という会員の方とは面識がありませんが、そういうことなら、きっと妻木が……」

「その疑いは充分にありますが、状況証拠だけでは断定はできません。妻木を陥れる目的で、誰かがインストラクターのバッジを林道に落とした可能性もなくはないでしょうからね」

「その通りです。このバッジは林道にあったんですか？」

「いいえ、林道沿いの下生えの中に転がっていました」

「誰かが妻木の犯行に見せかけるために偽装工作したのだとしたら、誰の目にもわかるような場所にバッジを置いていくんではありませんか？」

森脇が遠慮がちに異論を唱えた。

「しかし、そんなことをしたら、作為が見え見えでしょ？」

「そうおっしゃられると、確かにそうですね」

「話は飛びますが、『東京フィットネス・パレス』の鵜沢社長の身内に病院関係者か薬品関係者がいませんか」

「さあ、どうでしょう？　よくわかりません。鵜沢さんのご実家は、代々の神官とうかがっていますが」

「会員の方では、どうです？」

「メンバーの中には医師が何人もいますし、薬品会社の重役もいますよ」

「思い出せる範囲で結構なんですが、その方たちのお名前を教えてください」

見城は手帳を開いて、メモを取る準備をした。

結衣の父が考え考え、七、八人の名を挙げた。見城はボールペンを走らせた。

「それから、医者ではありませんが、五つの病院を経営されてる方もいますよ。えーと、お名前は小幡隼人さんだったな。四十七、八の方ですが、なかなかの遣り手のようです。バブル崩壊直後に、温心会など大きな総合病院の副理事長に収まって、実質的な経営をなさっているようですから」

「その小幡氏の前身は何だったんでしょう？」

「本人は看護士（現・師）さんの斡旋会社や病院のベッドシーツのクリーニングをやっていたと言っていましたが、会員たちの噂だと、悪質な金融ブローカーだったと……」

「要するに、パクリ屋だったということですね？」

「ええ、そんな噂も聞いたことがあります」

森脇がそう言って、バッジを返して寄越した。

パクリ屋とは、経営不振に陥った企業が振り出す融通手形の割り引き先を紹介する振りをして、手形を詐取してしまう裏経済界の悪党だ。パクリ屋には、必ず手形詐欺の仲間がいる。

手形の額面の二割程度を自分の取り分にし、騙し取った融通手形を仲間たちにリレーさせる。最終的には、手形は暴力団関係者の手に落ちることが多い。

彼らは額面四、五億円の手形を一千万円前後で引き取るわけだが、振り出した企業には満額を請求する。支払い能力がないとわかると、製品、機械、備品で弁済させる。場合によっては、ビルや工場も押さえてしまう。

　パクリ屋は決して手形の裏書きはしない。裏書き人になったら、責任を問われるからだ。仲間の詐欺師たちは裏書きはするが、予め用意しておいた休眠会社の偽造社長印を使う。

「小幡という男がパクリ屋だったとしたら、五つの病院を乗っ取ったのかもしれないな」

　見城はバッジをポケットに戻し、煙草をくわえた。

　ちょうどそのとき、律子が応接間に戻ってきた。洋盆には三人分のコーヒーが載っていた。

「見城さん、やはり警察の力を借りたほうがいいのでしょうか？」

　森脇が問いかけてきた。

「難しい質問ですね。犯人側が警察に通報したら、結衣さんを殺すと言ったことが単なる威しではないとも考えられますので」

「ええ、そうですね。しかし、あなたおひとりだけで結衣を捜し出すのは困難なことだと思うんですよ」

「正直なところ、自信はありません」

「それでは、警察の力も借りることにしましょう」

「あなた、やめてください！　そんなことをしたら、結衣が殺されてしまいます」

律子が悲痛な声で訴えた。

「しかしね……」

「そのうち犯人たちは、きっとお金を要求してくるでしょう。一億円でも二億円でも、黙って身代金を渡してやりましょうよ」

「身代金を要求されたら、もちろん、そうするさ。しかし、一連の拉致事件の被害者たちのことを考えると、営利誘拐ではないような気がするんだよ」

「とにかく、もう少し警察の力を借りるのは待ってください。お願いします」

「わかった。そうしよう」

森脇がうなずいた。

その直後、応接間の電話機が爆ぜた。夫妻が、びくっとした。森脇が手で妻を制し、サイドテーブルに腕を伸ばす。

受話器を取った瞬間、結衣の父親の顔に緊張の色が拡がった。犯人グループからの電話のようだ。

見城は耳に神経を集めた。

「結衣は無事なんですね？　声を聴かせてください」

「………」

「金なら、一億でも二億でも払う。だから、早く結衣に会わせてくれないか。え？　それは、どういう意味なんです？」

森脇が大声で訊き返した。当然のことながら、相手の声は見城には届かなかった。

「当分、娘を飼うって!?　なぜ、そんなことをするんだっ。付加価値が生まれてから、取引したい？　言っている意味がよくわからないな」

「………」

「警察には通報してない。客？　わたしの知人だよ。嘘じゃない、信じてくれ。え？　ポストですか。ここのポストだね。わかった。きみ、待ってくれ！」

森脇が叫んで、フックをせっかちに押した。

だが、すでに電話は切られていた。律子が夫に声をかけた。

「犯人からなんですね？」

「そう。ポストの中を見ろと言ってる。結衣は無事だそうだ」

森脇は受話器を置き、勢いよく立ち上がった。

「犯人どもは、この別荘の近くにいるにちがいありません。奴らは、わたしの姿を見たんですよ。それで、警察の人間じゃないかと疑ったんでしょう。ちょっと外を見てきます」

見城は言って、別荘を飛び出した。

路上に走り出て、あたりを駆け回る。しかし、どこにも人影はなかった。不審な車も見当たらない。

見城は山荘の入口に駆け戻った。

森脇が門の脇に立っていた。写真のような物を手にしている。

「それは何なんです？」

見城は問いかけた。

森脇が黙ってインスタント写真を差し出す。見城は受け取り、写真を門灯の光に翳した。

全裸の結衣が写っていた。

太い革の首輪をさせられ、鉄の足枷を嵌められている。表情が虚ろだった。何か薬物を服まされたか、注射されたらしい。

どこかの地下室のようだ。結衣の背後に、数人の裸の女がいる。全員、後ろ向きだった。拉致された令嬢たちだろう。

「なぜ、こんなひどいことをするんだ」

森脇が怒りを露にした。

「電話をしてきたのは？」

「男の声でした。しかし、ボイス・チェンジャーを使っているようで、とても不明瞭な声でしたよ」

「そいつは、人質に何か付加価値をつけてから、取引したいと言ったんですね？」

「ええ。それまで拉致した女性たちを大事に飼育しといてやると言ってました。一連の拉致事件の被害者たちも、結衣と同じように監禁されているんではないでしょうか？」

「おそらく、そうでしょう。今朝、全裸死体で発見された海老原朝美さんは致死量を超えるヘロインを静脈に注射されてたらしいんですよ。死因は中毒死だったそうです」

見城は言った。

「その話は誰から聞かれたんです？」

「毎朝日報の社会部記者から得た情報です。もう夕刊やテレビのニュースで報じられてるでしょう」

「海老原党首の娘さんと結衣をさらったのが同一グループだとしたら、結衣も何か麻薬を投与された可能性が……」

「それは考えられますね。人質を薬物中毒にしてしまえば、警察に通報される心配はない。禁断症状に苦しむ人質の姿をビデオに撮って、巨額の身代金を要求する。犯人側には、手堅いビジネスでしょうね」

「なんて卑劣なことを！」

森脇が固めた拳をぶるぶると震わせた。

「ひょっとしたら、もっと悪辣なことを考えてるのかもしれません」

「たとえば、どんなことです？」

「具体的には思い浮かびませんが、なんとなく悪い予感がするんですよ。わたしは先に東京に戻って、妻木望を徹底的にマークしてみます」

「見城さん、あなただけが頼りなんです。どうか一日も早く結衣を救い出してください。いいえ、娘ばかりではなく、ほかの十五人の行方不明者が一緒なら、ぜひ彼女たちも……」

「できるだけのことはやってみます」

見城は約束し、インスタント写真を返した。

「これは家内には見せないでおきます」

「そのほうがいいでしょう」

「できるなら、結衣の身替りになりたい」

森脇が涙ぐんだ。

見城には慰める術がなかった。二人は夜霧の中で立ち尽したままだった。

3

車体に衝撃があった。

見城は前のめりになった。信号待ちをしているとき、急に追突されたのだ。

関越自動車道の碓氷ＩＣに通じる抜け道だった。南軽井沢の外れだ。

見城は森脇の別荘を後にし、東京に向かっていた。その途中の出来事だった。

ミラーを見る。

濃霧で視界が悪い。後ろの白っぽいワゴン車は、ヘッドライトもフォッグランプも灯していなかった。

見城は警戒心を強めた。

その矢先、ふたたび追突された。見城は肘を張って、衝撃を和らげた。

車道には、自分の車と怪しいワゴン車しか見えない。ハザードランプを点けかけたとき、急にワゴン車が勢いよく退(さ)がりはじめた。

助走をつけて、思いきり追突する気になったようだ。

見城はそう予想して、急発進する準備を整えた。信号は青に変わっていた。

意外にもワゴン車は脇道に入った。どうやら逃げる気らしい。

見城は素早くギアをR(リヴァース)レンジに入れ、アクセルを踏み込んだ。五、六十メートルほど後退し、ワゴン車を追跡しはじめた。

曲がりくねった山道だった。

ミルク色の濃霧が立ち込めている。逃げるワゴン車もヘッドライトを灯していた。

道の両側には、伸びた雑草が垂れている。

廃道なのかもしれない。道幅はそれほど狭くなかった。乗用車なら、充分に対向車と擦れ違える。

ワゴン車は山道をひたすら登っていく。

見通しは、ひどく悪い。うっかりハンドル操作を誤れば、切り通しに激突したり、崖(がけ)下(した)に転落してしまうだろう。ワゴン車は無謀な走り方をつづけている。

見城は慎重に追った。だが、スピードはあまり落とさなかった。

十分ほど走ったころ、前走の車が急に停止した。追っ手を迎え撃つ気になったようだ。

見城は車を降りた。

霧の中を大股で進む。まだ動く人影は見えない。見城は細心の注意を払いながら、ゆっくりと歩いた。

少し経つと、白いヴェールの向こうにワゴン車がおぼろに見えてきた。

見城は目を凝らした。人の姿は見えなかった。

どこかに潜んでいるのか。それとも、山の中に逃げ込んだのだろうか。

見城は周囲に視線を走らせながら、ワゴン車に近寄っていった。

エンジンはかかったままだったが、誰も乗っていなかった。車体には、『東京フィットネス・パレス』の社名が記してあった。ナンバープレートは外されていた。

見城は車内を覗き込んだ。

車検証はどこにもなかった。ワゴン車から離れかけたとき、霧がわずかに揺れた。

車体に何かが当たった。着弾音ではない。

見城はライターを短く点けた。足許に落ちているのは吹き矢の矢だった。

四枚羽はポリエチレンで、矢体はコルクだ。金属製の鏃には、粘り気のある樹液のようなものが塗りつけられている。

猛毒のクラーレだろうか。クラーレはアマゾン流域などに自生している喬木の樹皮や樹液に含まれている毒で、動物の運動神経を麻痺させて死にいたらしめる。

見城は中腰になって、ワゴン車の反対側に回り込んだ。

また、吹き矢が放たれた。矢はトランクリッドに当たって、大きく跳ねた。

見城は山肌を見た。

濃い霧に閉ざされ、何も見えない。少し経つと、今度は銃弾が飛んできた。銃声は聞こえなかった。衝撃波が不気味だった。

銃弾は連射された。

消音器を装着した短機関銃か、マシンガン・ピストルを使っているにちがいない。

ワゴン車に数発、着弾した。燃料タンクを撃ち抜かれたら、車が爆発炎上する恐れがある。

見城は腰を屈めたまま、横に走った。

二十数メートル走ったとき、ワゴン車が鈍い発火音を響かせた。

数秒後、大音量とともに爆炎が噴き上がった。

あたりが明るむ。山肌に二つの人影が見えた。敵にちがいない。

見城は山の斜面を駆け登りはじめた。と、頭上から音もなく銃弾が襲いかかってきた。

サイレンサーから洩(も)れる銃口炎(マズル・フラッシュ)は、点のように小さかった。

見城は樹幹や灌木(かんぼく)に掴まりながら、獣のように山肌をよじ登った。銃弾で弾(はじ)き飛ばされた梢(こずえ)や小枝が、断続的に降ってくる。

数分後、銃声が熄(や)んだ。

弾(たま)切れだろう。予備の弾倉(マガジン)を装着しているようだ。

見城は斜面を必死に登った。小枝や茨(いばら)が顔面を搏(う)つ。いちいち気にはしていられない。

見城はがむしゃらに突き進んだ。

銃口炎は、いっこうに瞬(また)かない。

吹き矢のダーツも飛んでこなかった。敵は背を見せたのか。

見城は、ひたすら斜面をよじ登った。

下の方で、大きな爆発音が轟(とどろ)いた。山道を見下ろすと、ワゴン車が橙色(だいだいいろ)の炎に包まれていた。

見城は山の中腹まで達した。

しかし、霧の中で動く人影は目に留(と)まらなかった。見城は繁みにうずくまり、息を殺した。耳を澄ます。虫のすだく音しか聞こえない。近くに、男たちが潜(ひそ)んでいる気配はうかがえなかった。

すでに、だいぶ先まで逃げてしまったのだろうか。

見城は、また斜面を登りはじめた。しかし、敵の姿は見当たらない。この霧では、追っても無駄だろう。

見城は歯噛みしながら、斜面を下りはじめた。

車を駐めた山道に出たときには、ワゴン車は焼け爛れていた。まだ火は燃えくすぶっている。

見城はローバーに乗り込み、近くの杣道に尻を突っ込んだ。

ヘッドライトを消し、エンジンも切る。二人の襲撃者が山道を下ってくるかもしれないと考えたのだ。七時二十分過ぎだった。

見城は八時まで待ってみた。

しかし、誰も山道を下りてくる者はいなかった。見城は諦め、山道を下った。

車道に戻り、碓氷ＩＣに向かう。見城はローバーを走らせながら、ひっきりなしに後続車を見た。妙な車に追尾されている気配は伝わってこなかった。

やがて、碓氷ＩＣに辿り着いた。

上り車線は、思いのほか空いていた。練馬の料金所まで二時間半しかかからなかった。

見城は車を六本木に向けた。

　ショットバー『ドランカー』に着いたのは、十一時半ごろだった。妻木望の馴染みの酒場である。見城はローバーを裏通りに駐め、ショットバーに足を向けた。

　店の近くまで歩いたとき、暗がりから人がぬっと現われた。一瞬、緊張した。目の前に立っているのは麻薬取締官の鬼塚靖だった。

「やあ、先日はどうも。妙な場所でお会いしますねえ」

「女の子をナンパしようと思ってね」

　見城は軽口をたたいた。

「面白い方だな」

「何かの内偵みたいだね？」

「ええ、まあ。そこの外国人が集まってるバーで、いろんな麻薬が堂々と売買されてるって密告電話があったんですよ。電話をしてきた男は、どうも混ぜ物の多いコカインを摑まされたようなんです」

　鬼塚が言った。麻薬に関する密告は、その種の腹いせによるものが大半だった。次いで多いのは密売組織の仲間割れだ。

「外国人が溜まり場にしてる店というと、『ドランカー』かな？」

「ええ、そうです。今夜は、店に出入りしてる客をひとりずつ盗み撮りしようと思いましてね」

「そう」

「『ドランカー』のこと、よくご存じですね？」

「赤坂署にいたころから、いろいろ悪い噂が耳に入ってたんだ。それはそうと、麦倉亮子さんの葬儀はどうでした？」

「あんな殺され方をしたんで、密葬だったのですが、弔問客は引きも切らなかったですね」

「まだ故人が若かったから、それだけ彼女の死を悼む人たちが多かったんだろう」

「ええ。あなたは薄情な方だな」

「薄情？」

見城は反問した。

「そうですよ。麦倉とあなたは、まんざらの他人じゃなかったんでしょ？」

「妙なことを言わないでくれ」

「何もとぼけることはないじゃありませんか。彼女の遺品の中に、切手の貼られていないラブレターが七通もあったんですよ。あなた宛の恋文でした」

「えっ」

「麦倉は、その手紙を大事に取ってあったんです。投函できなかったラブレターをね。切ない話じゃないですか。彼女のお母さんに未投函の手紙の束を見せられたときは、わたしたち同僚はみんな泣きましたよ。ふだんはドライな玉井課長も目頭を押さえてました」

鬼塚が詰るような口調で言った。

見城は胸に小さな痛みを感じた。といっても、センチメンタルな気分に陥ったわけではない。

男性体験の乏しかった亮子を酒の勢いで抱いてしまったことに対する後悔だった。その結果、ひとりの女を惑わせることになってしまった。大人の男のすることではなかった。

「麦倉とは恋仲だったんでしょ？」

「いや、そんなんじゃないんだ。一度だけ、弾みで男と女の関係になっただけなんだよ。彼女は初心だったんだろうな。一度寝ただけで、そんなに熱い感情になれたんならね」

「そんな言い方はないでしょ！　麦倉は、あなたを真剣に愛してたんですよ」

「彼女の話は、もうよそう」

「冷たいんだな」

鬼塚の声は棘々しかった。見城は反論したい気持ちを抑えた。

死んだ者は、ある意味では楽だ。成就しなかった恋愛のことでもう思い悩むことはない。しかし、思いがけない話を聞かされた自分は永久に亮子のことを忘れられなくなるだろう。

それも、仕方のないことだ。生きている限り、誰もが重い何かを背負っていかなければならない。軽はずみなことをした自分を戒めなければならないだろう。

「機会があったら、一度、線香を手向けてあげてくださいね」

「そうすべきかな」

見城は生返事をした。

遺骨に手を合わせることで、心が軽くなるわけではない。返せない借りは、自分の墓場まで持ち込む。そして、折に触れて故人を偲ぶ。弔いは形式ではない。そうすることが供養になるのではないだろうか。

「どうも引き留めまして」

鬼塚が硬い表情で言った。

「彼女の捜査は、一課の誰が引き継いだの？」

「課長の玉井が引き継ぎましたよ。部下の弔い合戦だと言ってね」

「そう。で、新種の混合麻薬(ドラッグ・カクテル)の密売組織の尻尾は掴めたのかな？」

「あなたに答えなきゃならない義務はないでしょ」

「ああ、それはね」

見城は苦く笑って、大股で歩きだした。

ショットバーの前を通り過ぎ、さらに進む。背中に、鬼塚の視線を感じた。自分を睨みつけているのだろう。

見城は六本木通りの手前で路地に折れ、すぐに四つ角まで戻った。

シャッターの下りたビルの陰から、鬼塚の様子をうかがう。鬼塚は路上の暗がりにたたずみ、『ドランカー』の出入口を見ていた。懐には、赤外線フィルムの入った超小型カメラが収めてあるにちがいない。

見城は煙草を吹かしながら、鬼塚が消えるのを待ちつづけた。

通りかかる男女が怪訝(けげん)そうな目を向けてきたが、少しも気にしなかった。長い時間が流れた。

路上から鬼塚の姿が見えなくなったのは、午前一時半ごろだった。

見城は、マークしたショットバーの斜め前に移った。

酔った客たちが時たま、店から出てくる。白人のカップル、黒人男と日本人娘の二人連れ、三人の白人の男たち。そろそろ閉店時刻なのかもしれない。

妻木は、果たして店の中にいるのか。

見城は待ちつづけた。妻木が白人と黒人の若い女の肩を抱いて出てきたのは、午前二時を少し回った時刻だった。

三人は英語で声高(こわだか)に話しながら、六本木通りと逆方向に歩きはじめた。

見城は尾行を開始した。

妻木たちは東京大学生産技術研究所(現在は駒場にある)の少し手前を右に折れ、四階建ての古いマンションに入っていった。三人が吸い込まれたのは一〇一号室だった。

一階の角部屋だ。ネームプレートには、妻木と姓だけが記されている。玄関ドアが閉まり、シリンダー錠が倒された。

見城はスチールのドアに耳を押し当てた。

ビートルズのヒット曲がかすかに聴こえる。見城はマンションの裏側に回った。

狭い庭になっていた。妻木の部屋が明るいだけで、ほかは電灯が点いていない。

見城はベランダの下に身を潜めた。

十分ほど過ぎると、室内からベッドの軋(きし)む音が響いてきた。女たちの笑い声も聞こえた。

見城は静かにベランダの手摺（てすり）を乗り越えた。窓は洒落（しゃれ）たブラインドで覆われ、室内の様子はわからなかった。

見城はサッシ戸に手を掛けてみた。

施錠されていなかった。見城は一気にサッシ戸を開け、室内に躍（おど）り込んだ。

妻木は巨大なベッドに裸で仰向（あおむ）けになっていた。

黒い肌の女が妻木の脚の間に坐り込み、口唇愛撫に熱中している。白い肌の女は妻木に斜めにのしかかり、唇を貪（むさぼ）っていた。二人の女も素っ裸だった。

見城はサッシ戸を乱暴に閉めた。

その音で、三人はようやく侵入者に気づいた。次々に半身を起こす。

「あんたは!?」

妻木が驚きの声をあげた。

「3Pがおっ始まったばかりらしいが、お娯（たの）しみは次回にしてくれ」

「あんた、自分が何をしてるのかわかってるのか!?　住居侵入罪だぞ」

「わかってるさ。姐（ねえ）ちゃんたちを部屋から追っ払え」

「何を言ってるんだ。あんたこそ、早く部屋を出ていけ！」

「手間をかけさせやがる」

見城は妻木の胸に前蹴りを入れた。

妻木が後転し、ベッドの下に落ちた。二人の外国人女性が母国語で見城を非難した。

どちらも前を隠そうとしなかった。ともに、恥毛は濃かった。茶色と黒だった。

「二人とも、大事なところを蹴られたくなかったら、早く消えたほうがいいぜ」

見城はブロークン・イングリッシュで女たちに言って、切れ長の目に凄みを溜めた。

栗毛の白人女と豊満な肢体の黒人女は目を見合わせ、ほぼ同時にランジェリーを身につけはじめた。

妻木が呻きながら、上体を起こした。

見城はハンサムなインストラクターを睨みつけた。妻木が怒声を張り上げた。

「おれが何をしたって言うんだよっ」

「リラクゼーションルームで、森脇結衣たち若い女性会員に何をしたんだっ」

「なんの話をしてるんだよ?」

「時間稼ぎはさせないぞ」

見城はベッドに跳び上がり、妻木の顎を蹴り上げた。

的は外さなかった。妻木が万歳をするような恰好で後ろに引っくり返り、ＣＤミニコンポの角に頭を撲ちつけた。

二人の外国人女性が大仰（おおぎょう）な悲鳴を放ち、服を抱えてダイニングキッチンに逃れた。

ベッドのある部屋は十五畳ほどの広さだった。床には、外国製らしいカーペットが敷き詰められている。

「おまえら、警官を呼んだら、麻薬（ドラッグ）をやってることを密告するぜ」

見城は女たちを威（おど）した。

二人の外国人女性は警官に泣きついたりしないと言いながら、大急ぎで派手な服を着た。どちらも靴とクラッチバッグを抱え、裸足（はだし）で部屋を飛び出していった。

「くそっ」

妻木が跳ね起き、ベッドマットの下に手を突っ込んだ。

見城は靴の底で妻木の右腕を踏みつけ、左足を飛ばした。空気が縺（もつ）れた。横蹴りは秘中（ひちゅう）に極（き）まった。喉笛（のどぶえ）だ。

妻木が背を丸め、ベッドとミニコンポの間に横倒しに転がった。見城はベッドマットの下を探（さぐ）った。指先に硬く冷たい物が触（ふ）れた。

デトニクスだった。アメリカ製で、コルト・ガバメントのコピーモデルの自動拳銃（オートマチック）だ。45口径ながら、全長は約十七センチと小型にできている。インサイドホルスターを腰に装着しておけば、まず拳銃を所持しているとは見抜かれない。

「物騒な物を持ってるな」

見城はキャッチボタンを押し、銃把から弾倉を引き抜いた。六発、装弾されていた。薬室は空だった。手早く弾倉を戻し、スライドを引く。初弾が薬室に送られた。

「撃くときは、ミニコンポの音量を上げなきゃな」

見城はベッドに胡坐をかき、銃口を妻木に向けた。ポケットのＩＣレコーダーを作動させる。

「あんた、フリーのライターなんかじゃないな。どうせ中村太郎なんてのは偽名なんだろうがっ。いったい、何者なんだよ？」

「質問するのは、このおれだ。おまえは訊かれたことに正直に答えりゃいい」

「わ、わかったよ」

妻木が喉を摩りながら、上半身を起こした。

「森脇結衣に何か幻覚剤を服ませて、二人の外国人に輪姦させたな。それをおまえはインスタント写真に撮った。違うか？」

「そんなことしてない、してないよ」

「死にたいようだな」

見城は引き金に深く指を巻きつけた。トリガーの遊びを絞る。妻木が整った顔を強張らせ、尻を使って後ろに退(さ)がった。ペニスは、すっかり縮こまっていた。

「やめてくれ。おれは、あんなことはしたくなかったんだ。だけど、社長がおれをゼネラルマネージャーにして、給料も三倍にしてくれるって言うから、つい……」

「女性会員を何人、レイプさせた？」

「森脇結衣を入れて、全部でちょうど十人だよ」

「レイプ役は緑色の瞳(ひとみ)の白人と大柄な黒人だけなのか？」

「ああ、いつも二人にやらせてたんだ」

「そいつらは何者なんだっ」

「白人のほうは売れないモデルで、黒人のほうは無職のはずだよ」

「『ドランカー』で知り合ったわけか」

「そんなことまで知ってるのか!?」

　妻木が甲高い声をあげた。

「参考までに、その二人の名を聞かせてもらおう。白人男はなんて名なんだ？」

「ケント・マッカラムだよ。黒人のほうはボブ・ハンプトン。二人とも、二十五歳だったかな」

「女たちにビタミン剤と称して服(の)ませた錠剤は何だったんだ？」

見城は訊いた。

「よくわからないんだ。幻覚剤入りの強力な睡眠薬らしいけどさ。鵜沢社長に渡されたんだよ」

「その錠剤を出せ！」

「ここにはないんだ。女をレイプするときに一錠ずつ渡されてたんだよ」

「インスタント写真は？」

「全部、社長に渡した」

「嘘じゃないなっ」

「ああ。なんだったら、この部屋を物色してもいいよ」

「犯した女たちの名を全部喋ってもらおう」

「えーと、最初は……」

妻木が思い起こしながら、十人の被害者の名前を明かした。

「鵜沢はインスタント写真を十人の令嬢たちの親に途方もない値で買い取らせる気なんだろうな。もう強請りはじめてるのか？」

「そのへんのことは、わからないよ。おれは、社長に頼まれたことをやっただけだから」

「おれのことを一言でも鵜沢に喋ったら、おまえは手錠（ワッパ）打たれることになるぞ」

見城は上着のポケットからＩＣレコーダーを摑み出し、停止ボタンを押した。

妻木が蒼（あお）ざめた。

「このデトニクスを所持してると、おまえの罪はもっと重くなる。こいつは、おれが預かっといてやるよ」

「そ、そんな！」

「なんか文句あるか。そんなにデトニクスが大事なら、銃身をくわえてみるかい？」

「や、やめてくれ。そのハンドガンは、あんたにやるよ。だから、もう帰ってくれないか」

「おまえ、新種の混合麻薬（ドラッグ・カクテル）を持ってるんじゃないのか。〝パラダイス〟や〝クライマックス〟のことだよ」

見城は言った。妻木は、きょとんとした顔をしている。

新麻薬のことは、何も鵜沢から教えられていないようだ。混合麻薬の密売は、おそらく鵜沢が腹心の部下だけにやらせているのだろう。

「そんな名前の麻薬（ドラッグ）は初めて聞くな。うちの社長、麻薬もビジネスにしてるの!?」

「さあな。そいつは鵜沢に直（じか）に訊いてみよう。それはそうと、おまえ、午前一時半頃、軽井沢にいたな？」

見城は鎌をかけた。

「軽井沢にいたって⁉　おれ、軽井沢になんか行ってないよ」

「おかしいな。おれは、おまえを森脇家の別荘の近くで見てる」

「なにかの間違いだよ。おれ、午前中は二日酔いで、このベッドで寝てたんだ。結局、仕事は休むことに……」

妻木が言った。

「勤務先のワゴン車で軽井沢に行ったんじゃないのか、本当は」

「それ、なんの言いがかりなんだよ！」

「おまえは鵜沢に命じられて、森脇結衣を拉致したんだろうが？　実行犯は別の二人組だがな。片耳の潰れた男と巨漢はどこの誰なんだっ」

見城は右腕を長く伸ばし、デトニクスの銃口を妻木の眉間に押し当てた。

妻木が女のような悲鳴をあげ、全身を竦ませた。大きく見開かれた目には、恐怖の色が宿っていた。何か言いかけたが、言葉にはならなかった。

「死にたいらしいな？」

「おれ、ほんとに軽井沢になんか行ってないよ。森脇結衣も引っさらってない」

「なら、おまえのインストラクター・バッジを見せろ」

「バッジは失くしちゃったんだよ、一昨日ね」

「失くした？」

「クラブのどこかで落としたんだと思うけど。バッジがなんだって言うの？」

「結衣が連れ去られた場所に、インストラクターのバッジが落ちてたんだよ」

見城は言った。妻木が慌てて叫んだ。

「それが、おれのバッジだって言うわけ!?」

「その可能性はあるな」

「冗談じゃないよ。おれ、おかしな事件になんか関わってない。嘘じゃないって。頼むから、信じてくれよ」

「おまえの話が嘘じゃないとしたら、鵜沢に嵌められたか」

「嵌められた？」

「ああ。ひょっとしたら、鵜沢はおまえを誘拐犯に仕立てようとしたのかもしれないぜ」

「冗談じゃない！　そんな裏切り、赦せないっ」

「そうだよな。だったら、おれが仇を討ってやろう。社長の弱みを何か教えろ」

見城は抜け目なく言った。

「うちの社長は、ちょっと変態気味なんだ。若い男に奥さんを抱かせて、それで自分の欲望を掻きたててるらしいんだよ」

「鵜沢はマジックミラー越しに、自分の女房が若い男に抱かれてるところをこっそり覗いてるわけか」

「そうじゃなく、ベッドの横で直に見たり、セックス場面をビデオカメラで撮ってるって噂だよ。それで最後は3Pをしてるようなんだ」

「おまえも、さっき3Pをやってたよな。ということは、おまえも変態だってことだ」

「おれの場合は、ただの遊びだよ。だけど、社長はそうしなきゃ、ナニが立たないようだから、本当の変態でしょ？」

妻木が心外そうに言った。

「同じようなもんだな。その若い男っていうのは？」

「新宿のホストクラブの甲斐翔吾だって話を聞いたことがあるけど、真偽はちょっとわからないね」

「邪魔したな。糞して寝な！」

見城はベッドを降り、玄関に向かった。

4

真咲が意識を取り戻した。

数分の失神だった。夢から醒めたような表情をしている。仰向けだった。

見城は腹這いになって、紫煙をくゆらせていた。

濃厚な情事の直後だった。真咲は、たてつづけに五度も頂点を極めた。

池田山の鵜沢社長宅の寝室である。

室内の空気は、いくらか腥い。情事の名残だった。まだ午後四時前だ。窓の外は明るかった。

「あなたって、本当に女殺しね。わたし、腰の蝶番が外れちゃったみたい」

「きみがあんなに深く感じたのは、〝クライマックス〟とかいう錠剤を服んだせいだろう」

「ううん、それだけじゃないわ。あなたが図抜けたテクニシャンだからよ」

「そう言ってもらえると、励んだ甲斐があるな」

見城は短くなった煙草の火を灰皿に捻りつけ、すぐに言い継いだ。

「そういえば、その後、〝クライマックス〟の贈り主はわかったのかな?」

「ううん、依然としてわからないの。ちょっと薄気味悪い気もするけど、別に体に害があるわけじゃなさそうだから……」

「害どころか、催淫効果は抜群だよな。たてつづけに、五回もクライマックスに達したんだから。〝クライマックス〟が、クライマックスを招んでくれたわけだ」

「うふふ。あなたも服んでたら、どうなってたかしら? 想像しただけで、なんか感じちゃいそう」

真咲がティッシュペーパーで自分の股間を何度か拭った。途中で、彼女は短い呻きを洩らした。

「まだ悦びの余韻がつづいてるようだな」

「そうなの。ちょっと物に触れただけで、突き抜けるような痺れが走るのよ」

「女はいいね。ベッドパートナーがテクニシャンなら、エンドレスで達しつづけられる。その点、男は損だよな」

見城は戯れに嘆いてみせた。

「そうよね。どんなに頑張っても、結合したままだったら、ダブルが限度でしょ?」

「ああ。それだって、よっぽどスタミナが貯えられてるときじゃなきゃ、抜かずに二発は無理だよ」

「わたし、女に生まれてよかった。社会的にはまだ男女差別があるけど、セックス面で男よりも快感を得られるわけだから。それでバランスが取れてるんだと思うわ」

真咲がそう言い、指の腹で見城の引き締まった尻を撫でた。

「だしぬけに自宅に押しかけてきたんで、びっくりしたろう？」

「ええ、ちょっとね。でも、嬉しかったわ」

「いま、きみの旦那が急に帰ってきたら、どうする？」

「別に狼狽したりしないわよ。こないだも言ったと思うけど、わたしの浮気は夫公認なんだから」

「だったら、かえって鵜沢社長に喜ばれるか」

「刺激されて、性的衝動を覚えるかもしれないわね。鵜沢は、ちょっと変わってるから」

「『東京フィットネス・パレス』の関係者から聞いた話なんだが、鵜沢社長はきみの浮気現場を見ると、異常に興奮するんだって？」

見城は妻木の顔を脳裏に浮かべながら、さりげなく訊いた。

「その話、誰から聞いたの？」

「個人名は勘弁してくれないか。そいつに迷惑かけたくないからね。で、どうなんだい？」

「ええ、事実よ。わたしの浮気は夫の回春剤になってるの」

「そういうことなら、きみが浮気相手とベッドで睦み合ってるところを旦那が覗いたりしてるんだろうな」

「覗くなんてもんじゃないの。ベッドの横にいて、パートナーにああしろ、こうしろ、なんて指示するのよ」

「まるでＡＶの監督だな」

「実際、そんな感じね。あれじゃ、感じるものも感じないわ」

真咲が苦笑した。

「きみはそうかもしれないが、旦那のほうは燃えるんだろう」

「そうみたい。それはいいんだけど、ベッドにいるわたしとパートナーを八ミリビデオで撮影するのよ」

「ますます感じなくなる？」

「最初は、そうだったの。だけど、そのうちに撮られてることで逆に感じるようになったのよ。人間の心のメカニズムって、ほんとに不思議ね」

「きみの旦那も他人の性行為を見るだけじゃなく、見られることにも快感を覚えてるんじゃないの？」

見城は訊いて、また煙草をくわえた。

「そうみたいね。それで鵜沢ったら、わたしの浮気相手に夫婦の秘めごとをビデオで撮影させたりするの。それだけじゃないのよ。時には、三人でプレイしようだなんて……」

「3Pもやったわけか」

「ええ、三、四度ね。そのときは鵜沢、ビデオカメラをベッドの真横に据えっ放しにしておくの。それで、そういうときの映像は絶対に消去しないのよ。ほかのテープは、どれも二、三週間で消しちゃうんだけど」

「観たいな、その3Pのビデオ」

「悪趣味ねえ」

「いいじゃないか。ちょっとだけ観せてくれよ。きみが二人の男を相手に、どんな乱れ方をするのか、観てみたいんだ」

「恥ずかしいわ、そんな」

真咲が少し顔を赤らめた。

「ビデオ、この家にあるんだね？」

「主人の書斎にあることはあるけど、あなたには観られたくないわ」

「そうか。なら、無理強いはよそう」

見城は諦めた。

「わかってもらえて嬉しいわ。ね、体を洗ってあげる。一緒にシャワーを浴びない？」

「おれは、いいよ。きみの肌の匂いをすぐに洗い落としたくないからな」

「女を喜ばせるのが上手なのね。それなら、わたしだけ……」

真咲がダブルベッドから降り、広い寝室の隅にあるシャワールームに消えた。

見城は急いで煙草の火を消し、ベッドから離れた。全裸で寝室を出る。

鵜沢の書斎は、同じ二階の奥にあった。

ドアはロックされていなかった。両袖机の横に大型テレビが置かれている。ガラス扉の付いたテレビ台の中に、ビデオデッキが収めてあった。何巻かビデオテープも見える。

見城は手早くビデオテープを再生しはじめた。

一巻目のテープには、真咲とホストの翔吾の情事が映っていた。二人は口唇愛撫を施し合っていた。

見城は十秒ほどで、二巻目のテープに替えた。今度は、夫婦の営みが収録されていた。

鵜沢は妻の真咲の両手をベッドのヘッドボードに摑まらせ、後背位で貫いていた。

鵜沢は真咲には内緒で、3P以外のビデオテープも保存していたのだろう。

見城は二巻目のテープも短く回しただけだった。

三巻目には、3Pの光景が映っていた。真咲は正常位で翔吾と交わりながら、夫のペニスを口に含んでいた。

見城は3Pのビデオテープだけを持って、慌ただしく寝室に戻った。

真咲は、まだシャワールームにいた。湯の弾ける音とハミングがかすかに響いてくる。

見城は盗み出したビデオテープを上着で巧みに包み込み、急いでトランクスを穿いた。

身繕いを終えたとき、バスローブ姿の真咲がシャワールームから出てきた。

「あれっ、どうしたの？」

「すまない！　人と会う約束があったのをすっかり忘れてたんだよ」

「約束の時間、少し延ばせないの？」

「会うことになってる奴、取材で飛び回ってるんだ。携帯電話を持ってないから、連絡の取りようがないんだよ」

「そうなの」

「悪いが、きょうはこれで……」

見城はビデオを包んだ上着を抱え、そそくさと寝室を出た。後ろから真咲が従いてくる。

好色な社長夫人に見送られ、見城は豪邸を出た。車は塀の際に駐めてある。

見城は青山の高級スポーツクラブに車を走らせた。

道路は、それほど渋滞していなかった。予想外に早く目的場所に着いた。

ローバーを地下駐車場に入れ、すぐさま階段を使って一階の受付ロビーに上がる。ロビーには、友浦遙がいた。

「先夜は、どうも失礼しました」

「どうして途中で消えちゃったんです?」

見城は訊いた。

「気を利かせたんですよ。社長夫人と有意義な時間を過ごされました?」

「とんでもない。あなたが消えたんで、間が保ちませんでしたよ。早々に社長夫人とは別れて、まっすぐ帰宅しました」

「本当に?」

「もちろんです。今度は友浦さんと二人だけで飲みたいな。今夜あたり、どうです?」

「ごめんなさい。今夜は都合が悪いんです」

「そう。いつなら、つき合ってもらえる？」

「しばらくスケジュールが詰まっているんですよ。ですので、いつとお約束することはできないんです」

「嫌われちゃったようだな」

「そうじゃないの。本当に忙しいんです。それより、きょうは追加取材ですか？」

遙が問いかけてきた。

「ええ、鵜沢社長の新しい事業についても少し話をうかがいたいと思ってね。社長、いらっしゃるかな？」

「はい、おります。しかし、夕方に会合に出席する予定になっていますので、中村さんのお相手ができるかどうか」

「ちょっと打診してもらえます？」

見城は頼んだ。

遙が笑顔でうなずき、クロークの内線電話の受話器を取り上げた。三十分という条件付きで、面会は許された。

見城は遙に礼を述べ、エレベーターの函（ケージ）に乗り込んだ。社長室に入ると、鵜沢は机に向かって何か書類に目を通していた。

「やあ、どうも！　ずいぶん丁寧な取材をされるんですね」

「誤った記事を書きたくありませんからね」

見城は大股で机の前まで歩いた。鵜沢が見城の行動を訝しんだようだ。

「どうしたんです、見城さん？　そんなに硬い表情をなさって。応接ソファの方で話をしましょう」

「ここでいい。鵜沢さん、妻木望が口を割ったよ」

「なんなんだね、急に乱暴な口調でわけのわからないことを言い出して」

「あんたは妻木に命じて、森脇結衣たちリッチな会員の令嬢たちをリラクゼーションルームで辱しめさせ、レイプシーンをインスタント写真で撮らせたなっ」

「いったい、なんのことなんだ？」

「いいだろう。いま、面白いテープを聴かせてやる」

見城は上着の内ポケットからICレコーダーを取り出し、すぐに再生ボタンを押した。すぐに妻木の告白音声が響きはじめた。

鵜沢の赤ら顔がみるみる色を失った。逃げる気配を見せた。見城はICレコーダーを握り込み、鵜沢の顔面に無言で拳を叩き込んだ。

鵜沢が短く呻き、アーム付きの社長椅子ごと後方に滑走した。

椅子はキャビネットにぶつかった。鵜沢はいったん大きくのけ反り、前のめりに椅子から転げ落ちた。見城は録音を切り上げ、ICレコーダーを内ポケットに戻した。左手に持った書類袋を高く翳す。

「なんなんだ、それは？」

鵜沢が机に摑まって、ゆっくりと起き上がった。

「あんたたち夫妻とホストの翔吾が3Pを娯しんでる映像さ。妻木の告白音声だけじゃ口を割らないなら、ビデオを複製して、ここの会員や従業員に配ることになるよ」

「わたしの自宅に忍び込んで、そのビデオを盗み出したのか!? いや、そうじゃないな。きさまは真咲の新しい浮気相手なんじゃないのかっ。きっとそうにちがいない」

「どうする？ テンカウントを取ってる間に返事をしてもらおう」

見城は数えはじめた。九まで数えると、鵜沢が観念した。

「わたしの負けだ。妻木が喋ってることは事実だよ。新しい事業に失敗して、ここの経営も苦しいんだ」

「いかがわしい写真で何人の親を強請った？」

「まだ五人だよ」

「脅し取った金は総額でいくらなんだ？」

「二億五千万だったと思う。ひとりに付き、五千万円しか脅し取れなかったんだ。写真じゃなく、ビデオカメラで撮っとくべきだったよ。そうすれば、もっと吹っかけられただろう」

「残りの写真はどこにある？」

「机の引き出しの中だよ」

「出せ！」

見城は命じた。

鵜沢が少し迷ってから、最下段の引き出しを開けた。見城は、鵜沢が抓み出した茶封筒を素早く奪い取った。

茶封筒の中には五葉のインスタント写真が入っていた。

森脇結衣の写真は二番目にあった。結衣を白人と黒人の若い男が穢している。残りの娘たちも、同じ二人組に犯されていた。

「この二人は、ケント・マッカラムとボブ・ハンプトンだな？」

「ああ、そういう名前らしい。わたし自身は、その二人には会ったことがないんだよ。妻木が見つけてきた連中なんだ」

「この不良外国人のどっちかから、麻薬を手に入れたんだなっ。あんたは、幻覚剤入りの強力な催眠剤のほかにもヘロイン、覚醒剤、コカインなんかを買ってたんじゃないのか？　それで、〝パラダイス〟や〝クライマックス〟を密造してた。そうなんだろっ」

見城は揺さぶりをかけた。

「あんた、何か勘違いしてるな。わたしが妻木に渡した錠剤は、外国人から買ったんじゃない。それから、ヘロインや覚醒剤なんか買ったことはないぞ。だいたい堅気の人間に麻薬なんか扱えるわけがないじゃないか。疑うんだったら、社長室だけじゃなく、この建物のどこでも検べてくれ」

「結衣たちに服ませた錠剤は誰から入手したんだ？」

「それは、ちょっと言えないな。病院関係者なんだが、個人名は……」

鵜沢が言い澱んだ。

「そいつの名を言わなきゃ、いますぐ警察を呼ぶことになるぞ。あんたは、社長室から手錠を打たれた姿で出なきゃならなくなるだろう」

「そ、それは困る。困るよ！」

「だったら、相手の名を言うんだなっ」

「小幡隼人という男だよ。うちのクラブの会員で、総合病院を五つほど経営してるんだ。彼に頼んで温心会病院の薬剤師に特別に幻覚剤と強力な睡眠薬を混ぜてもらったんだよ。

ベースの睡眠薬は、スウェーデン製らしい」

「小幡のオフィスは、どこにあるんだ？」

「渋谷の道玄坂だよ。『小幡エンタープライズ』という社名のはずだ」

「そうか」

「妻木の声の入ってるメモリーと恥ずかしいビデオを譲ってくれないか。その代わり、さっきのインスタント写真はそっくりやるよ」

「それでチャラにする気か」

「一千万なら、なんとか用意できるだろう」

「たったの一千万だと!? 電話、借りるぜ」

見城は社長席の電話機に手を伸ばした。警視庁の通信指令本部に電話が繋がる前に、鵜沢が焦ってフックを押した。

「わかったよ。なんとか二千万円用意しよう」

「自分の腹は痛める気はないようだな。汚ない野郎だ。脅し取った二億五千万円に、五千万上乗せしてもらう」

「さ、さ、三億円なんて、とても無理だ。二億五千万は、もうとっくに遣ってしまったからな」

「そんなこと知るかっ。三億の用意ができなきゃ、あんたは刑務所行きだぜ」

「三千万、いや、五千万円でなんとか手を打ってくれないか。それ以上は、とても工面できないよ」

「なら、いずれ、府中刑務所で木工作業か何かやらされることになるだろう。心を入れ替えて、いい職人になるか。え？」

「そんな……」

「また、明日、来るからな」

見城は冷然と言って、ドアに向かった。

数メートル歩くと、鵜沢の足音が高く響いた。見城は小さく振り返った。

鵜沢が青銅の灰皿を振り翳し、凄まじい形相で迫ってきた。

見城は充分に引き寄せてから、右の後ろ蹴りを放った。鵜沢が体をくの字に折り、後方の壁まで吹っ飛んだ。腰を撲って、床に転がる。

「この社長室に居つづけたいんだったら、なんとか金を用意しろ！」

見城は言い捨て、社長室を出た。

第四章　罠(わな)の殺人ビデオ

1

頬が緩(ゆる)みっ放しだ。

口許も締まらない。三億円の預金小切手は、何度見ても飽きなかった。

見城は小切手に軽くキスをして、スチール製デスクの引き出しに収めた。

自宅マンションだ。鵜沢に裏取引を持ちかけてから、五日が経(た)っていた。

すんなりと三億円を手に入れたわけではなかった。二度目に鵜沢を脅しに行った帰りに、見城は白人と黒人の二人組に襲われた。

ケント・マッカラムとボブ・ハンプトンだった。二人の近くには、妻木がいた。

見城は怯(ひる)まなかった。

三人を徹底的に痛めつけた。結衣たちをレイプした二人のアメリカ人の睾丸は蹴り潰してやった。

その次の日、見城は破門された筋者に日本刀で背後から叩き斬られそうになった。まさに間一髪の差で身を躱し、相手を払い腰で投げ飛ばした。

それだけではなかった。見城は奪った日本刀で、襲ってきた男の右手首を斬り落とした。少しもためらわなかった。自分に牙を剝く相手には、常に非情に接していた。そうしなければ、アウトローの世界ではとうてい生き抜けない。

鵜沢はさすがに恐れをなし、三億円の預金小切手を振り出したのである。

小切手を受け取ったのは、きのうの夕方だった。それから、数えきれないほど小切手を眺めてきた。裸女を眺めるような気分だった。

見城は鵜沢にマザーテープは渡さなかった。３Ｐのビデオも妻木の録音音声のメモリーも、複製した物を渡したにすぎない。

当然、鵜沢はそれに気づいていただろう。しかし、何も言わなかった。

さて、きょうも小幡隼人を張り込むか。見城は机から離れた。

午後三時半を回っていた。四日前から小幡をマークしつづけていたが、接近する機会がなかった。いつも小幡は大男にガードされていた。

見城は黒いポロシャツの上に、黄土色の麻のジャケットを羽織った。

そのとき、部屋のインターフォンが鳴った。

来客は森脇結衣の父親だった。ひどく深刻そうな顔をしていた。

「何があったんです？」

「娘を監禁してる連中がビデオテープを送りつけてきて、金を要求してきました」

「とにかく、お入りください」

見城は森脇をリビングに通した。来客を先にソファに坐らせ、自分も向き合う位置に腰かけた。

「要求額は十億円でした」

「十億円⁉ いくら何でも吹っかけすぎだな」

「敵はそれだけの弱みを押さえているんです。結衣は、娘はとんでもないことをしてしまったんですよ」

ふだんは冷静な森脇が、取り乱した様子で言った。

「とんでもないこと？」

「結衣は短い間に薬物依存症にさせられ、麻薬欲しさに犯人グループのひとりを殺してしまったようなんです。ああ、なんてことになってしまったんだ」

「お持ちになってるビデオテープは、犯人側が送ってきたんですね？」

「そうです。このビデオに、犯人グループのひとりの様子が……」

「ちょっとお借りします」

見城は言って、右手を差し出した。森脇がカセットを見城の掌に載せた。見城は立ち上がって、ビデオデッキにセットした。森脇も腰を浮かせた。見城はテープを再生した。

全裸の結衣が映し出された。

まるで別人のように、やつれ果てている。体も垢に塗れているようだ。髪の毛は、そそけ立っていた。

結衣は床に這い、ストローを使って真っ白な粉末を鼻腔吸入していた。

白い粉は、コカインよりも微細な粉末だった。ヘロインのスノーパウダーにちがいない。かなりの量だった。百数十ミリグラムはありそうだ。通常、ヘロインを静脈注射やスニッフィングで用いる場合、一回の使用量はせいぜい五ミリグラム前後だ。

しかし、麻薬への耐性ができると、使用量は加速度的に増える。それにしても、量が多すぎる。明らかに乱用者の量だった。

エイズの蔓延以来、ヘロインを静脈に射つ者は減少している。注射器の回し射ちによって、エイズに感染することがあるからだ。

静脈注射ほどではないが、鼻腔吸入の効き目も速い。わずか数分で全身の力が抜け、浮遊感と酩酊感を味わえる。

静脈注射の場合は、それらの感覚のほかにラッシュと呼ばれる独特な快感が首筋のあたりに拡がる。冷たい感覚が血管を流れるのだが、それはどこか鋭い射精感に似ていると言う者が多い。性の絶頂感よりも心地よいと言い切る者さえいる。

しかし、ラッシュはわずか一分ほどしか持続しない。それだからこそ、その得も言われぬ心地よさが忘れられなくなってしまうのではないか。

だが、ヘロインを初めて体験した者は誰もが悪夢のような苦痛を味わわされる。意識が遠のき、四肢が操り人形のようにぎくしゃくと動きはじめる。震えが大きくなると、凄まじい嘔吐感に襲われる。

しかし、このハードな儀式を四、五回経験すると、今度はのっけから多幸感に包まれる。こうして自制心のない人間は、ヘロインの魔力から逃れられなくなってしまう。

見城は映像を凝視しつづけた。

結衣はスノーパウダーを啜り終えると、床に寝そべった。険しかった表情が次第に穏やかになり、口許にうっすらと微笑が浮かんだ。

その直後、不意に映像が消えた。画面には白と黒の粒が映っているだけだった。

見城は早送りのスイッチを押した。

十数秒後に、ふたたび画像が映し出された。さきほどとは打って変わって、結衣は悶え苦しんでいた。何かに怯え、異常に興奮している。

ヘロインの禁断症状ではなさそうだ。悪寒や発汗には見舞われていない。筋肉や骨に痛みを感じているようにも見えなかった。

どうやら覚醒剤か、幻覚剤が切れたらしい。

少し経つと、画面の端に誰かの下半身が映った。体つきから察して、男だろう。茶色のスラックスを穿いている。靴は黒だった。

「あの錠剤をちょうだい」

結衣が横たわったまま、右腕を差し出した。

「やっと垢塗れの路上生活者のじいさんに抱かれる気になったか」

「先に〝パラダイス〟を……」

「駄目だ」

男の声が尖った。

「約束が違うじゃないのっ」

「気が変わったんだよ」

「そんな！」

「路上生活者(ホームレス)に抱かれた後、獣姦(じゅうかん)をやってもらう。アフガンハウンドと姦(や)ったら、いつもの錠剤をやるよ」

「いやよ、犬となんか」

「ほかのお嬢さんは何人も大型犬と姦(や)ったぜ。後ろから突っ込まれて、よがり声をあげてた女もいたな」

「わたしは絶対にいや！」

「気取るんじゃねえ。何時間か前には、喜んでおれのマラをしゃぶってたくせによ」

「わたし、何も憶(おぼ)えてないわ。あの錠剤には、何か幻覚剤が入ってるんでしょ？」

「まあな」

「本当に何も憶えてないの。なんかフワーッとした感じに包まれて、わたし、夢の中にいるようだったのよ。だから、本当に……」

　結衣が語尾を呑(の)んだ。

「ブラザータイヤの社長令嬢でも、所詮(しょせん)、牝(めす)は牝だな」

「お願いだから、早く〝パラダイス〟をください」

「甘ったれるな！　じいさんや犬とセックスしなきゃ、これからは一錠もやらねえ」

「ひどいわ。何度わたしを騙せば、気が済むのっ」

「おれが憎いか？」

男が小ばかにした口調で訊いた。

結衣は答えなかった。

「憎かったら、おれを殺してもいいぜ」

「そんなことはできないわ」

「遠慮することはねえさ。ほら、こいつで、おれを刺せや」

男がそう言い、フォールディング・ナイフを床に投げ落とした。真新しいナイフだった。刃渡りは十四、五センチだろうか。

「人殺しなんかできないわ」

「うまくすりゃ、ここから逃げ出せるかもしれねえぞ。やってみなよ」

「わたしには、できないわ」

「なら、じいさんとアフガンハウンドに突っ込ませてやるんだな」

「それだけはいや！　赦して！」

「どうしても言うことを聞かねえなら、おまえの喉を搔っ切るぞ」

「いや、こっちに来ないで！」

結衣が叫んだ。男が一歩踏み出した。

そのとき、結衣がフォールディング・ナイフを摑み上げた。本能的な行動なのだろう。

男が立ち竦んだ。上半身は依然としてフレームに入っていない。

「鍵を出して」

結衣が身を起こし、ナイフの柄に両手を添えた。男が何か叫び、後ずさった。

次の瞬間、画面が暗転した。据えっ放しのビデオカメラに男の体が触れ、床に落下したらしい。映像も音声も途切れた。

「これで終わりじゃないですよね？」

見城は画面に目を当てたまま、斜め後ろにいる森脇に確かめた。

「すぐに映像が流れます。この後、結衣はとんでもないことをしてしまったんですよ」

「殺人場面が映ってるんですね？」

「そうです」

森脇が沈痛な声で答え、うなだれた。

それから間もなく、またもや映像が流れはじめた。結衣は、茶色のスラックスを穿いた男にのしかかられていた。

男は身じろぎ一つしない。結衣が男を押しのける。右手に血糊が付着していた。

仰向けになった男の左胸には、フォールディング・ナイフが深々と突き刺さっていた。二十八、九歳の男だった。やくざには見えない。ごく普通のサラリーマンのようだ。

映像が消えた。見城はビデオテープを停止させた。

「犯人側は、この殺人ビデオを恐喝材料にして十億円の身代金を要求してきたんです。要するに、口止め料ということでしょう」

森脇が長嘆息した。

「ちょっと待ってください。まだ結衣さんが男を刺殺したとは限りませんよ」

「しかし、娘はナイフを手にしていました。それから結衣に理不尽（りふじん）な要求をして、ナイフを投げ与えた男は茶色のスラックスを穿いていました。死んでいた男も、同じ色のスラックスを……」

「ええ、確かにね。しかし、娘さんが男の左胸にナイフを突き刺したときの映像はビデオテープに映ってません」

「そうですね」

「おかしいと思いませんか？　なぜ、決定的な瞬間が映されてないんです？」

「そうおっしゃられると、ちょっと不自然な気もしますね」

「おそらく、これは仕組まれた殺人ビデオでしょう」

見城は言った。森脇が、すぐに訊き返した。

「といいますと、男は死んだ振りをしているだけだと？」

「いや、死んでることは死んでるんだと思います。しかし、娘さんが刺殺したんではないでしょう」

「頭が混乱してしまって、おっしゃっている意味がよくわからないのですが……」

「結衣さんは幻覚剤か何か投与されて意識がはっきりしないとき、何らかの理由で死体にナイフを突き立てさせられたようですね。そうでないとすれば、意識がないときにナイフの埋まったままの死体を胸の上に被せられたんでしょう」

「そうなら、結衣は無実なんですね。しかし、娘の手には血糊がべったりと付着していました。あれも細工されたものなんでしょうか？」

「そうなんでしょう。森脇さん、男の体が強張ってるようには見えませんでした？」

「そこまで見る余裕はありませんでした」

「そうでしょうね。わたしには、男の体が硬直してるように見えました。ビデオテープをちょっと巻き戻してみましょう」

見城はリモート・コントローラーを操作した。

結衣が男を押しのけるシーンから、映像を再生する。やはり、死体は硬直していた。

刺殺されたばかりだと、まだ体は強張らない。

一般的に死体の硬直は、死後二時間前後から始まる。顎、首、手、足、指という順に、ゆっくりと硬直が増強していく。死後十八時間で全身がほぼ固まり、死後三十時間ぐらいまで同じ状態が保たれる。

その後は硬直が発生順に緩みはじめ、死後八十時間ほどで生きていたときと同じように関節が楽に曲がるようになる。

「確かに男の体は硬直してますね。結衣が撥ねのけたときなど、ゴム人形か何かのように見えました」

森脇が言った。声には、かすかな安堵が感じられた。

「真犯人は、男の顔の死斑をごまかすために化粧品を使ってますね」

「化粧品ですか!?」

「ええ」

見城は映像を静止させ、死体の額のあたりを指さした。

森脇が画面を見つめながら、早口で問いかけてきた。

「顔面に死斑があるということは、死んだ男はある程度の時間、俯せになってたんじゃありませんか？」

「それは間違いないでしょう。死斑は死後二、三時間から見られるようになるんですが、伏せた姿勢で死んでいれば、体の前面に血液が就下するんですよ。仰向けの場合は背面に、首吊り自殺のときは足のほうに死斑が出るんです」

「さすがは元刑事さんですね。お精しいんで、驚きました」

「いいえ、わずかな基礎知識しか持ち合わせていません。この男はナイフで心臓部を刺されて、前屈みに倒れたんでしょう」

「そして、しばらく放置されていたんですね？」

「そうでしょう。森脇さん、娘さんは十中八九、無実ですよ。威しに屈することはありません」

見城はビデオテープを停めた。

「しかし、犯人側は十億円を渡さなければ、結衣を殺すでしょう。わたしは、要求された金を渡すつもりです」

「十億円もの巨額となると、一日や二日では用意できないでしょう？」

「それは何とかするつもりです。実はこちらにお邪魔する前に取引銀行を回りまして、不足分の借り入れを頼んできました」

「まさか犯人側は、十億円を現金で用意しろと言ってきたわけじゃないんでしょ？」

「ええ。十億円分の割引債券を買えという命令でした。五百万円券を二百枚購入しろとのことでした。そちらの手配もしました」

「そうですか。敵は悪知恵が働くな。割債は無記名債券ですので、証券会社で簡単に換金できます」

「ええ、三、四日待てばね。ただし、身許は知られることになります。おおかた犯人側は、奪った割債を金融業者に持ち込むつもりなんだと思います」

　森脇が言った。

「なるほど、そういうことですか。それで、結衣さんと十億円分の割債の交換場所は？」

「それは、まだ指示されていません。きょう中に、受け渡しの日時と場所を連絡するという話でしたが……」

「ここまできたら、警察の力を借りるべきでしょうね」

　見城はそう言い、森脇にソファを勧めた。

　二人はリビングソファに腰を下ろした。向き合う形だった。

「実は、わたしもそう思ったんです。しかし、妻が強硬に反対しましてね。それで、妻の考えに従うことにしたのです」

「そうですか」

「そこで、改めてお願いがあるんです。交換場所から、あなたに犯人側のアジトを突きとめていただきたいのです。結衣が無事に戻ってくるなら、十億円など惜しくもありません。しかし、娘にひどいことをした連中はどうしても赦せません」

「お気持ちは、よくわかります。その仕事、やらせてもらいます」

「ありがとうございます。それなりのお礼はさせていただくつもりです。ところで、妻木というインストラクターの件ですが……」

森脇が話題を転じた。見城は一瞬うろたえたが、努めて平静に喋った。

「中間報告が遅れましたが、まだ調査中なんですよ。これまでの感触だと、どうも妻木は結衣さんに幻覚剤を服ませただけのようですね」

「それでは、娘が日記に書いていたような事実はなかったと？」

「ええ、そういうことはなかったと思われますね。幻覚剤には、たいてい催淫効果があるんです。それで、お嬢さんはちょっと淫らな幻覚に襲われたんでしょう」

「そうなのでしょうか」

森脇は半信半疑の面持ちだった。

「それから、妻木が結衣さんの拉致に関わった可能性も低いようです。バッジを失くしたことは事実なんですが、拉致のあった日、妻木は軽井沢には行ってないんですよ」

「鵜沢社長が結衣の事件に関わっている可能性は、どうでしょう？」

「いくらか不審な点もありますが、その可能性は低いと考えてもいいと思います。おそらく真犯人が、拉致監禁事件に『東京フィットネス・パレス』の誰かが絡んでると見せかけたんでしょう」

見城は煙草をくわえた。

ロングピースに火を点けたとき、森脇のビジネスバッグの中で携帯電話が鳴りはじめた。結衣の父親がバッグから、携帯電話を取り出す。

相手の声を耳にしたとたん、森脇の顔に緊張感が漲った。犯人側からの連絡にちがいない。見城は、そう直感した。

遣り取りは短かった。ほどなく森脇が通話終了キーを押した。

「犯人からですね？」

「ええ。明晩十一時に三浦半島の三崎にある城ヶ島大橋の真ん中に立てという指示でした。それで電話で指示があったら、蛍光塗料を塗った古タイヤに括りつけた十億円分の割債を橋の上から海に投げ落とせと言われました。もちろん、二百枚の割債は濡れないよう密封しておけとのことでした」

「で、結衣さんは？」

「割債の枚数を確認したら、仲間がすぐに橋の袂まで連れていくと言ってました」

「条件の悪い取引ですね。しかし、仕方がないでしょう。お嬢さんの身柄を押さえられてるわけですから」

見城は煙草の火を消した。

「犯人側は、約束通りに娘を返してくれるでしょうか？」

「それは五分五分でしょうね。あなたがあっさり要求を呑んだんで、敵はもっと毟れると考えてるかもしれませんので」

「そうする気なら、結衣を連れて来ないでしょうね」

森脇が肩を落とした。

「いまは物事を悪いほうに考えないことにしませんか」

「ええ、そうします」

「きっと明日の夜、娘さんに会えるでしょう」

見城は言葉に力を込めた。ただの気休めにすぎなかったが、黙っているよりは、ましだろう。

ほどなく森脇が腰を上げた。見城もソファから立ち上がり、ビデオデッキからカセットを抜いた。

「これは焼却したほうがいいでしょう」

「はい、そうします」

森脇がビデオテープを受け取り、玄関に向かった。

見城は客を送り出すと、出かける準備をした。百面鬼に会うつもりだった。

2

円卓は皿で埋まっていた。

それも、北京ダック、燕の巣、熊掌の旨煮、上海蟹の黒味噌炒め、鱶鰭スープといった値の張る料理ばかりだった。

剃髪頭の百面鬼は白酒をダイナミックに傾けながら、料理を貪っている。口の周りは脂でぎとついていた。

見城は呆れながら、ジャスミン茶を口に運んだ。

青梅街道に面した高級中華料理店の個室だった。店は新宿署から、それほど離れていなかった。

「見城ちゃん、あんまり喰わねえな。腹の調子でも悪いんじゃねえの？」

「百さんのがっつきぶりを見てたら、急に食欲がなくなっちゃったんだよ。いかにも浅ましいって喰い方だもんな」

「飯喰うのに気取ってても仕方ねえだろうが。食欲、性欲、排泄でスカしたことを言う人間は信用できねえ」

百面鬼が最後の北京ダックを頬張った。

「それにしても、よく喰うね」

「見城ちゃんの奢りだからな。それに昨夜、すっかりスタミナを使い果たしちまったんだよ」

「ビル持ちの未亡人か？」

「ああ。喪服を着せられると、ものすごく感じるんだってよ。事実、乱れ方が半端じゃなかったぜ。煽られて、おれも燃えたよ。おかげで、ちょっと腰が痛えんだ」

「呑気でいいね、百さんは」

見城は煙草に火を点けた。

「そう見せてるのが、おれのダンディズムさ。ひとりのときは、いつもどうすれば仏の道を究められるかなんて思い悩んでるんだ」

「どうせなら、もう少しリアリティーのある冗談を言いなよ」

「喰った、喰った」

百面鬼がナプキンで口許を拭って、背凭れに上体を預けた。

きょうも、身なりは派手だった。紫のシャツの上に、サーモンピンクの上着を重ねている。スラックスと靴は、真っ白だった。どう見ても、やくざだろう。

「実は、百さんに頼みがあるんだ」

「だと思ったぜ。そうだ、その前に一つ情報をやるよ。例の一連の令嬢拉致事件の被害者のひとりが、いつの間にか、てめえの家に戻ってたんだ」

「それは誰なんだい？」

「西田自動車の社長の三女だよ。倫子って名だったかな。二十五歳だったと思うよ」

「その西田倫子のことは憶えてるよ。日本を代表する自動車メーカーのトップの娘が拉致されたっていうんで、マスコミが大騒ぎしたからな」

見城は、長くなった煙草の灰を落とした。

「そうだったな。それでさ、倫子が家に戻ってることがわかったのが面白えんだよ。新宿中央公園で散歩中の犬を見るたびに、パンティー脱いで剝き出しの尻を向けるおかしな女がいるって一一〇番通報があったらしいんだ。で、警邏の巡査が駆けつけたら、その女が西田倫子だったんだよ」

「精神のバランスを崩してるんだろうな」

「ああ、そういう話だったよ。それから、覚醒剤(シャブ)のフラッシュバックも見られたってさ。倫子は自宅の一室に閉じ込められてたらしいんだが、隙(すき)を見て表に飛び出したみてえだな」

「拉致グループが手を焼いて、倫子だけ解放したんだろう。頭がおかしくなってるんだったら、捜査の手が自分らまで伸びてくる心配はないからな」

「そういうこったろうな。はっきりしねえんだが、倫子は三、四日前に家に帰されたようだぜ」

「そういうことなら、西田自動車のトップは警察庁長官に圧力(アツ)をかけたんだろうな」

「ま、そうなんだろうよ。倫子に関しては、いっさいマスコミに情報を流さないことに決まったってさ。よくあることじゃねえか」

百面鬼が意味ありげに笑って、葉煙草(シガリロ)をくわえた。

「犯人側が銭を要求しないで倫子を返すわけはないな」

「当然、何億円かは父親に出させたんだろう。倫子は混合麻薬の〝パラダイス〟をひっきりなしに投与されてたんじゃねえの？　でもよ、犬を見て、パンティー脱ぐなんて哀(かな)

しいよな」

「おそらく倫子は、獣姦を強いられてたんだよ」

「獣姦だって!?」

「そう。大型犬と交わらなきゃ、麻薬を貰えなかったんだろう」

見城は煙草の火を消し、森脇宅に送り届けられた殺人ビデオのことを詳しく語った。

「そういうことなら、西田倫子はアフガンハウンドに毎日、姦られてたのかもしれねえな。それで、薬物依存症にさせられちまったのか」

「おおかた、そんなところだろう」

「ひでえことをやりやがる。で、頼みってのは？」

百面鬼が訊いた。

「頼みたいことが二つあるんだ。一つは小幡隼人の前科歴、暴力団との交友の有無なんかを調べてほしいんだ」

「その小幡って奴は何者なんだい？」

「五つの総合病院の経営に携わってるらしいんだが、元手形のパクリ屋だったって噂もあるんだよ」

見城は小幡について、知っている情報をすべて伝えた。百面鬼が必要なことを手帳に書き留め、すぐに顔を上げた。

「もう一つの頼みは？」

「明日の夜、体を空けといてほしいんだ。例の未亡人と会うことになってるのかな？」

「うん、まあ。しかし、見城ちゃんの頼みじゃ断れねえよ。彼女との約束はキャンセルすらあ」

「悪いな」

「いいってことよ。それより、明日の晩、何をやらかすつもりなんだ？」

「犯人側が十億円分の割引債券と引き換えに、森脇結衣を返すと言ってきたらしいんだよ」

見城はそう前置きして、経緯をつぶさに話した。

「蛍光塗料を塗ったタイヤに二百枚の割債を括りつけて海に投げ落とせってことは、敵は船で五百万円券の束を回収する気だな」

「多分、そうなんだろう。おれは水上バイクか高速ボートで、逃げる犯人グループを追うつもりなんだ。百さんには、結衣を連れてくる犯人グループの一味を押さえてほしいんだよ。もちろん、森脇父娘の保護を優先させてもらいたいんだ」

「両方うまくやるよ。見城ちゃんのほうは、ひとりで大丈夫か。松の野郎にも手伝わせたほうがいいんじゃねえの？」

「松ちゃんに荒っぽいことを頼むのは、ちょっとな」

「そうだな、かえって足手まといになるかもしれねえなあ。あいつは、弱っちい裏ビデオマニアだからな」

　百面鬼が言って、せせら笑った。

「百さんはそういうが、松ちゃんも頼りになるんだ。現におれは、何度か救けられたことがある」

「腰抜けじゃねえけど、ちょっと性格が暗くていけねえよ。裏ビデオばかり観てるようじゃな。あいつ、まだ童貞なのかもしれねえぞ」

「まさかそんなことはないと思うよ」

「いや、わからねえぞ。最近の若い男には、けっこう多いって話だからさ」

「またエロ劇画誌あたりで、いい加減な情報を仕込んだな」

　見城は小さく笑って、ジャスミン茶で喉を湿らせた。

「おかしなことを言うなよ。おれ、雑誌はお堅い『世界』しか読んでねえぞ。ごくたまに、社会勉強のためにヘアヌードの写真集をパラパラとやることはあるけどな」

「生臭坊主め！」

「里沙ちゃんは元気か？　ここんとこ、顔を見てねえからさ」

「ああ、元気だよ」

「そうかい。見城ちゃんは幸せ者だよ。いい女とナニできるんだからさ」

「百さんの頭の中には、銭と女のことしかないんだな」

「そっちだって、似たようなもんじゃねえか。おれは誰かと違って、寝た女から銭は貰ったことはねえぞ」

「百さんのワンパターンのセックスじゃ、銭なんか取れないよ。おれは全身を駆使して、高度なテクニックで相手に悦びを与えてるんだ。ワンシューティング十万円でも安いと思ってるよ」

「抜け抜けと言いやがる」

百面鬼が明るく結んだ。

二人は軽口の応酬を切り上げ、明日の夜の綿密な打ち合わせをした。それが済むと、見城たちは腰を上げた。

二人は店の前で別れた。

見城はローバーを渋谷に走らせた。道玄坂の途中に車を駐め、いつものように小幡のオフィスのあるビルの出入口に視線を注ぐ。

小幡がボディーガードらしい大男を伴ってビルから出てきたのは、午後七時過ぎだった。

いつも巨漢はソフト帽を目深に被り、色の濃いサングラスをかけていた。しかし、なぜか今夜は帽子を被っていない。サングラスもかけていなかった。

見城はライオンのような面相の大男に見覚えがあった。

四日前の夜、代々木公園で金属バットを振り回した男に間違いなかった。分銅付きの奇妙な武具を使った黒ずくめの男は、あれ以来、一度も見ていない。

レスラー崩れのような巨身の男は何者なのか。

見城はグローブボックスを開け、赤外線フィルムの入った小型カメラを取り出した。

小幡に影のように寄り添っている巨軀の主を素早く盗み撮りする。二人は道玄坂の横断歩道をたどって、反対側にある活魚料理の店に入った。

見城は車を降りた。

自然な足取りで横断歩道を渡り、活魚料理の店に近づいた。あまり大きな店ではなかった。間口はやや広かったが、奥行きがない。店内に入るわけにはいかなかった。

見城は暖簾の隙間から、店の中をうかがった。

小幡たち二人は素木のカウンターに向かっていた。巨漢が手前だった。

カウンターの両側には、大きな水槽があった。さまざまな海水魚が泳いでいる。

小幡が水槽を指さし、若い板前に何か言った。

板前が大きくうなずき、柄の短いたも網を手に取った。水槽から掬い上げたのは、伊勢海老、鯛、鮃、鯒、鮑などだった。

小幡と大男は突き出しの鮪の角煮を肴に、ビールのコップを傾けはじめた。

酌をするのは、もっぱら大男だった。小幡は泰然と構え、一度も大男のグラスにビールを注がなかった。ことさら主従の関係を誇示しているように見受けられた。

小幡の服や装身具は、どれも安物ではなかった。その分だけ、逆に胡散臭さが漂ってくる。

やがて、二人の前に舟盛りの刺身が置かれた。豪華な盛り合わせだった。軽く飲むつもりなのだろう。

見城は店から離れ、横断歩道の前まで歩いた。

たたずんだとき、誰かに軽く肩を叩かれた。見城は反射的に振り向いた。毎朝日報の唐津だった。

「やあ、どうも！　足の捻挫はどうです？」

「だいぶ楽になったよ。それより、誰を張り込んでるんだ？」

「えっ、なんのことです？」

「また、得意のおとぼけか。いま、そこの活魚料理の店を覗(のぞ)いてたじゃないか」

「空いてる席があるかどうか、見ただけですよ」

見城は言い繕(つくろ)った。すると、唐津がにやついた。

「それにしちゃ、覗いてる時間が長かったぞ」

「客に絶世の美女がいたんですよ」

「どこまでも喰えない男だ」

「唐津さんこそ、何をしてるんです？」

「おれか？　ナンパだよ。バツイチ男は女に不自由してるからさ」

「唐津さんも喰えなくなったなあ」

「おたくに何度も苦い思いをさせられたからな。けっけっけ」

「そんなに警戒することはないでしょ。なんの取材で飛び回ってるんです？　教えてください」

ださいよ」

見城は喰い下がった。

「おたくとは関わりがなさそうだから、教えてやるか。温心会病院の棟方忠治(むなかたちゅうじ)って院長が、二時間ほど前に自宅で自殺したんだよ。硝酸ストリキニーネ入りのコーヒーを飲んでな」

「温心会というと、二十四時間医療を売りものにしてる総合病院ですよね？」

「そう。死んだ棟方院長は理事長も兼ねてたんだが、それは名目だけだったんだ。実質的な経営者は、小幡という副理事長だったんだよ」

　唐津が言った。

「経営状態が思わしくなかったのかな」

「そうなんだ。棟方は医は仁術というタイプの医者だったから、算盤(そろばん)勘定が苦手だったんだよ。それで赤字をだいぶ嵩(かさ)ませて、経営の主導権を病院乗っ取り屋の小幡に握られちゃったんだ」

「小幡とかいう副理事長は、病院乗っ取り屋なんですか？」

「そうだよ。温心会と同じ方法で、清光(せいこう)病院、明日香(あすか)医療会、横山(よこやま)総合病院、オリエンタル・クリニックなんかの経営権を握ったんだ」

「遣(や)り手なんだな」

「ある意味ではね。しかし、その素顔は金の亡者(もうじゃ)さ。小幡はあまり金にならない寝たきりの入院患者を強引に退院させて、高額医療患者を定員の二倍も受け入れた。それで良心派の棟方院長とは、かなり前から対立してたらしいんだよ。そんなことで、小幡のオフィスを訪ねたんだが、取材は断られたんだ。もっとも当の小幡は外出してるって話だったがな」

「そうですか」

「こないだは、天ざるをご馳走(ちそう)になったんだったな。夕飯、どっかで奢るよ」

「申し訳ない！　これから、ちょっと人に会う約束があるんですよ。そのうち、また！」

見城は言って、小走りに道玄坂を下(くだ)りはじめた。

『109』ビルの脇の横断歩道を渡り、道玄坂を引き返す。舗道は人波であふれていた。車道の向こう側にいる唐津には見つからないだろう。

見城はローバーの運転席に乗り込んだ。

ドアを閉めたとき、自動車電話(カーフォン)に着信があった。

カーフォンを耳に当てると、聞き覚えのある女の声が響いてきた。日向奈月(ひゅうがなつき)だった。情事代行のほうの客のひとりだ。奈月は二十八歳のメイクアップ・アーティストである。

「やあ、しばらく！」

「忙しい？」

「いまは、ちょっとね」

見城は言った。情事代行のアルバイトをしている場合ではない。ベッドに誘われたら、体よく断るつもりだった。

「少し待ってれば、体が空きそう？　わたし、さっき強力な媚薬を服んだせいか、とても男が欲しいの」

「媚薬って？」

「〝パラダイス〟とかいう錠剤よ。市販はされてないらしいんだけど、ものすごく効くって話だったの。嘘じゃないみたい。服んで十分もしたら、心臓が早鐘を打ちはじめて、デリケートゾーンがむずむずしてきたの」

「その錠剤、誰から手に入れたの？」

「中学時代の一級先輩の男に貰ったの。こないだ同窓会があって、その彼が試してみなってくれたのよ」

奈月が言った。

「それ、男にも効くのかい？」

「男にも女にも効くって話だったわよ」

「おれにも分けてもらいたいな。その先輩、なんて名なのかな？」

「栗原豊司って名よ」

「連絡先、わかる?」

「彼はもう実家には住んでないんだけど、会社の名刺を貰ったから、連絡はつくと思う。渋谷にある『小幡エンタープライズ』って会社で、営業関係の仕事をしてるって言ってたわ」

「そう」

見城は、気まぐれに電話をかけてきた奈月に感謝したい気分だった。栗原という男が、小幡の下で働いていることは単なる偶然ではないだろう。

小幡が新種の混合麻薬の密売の中枢にいるのかもしれない。ここで張り込みを続行するよりも、奈月に会いに行ったほうが大きな収穫を得られそうだ。

「なんとか都合をつけて、わたしの部屋に来てもらえない? わたし、本当に疼いちゃってるのよ。あなたが来てくれなかったら、素っ裸で街に出ちゃいそう」

奈月が冗談混じりに言った。

「そうまで言われたんじゃ、なんとかしないとな」

「ほんとに?」

「本業の張り込み中なんだが、これから部屋に行くよ」

見城は電話を切り、車をスタートさせた。

日向奈月のマンションは、世田谷区弦巻三丁目にあった。これまでに五、六回通っている。

二十分そこそこで、奈月のマンションに着いた。間取りは１ＬＤＫだ。

部屋の玄関に入ると、奈月が抱きついてきた。光沢のあるシルクのネグリジェ姿だった。十人並のマスクだが、化粧映えのする造りだ。メイクのプロだけあって、陰影のつけ方がうまかった。そこそこ美しく見える。

奈月が見城の唇を吸いながら、ベルトを緩めた。

すぐにトランクスの中に手を入れ、直に見城を揉んだ。

見城はネグリジェの前ボタンを外した。奈月はパンティーもつけていなかった。

「もう待てないわ。いま、欲しいの」

奈月が切なげに息を弾ませ、コアラのように見城に抱きついた。両脚は見城の胴に巻きついている。

見城は、まだ靴を脱いでいなかった。

しかし、そのまま猛った分身を下から潜らせた。奈月の潤みは夥しかった。

見城は荒っぽく突き上げはじめた。奈月が腰を烈しく振る。まるでマシーンのようだった。奈月はコアラになったまま、一分足らずで昇りつめた。

悦楽の声は長く尾を曳いた。

見城は放たなかった。いったん奈月を玄関マットの上に降ろし、素早く靴を脱いだ。

二人は奥の寝室に急ぎ、ベッドで二匹の獣になった。

奈月は貪欲だった。見城の性器がふやけるまで、しゃぶり尽くした。跨がり、狂おしげにヒップを旋回させもした。クリトリスは小梅ほどに膨らんでいた。

見城は、ピンクの突起を長いこと舐めさせられた。双葉に似た肉片も吸わされた。内奥の襞も舌の先で、長いこと掃かされた。濃厚な情事から解き放たれたのは三時間後だった。

「スーパー級の催淫剤だな。おれも、ぜひ手に入れたいね」

見城は奈月の長い髪をいじりながら、さりげなく言った。

「近々、紹介してあげるわよ」

「渋谷は地元だから、おれが栗原って男に会いに行くよ。きみの紹介ってことでかまわないだろ？」

「別にいいわよ。そうだ、同窓会のときに撮ったスナップ写真があるの。待ってて」

奈月がベッドを降り、全裸で居間に足を向けた。

見城は煙草に火を点けた。ふた口ほど喫うと、奈月が寝室に戻ってきた。見城は半身を起こした。

「この彼が栗原さんよ」

奈月が四、五人の被写体のひとりを指で押さえた。

その顔を見て、見城は危うく声をあげそうになった。あろうことか、森脇が持ってきた殺人ビデオに映っていた人物だった。左胸を刺されて死んだ男の顔がありありと脳裏に浮かんだ。

この栗原という男は勝手に混合麻薬(ドラッグ・カクテル)を売り捌(さば)いたか何かして、小幡隼人に始末されたのだろうか。それとも、別の人間に口を封じられてしまったのか。

「栗原さんの話だと、本当は一錠一万円で売ってるんだって。最初のは試供品だから、只(ただ)なんだって」

「そう」

「こんなに効くんだったら、わたし、十錠ぐらい買っておこうかしら」

「栗原って男、どこで製造してるって言ってた？」

「それは教えてくれなかったけど、いくらでもあるような口ぶりだったわ。案外、彼の会社で製造してるんじゃないのかな。『小幡エンタープライズ』の主体事業は病院経営だって言ってたから」

　奈月が言った。

「なら、そうなのかもしれないな。病院には薬剤師がいるから、催淫剤の調合ぐらい簡単にできるだろう」

「ええ、そうでしょうね。ね、倍額払うから、もう一度お願い……」

「毎度ありーっ」

　見城はおどけて言い、奈月をベッドに引きずり込んだ。

3

　潮の香が強い。

　高速モーターボートは絶え間なく揺れている。城ヶ島大橋から二百メートルほど離れた海上だった。

　見城はモーターボートの操縦席で、暗視望遠鏡を覗いていた。

　気になる船影は見当たらない。あと十五分で、午後十一時だ。

　左手に城ヶ島大橋が見える。三崎と城ヶ島を結ぶ有料道路だった。

三浦半島の突端にある城ヶ島は周囲約四キロで、観光地として知られている。三崎側の北岸には、観光船の発着場があった。大橋の袂（たもと）には、白秋記念館が建っている。橋のこちら側には、レストハウスや水産試験場が並んでいた。

島の北側と西側はホテルや土産物店で賑（にぎ）わっているが、太平洋側の南岸には豪快な磯（いそ）がつづいていた。島の東半分は、あまり観光化が進んでいない。城ヶ島公園の近くの断崖（だんがい）には、海鳥のウミウが群棲（ぐんせい）している。

トランシーバーが放電音を放った。

見城は暗視望遠鏡を持ったまま、小型無線機を耳に当てた。

「何か動きは？」

百面鬼が訊いた。やくざ刑事は、三崎側の袂にいる。

「変化なしだね。ひょっとしたら、敵は潜水したまま、割償だけを持ち去るつもりなのかもしれない」

「それ、考えられるぜ。蛍光塗料を塗った古タイヤを船で回収したら、目立っちまうからな」

「百（どう）さん、城ヶ島の島内もよく調べてくれた？」

「手なんか抜いてねえよ。西の城ヶ島灯台の先の荒磯も覗いたし、東側の安房崎（あわざき）灯台の裏までチェックした。けど、怪しい人影や船はどこにも……」

「そう。もう間もなく森脇が城ヶ島大橋の上に姿を現わすだろう。おれも、これから橋の下にゆっくり近づくよ」

見城は交信を打ち切り、二百六十馬力のディーゼル・エンジンを唸(うな)らせた。

知り合いの事業家から借りたモーターボートだ。見城は小型船舶二級の免許を持っていた。

微速(スロー)でモーターボートを走らせはじめる。大橋のそばまで進み、エンジンを切った。

見城は予(あらかじ)め用意しておいたグラスファイバーの釣竿(つりざお)を引き延ばし、餌(えさ)の付いていない鉤(はり)を海に投入した。蛍光浮きが暗い波間に流れる。意外に潮の流れは速い。

これからは、不用意に暗視望遠鏡(ノクト・スコープ)を使わないほうがよさそうだ。

見城は煙草に火を点け、大橋を振り仰(あお)いだ。

そのとき、欄干(らんかん)に人影が見えた。目を凝(こ)らす。森脇だった。

見城はトランシーバーで、百面鬼に森脇が指定の場所に立ったことを短く伝えた。

少し経つと、森脇が携帯電話を耳に当てた。犯人側から、投下の指示が与えられたようだ。

見城は気持ちを引き締めた。

できることなら、十億円分の割引債券を犯人側に渡したくない。百面鬼が森脇父娘を無事に保護したら、すぐさま犯人グループを追跡するつもりだ。

森脇が蛍光塗料の施された古タイヤを抱え上げた。塗料はオレンジ色だった。

見城は暗視望遠鏡を目に当てた。

古タイヤには、針金でプラスチック容器が括(くく)りつけられている。箱型だった。

タイヤが投下された。

きっかり十一時だった。城ヶ島大橋の下には一隻の船も見えない。オレンジ色に光る古タイヤは、ゆっくりと東に流されはじめた。

しかし、依然として船影は見当たらない。

古タイヤの流れが一瞬、静止した。海中に潜(ひそ)んでいた犯人グループの誰かがタイヤを摑んだにちがいない。タイヤは何度か沈みながらも、沖合に流れていった。

ボンベを背負ったダイバーは、どうやら割引債券の入った容器をうまく外したらしい。

見城は釣竿を船内に取り込み、ふたたびモーターボートを微速(スロー)で進めた。

漂う古タイヤに接近すると、百メートルほど先の海中で何かが光った。水中ライトの光だった。点のような小さな白い光は、少しずつ三崎側の岸辺に近づきつつあった。どこかに仲間が待ち受けているのだろう。

見城はレンズの倍率を最大にした。

ほぼ正面の岸壁に、数トンの漁船が舫われていた。人影は目に留まらない。

見城は、またエンジンを切った。

十分ほど経過すると、怪しい漁船の甲板に男の姿が見えた。顔かたちは判然としなかった。男は船縁に軽合金らしい梯子を掛けた。

そのすぐ後、黒々とした水面が白く泡立った。海面から姿を見せたのは黒いウェットスーツを着込んだ男だった。エアボンベを二本、背負っている。

男はプラスチック容器を抱え、梯子を上りはじめた。足ひれは長かった。

ほどなく男は甲板に消えた。

見城は漁船の名を読んだ。幸三郎丸と記されている。船頭は何も事情を知らずに、犯人グループに持ち船を貸しただけなのだろう。見城はトランシーバーで、敵の動きを伝えた。

「なら、もうすぐ結衣は解放されるな」

百面鬼が呑気に言った。

「それは、どうかな。敵が森脇のような金蔓をそう簡単に手放すかね？」

「おれだったら、人質を手許に置いといて何度でも無心するな」

「おそらく、犯人側も同じことを考えてるんだろう」

「それなら、割債を取りに来た奴らを押さえようや。それで、そいつらと結衣を交換するんだよ」

「そいつは無理だろうな」

見城は言った。

「なんで？」

「手下のスペアなんか、いくらでもいる。しかし、結衣は銭を産み出す大事な人質だよね」

「くそっ。だったら、十億円分の割債は取られ損になるんじゃねえのか」

「そういうことになりそうだな」

「見城ちゃん、どうする？」

「おれは漁船にいる奴らを追って、敵のアジトに乗り込む。百さんは、森脇のそばについててやってくれないか」

「待てよ、見城ちゃん。何もそこまで体を張ることはないんじゃねえの？　森脇コンツエルンには銭が唸ってるんだ。十億ぐらい奪られたって、それほどの痛手じゃねえだろうよ。もう一度、作戦を練り直そうや」

百面鬼が提案した。

「いや、ここで引き退がったら、男が廃るよ」

「意地を張ることはねえだろうが！」

「おれは行くよ。百さん、後のことは頼んだぜ」

見城は交信を切った。

幸三郎丸が動きだした。見城はディーゼル・エンジンを始動させた。一定の距離を保ちながら、ひたすら幸三郎丸を追う。漁船は、三崎の東の端にある矢の形をした細長い岬を回り込んだ。そのあたりは、磯釣りのポイントだった。

見城は岬を迂回した。

そのときだった。磯の陰から、不意に二台の水上バイクが飛び出してきた。敵だろう。二台が交互に高速ボートの前を横切りはじめた。ジェット水流の泡が夜目にも白い。

乗り手は若い男だった。顔はよく見えない。

見城はモーターボートの針路を幾度も阻まれた。

幸三郎丸が急にノットを上げた。二台の水上バイクが見城を翻弄させている間に、どうやら逃げる気らしい。

そうはさせるものか。

見城は高速モーターボートのスロットルを全開にした。白と紺に塗り分けられたボートは、翔けるように疾走しはじめた。うねりを叩きつける音が、船底からもろに伝わってくる。

二台の水上バイクが慌てて左右に散った。それでも、執拗に行く手を塞ごうとする。

「てめえら、死にたいのか」

見城は大声を張り上げ、二台の水上バイクに接近した。

水上バイクが焦って、モーターボートを躱そうとする。見城は、それを許さなかった。

右の水上バイクを撥ね上げた。

バイクと乗り手の男が高く舞い上がる。衝撃の割には、モーターボートの破損は少なかった。船首がわずかに潰れただけだった。

左の水上バイクが、あたふたとUターンする。見城は執拗に追った。

逃げる水上バイクがジグザグを切りはじめた。見城は冷静にターンのタイミングを読み、二台目の水上バイクを後ろから撥ね飛ばした。

バイクは宙で反転し、乗り手ごと逆さまに海面に叩きつけられた。水飛沫が上がった。

見城は幸三郎丸を必死に追跡した。

追跡を振り切ることが難しいと判断したのか、急に幸三郎丸は船首を沖に向けた。沖のうねりは高い。モーターボートを転覆させたいのだろう。

見城は怯(ひる)まなかった。

高速ボートを沖に向ける。陸(おか)から遠ざかるにつれて次第にうねりが高くなった。波飛沫がシールドにぶち当たり、見城の上半身はたちまち濡れた。

揺れも大きかった。横揺れ(ローリング)と縦揺れ(ピッチング)が交互にくる。軽量の高速ボートは、まるで笹舟(ささぶね)のように揺れに揺れた。

見城は追いつづけた。

燃料タンクは満杯に近かった。四、五時間フルスロットルで走っても、なんの問題もない。少しずつながら、着実に距離が縮まりはじめた。

すると、船尾で赤い光が閃(ひらめ)いた。銃口炎(マズル・フラッシュ)だった。九粒弾が扇状のパターンを描いた。

放たれた散弾は高速ボートに届かなかった。

それでも二発ぶっ放された。船尾の人影が一瞬、見えなくなった。すぐに影は二つになった。

船尾から、箱型のブリキ缶が三つ落とされた。すかさず散弾銃(ショットガン)が重く沈んだ銃声を轟(とどろ)かせた。粒弾(りゅうだん)が散る。

行く手に炎の塊(かたまり)が湧(わ)いた。

海中に投げ落とされたブリキ缶には、何か引火性の高い液体が入っていたらしい。ガソリンか。

見城は右に逃げた。逃げ切らないうちに、残りの二缶が爆発した。爆風が背中を撲つ。一瞬、心臓がすぼまった。だが、尻尾を巻く気はなかった。

見城は高速ボートの向きを変え、敢然と追った。

しばらくすると、今度は幸三郎丸の艫から細長い魚網が投げ落とされた。スクリューが魚網を嚙んだら、その時点でアウトだ。

見城は、ひとまず左に回った。漂い流れてくる魚網を避け、追走しつづける。

数十分が流れたころ、幸三郎丸が急に減速した。

前方に、大型貨物船が見えた。パナマ船籍のコンテナ船だった。航行速度は、ひどくのろかった。

幸三郎丸が大きく迂回した。

Uターンすると、陸に向かって走りはじめた。見城は高速モーターボートをターンさせ、幸三郎丸を追った。城ヶ島の島影は、かなり小さく見える。

二十五、六分が経過したとき、幸三郎丸の船尾で異常音がした。スクリューが、さきほどの魚網を巻き込んだようだ。

エンジンの唸りが熄み、漁船が停まった。錨が打たれた。

見城はエンジンの回転数を落とし、微速で幸三郎丸の左舷に近づいた。

接舷し、すぐにエンジンを切った。

甲板に人影はない。アンカーを落とし、見城は幸三郎丸の縁板に飛びついた。左舷をよじ登り、甲板に降りた。

そのとき、機関室の陰から二つの人影が現われた。ひとりは結衣だった。もうひとりは、ウェットスーツの男だ。

男はシーナイフを結衣の喉に当てている。

ボンベは背負っていない。マスクもロングフィンも外していた。顔に見覚えがあった。

青山で結衣を黒いベンツに押し込もうとした二人組の片割れだ。

五分刈りで、がっしりとした体型だった。小鼻の横に小豆大の黒子があった。

「逆らわないほうがいいわ」

結衣が弱々しく言った。服は薄汚れていた。拉致されたときの衣服なのだろう。

「怪我は？」

「ありません」

「辛い思いをしたよな。必ず家に連れ帰ってやるよ」

見城は結衣に笑いかけ、五分刈りの男の顔面に平拳を喰らわせた。

平拳は親指以外の四指の指節間関節を折り曲げ、中節骨で相手の顔や胸部を攻撃する突き技だ。ウェットスーツの男の顔がのけ反った。

見城は男の右手首に手刀打ちをくれた。

シーナイフが甲板に落ちる。刃渡りは十四、五センチだった。

見城はナイフを踏み押さえ、結衣を引き寄せた。

同時に、男の水月に右の振り拳をめり込ませた。五分刈りの男は腰を沈ませながらも、見城に組みついてきた。横に移動する素振りを見せた。体落としか、払い腰をかける気らしい。

見城は右の裏拳打ちから、左の縦猿臂打ちに繋いだ。ウェットスーツの男はのけ反り、尻から落ちた。

「少しは柔道の心得があるようだな」

見城は五分刈りの男に言って、シーナイフを拾い上げた。

その直後、船室から耳の潰れた細身の男が姿を見せた。男は六十年配の船頭らしい男の頭に、銃身を切り詰めた散弾銃の銃口を向けていた。イサカの自動五連発銃だった。アメリカ製だ。

「モーターボートの鍵(キー)はつけたままか？」

「忘れちまったよ」

「シーナイフを足許に捨てて、女をこっちに寄越(よこ)せ！　逆らうと、幸三郎丸の船長の頭がミンチになるぞ」

「おまえらは、もう逃げられない」

見城は結衣を背の後ろに庇(かば)い、シーナイフを握り直した。頬のこけた細身の男は、割債の詰まったプラスチック容器を抱えていた。

「ボートの鍵を早く出せっ」

「欲しけりゃ、自分で取れ。ブルゾンの右ポケットに入ってるよ」

見城は言いながら、細身の男を射竦(いすく)めた。

五分刈りの男が起き上がった。見城は五分刈りの男を右足刀(みぎそくとう)で遠ざけ、素早く細身の男に向き直った。

銃口が向けられた。

見城は踏み込んで、銃身を左手で摑んだ。イサカの散弾銃が火を噴(ふ)いた。九粒弾のいくつかが、船縁(ふなべり)にめり込む。

見城はためらうことなく、シーナイフで細身の男の顔面を斬りつけた。

男が悲鳴を放ち、棒立ちになった。見城は散弾銃を引き千切るように奪い取った。細身の男は、プラスチック容器を落とした。

見城は銃口を細身の男に向け、結衣に割債の入った容器を拾わせた。船頭が安堵した表情で、細身の男から離れた。

「船頭さん、あんた、この二人の仲間なのか？」

「とんでもない。三十万円くれるって言うんで、おれは船を出しただけだよ。この二人組、何者なんだ？」

「人さらいだよ」

「なんだって!?」

「政財界の大物の娘や孫娘を誘拐してる悪党どもさ」

見城は船頭に言って、細身の男に顔を向けた。

「ボスは小幡隼人だな」

「………」

「どうした？　急に失語症になっちまったか」

「何も話すことはない」

細身の男が言った。見城は銃口を男の右腕に移し、無造作に引き金を絞った。

男は船室の羽目板まで吹っ飛び、甲板に倒れた。その直後、五分刈りの男が海に逃れようと縁板に足を掛けた。

「動くな。少しでも動いたら、体が蜂の巣になるぞ」

見城は威した。

五分刈りの男が向き直った。見城は五分刈りの男を引き寄せ、シーナイフを首筋に当てた。男は頑として口を割らなかった。

見城はシーナイフを海に捨て、散弾銃の銃把で五分刈り男の顎を強打した。骨が砕けたことは間違いない。それでもボスの名を明かそうとしなかった。

「船頭さん、もう漁協に無線で応援を頼んだのかな？」

「ええ、さっきね」

「ついでに横浜の第三海保に連絡して、この二人を引き渡してもらいたいんだ」

見城は散弾銃を船頭に渡した。と、船頭が問いかけてきた。

「おたくは警察関係の人なの？」

「ただの私立探偵だよ。悪い連中に監禁されてた娘の行方を追ってたんだ。ちょっと迷惑かけてしまったが、運が悪かったと諦めてくれないか」

見城は言いながら、五分刈りの男と細身の男のこめかみに強烈な蹴りを入れた。男たちは相前後して気を失った。

「もう大丈夫だ」

見城は結衣の肩を軽く抱き寄せた。

結衣が烈しく泣きじゃくりはじめた。ようやく恐怖心が薄れたのだろう。嗚咽が熄んだとき、見城は話しかけた。

「どこに監禁されてたのかな？」

「どこかの地下室です。場所はわかりません。表に連れ出されるときは、必ず眠らされてましたから」

「睡眠薬を服まされたんだね？」

「ええ。それから、いろんな麻薬を注射されて、〝パラダイス〟とか〝クライマックス〟なんて錠剤も頻繁に服まされました。それから、ひどいことも……」

結衣は話している途中で、また涙ぐんだ。屈辱的な体験が脳裏に蘇ったのだろう。

「きみが監禁されてた所には、一連の拉致事件の被害者がいたんだね？」

「ええ。全員が同じ地下室に閉じ込められていたわけじゃないんですけど、おそらく誰もが一連の事件の被害者だと思います」

「きみが姿を見た娘は何人だった？」

「七人は見ました。みんな、麻薬漬けにされて口では言えないようなひどいことをされつづけられたんです。猟犬とセックスさせつづけられた西田という女性は、精神的に不安定になったの」

「見張り役の男たちは何人いた?」

「四人でした。やくざには見えませんでしたけど、四人とも何か武道をやってるようでした。右翼集団なのかもしれませんね」

「気絶してる男たちは、親父さんから十億円分の割引債券だけ奪って、きみを返す気はなかったんだろう?」

「ええ、そうみたいでした。何かあったときに、二人はわたしを楯にして逃げる気だったようです。そんなことを話してましたから」

「やっぱり、そうだったか。話はこれぐらいにして、陸に戻ろう。城ヶ島大橋の袂に親父さんがいるんだ」

見城は言った。すぐに結衣の表情が暗くなった。

「わたし、家には帰れません。さんざん体を穢されてしまったし、人殺しも……」

「きみは罠に嵌まったんだよ。実際には茶色のスラックスを穿いてた男なんか刺してないんだ」

「なぜ、あなたがそのことを知ってるの!?」

「犯人グループが、きみの家に殺人ビデオを送りつけたんだよ。それで、親父さんは十億円を強請(ゆす)られることになったんだ」

「そうだったんですか。でも、わたし、間違いなくナイフを握っていました。それだけではなく、掌(てのひら)には血糊がべったりと付着してました」

「犯人どもは、すでに死んでる男をきみの体に覆(おお)い被せて、殺人者に仕立てようとしたんだよ」

見城は、その根拠を語った。結衣は救われたような顔つきになったが、まだ少し不安そうだった。

「とにかく、陸に戻ろう」

見城はプラスチック容器を抱え、先に高速モーターボートに飛び降りた。結衣は飛ぶことを怖がった。見城は勇気づけ、結衣を全身で抱きとめた。

結衣を助手席に坐らせ、トランシーバーを摑み上げる。しかし、百面鬼とは交信できなかった。遠すぎるらしい。

見城はディーゼル・エンジンを唸らせた。イグニッションキーはつけたままだった。高速モーターボートが走りはじめた。

見城はセレクターをすぐに全速前進(フルアヘッド)に入れた。みるみる城ヶ島の島影が大きくなってきた。

4

「きのうは本当にありがとうございました」

森脇が深々と頭を下げた。

妻と娘が、それに倣(なら)う。森脇家の広い応接間だ。見城は小さくうなずいた。

午後三時過ぎだった。結衣の様子を見に訪れたのだ。訪問の目的は、それだけではなかった。結衣の気持ちが落ち着いたところで、敵に関する情報を探(さぐ)り出すつもりだった。

「家に戻ってから、すぐ眠れた？」

見城は結衣に問いかけた。

「はい。泥のように眠りました」

「正午過ぎに起きたんですよ」

母親が付け加えた。

「たっぷり睡眠をとれば、すぐに元気になるでしょう」

「ええ。見城さんが救けてくださらなかったら、結衣はどうなっていたのか。それを考えると、粟立つものが……」

「もう犯人グループは近づかないでしょう。ただ、娘さんだけで外出するのはしばらく控えたほうがいいと思います」

見城は助言して、煙草に火を点けた。

森脇夫妻が顔を見合わせた。不安材料も与えてしまったか。見城は少し悔やんだ。

結衣がコーヒーカップに付着した口紅を指の腹で神経質に拭いはじめた。心なしか、顔つきが険しくなったようだ。

体が麻薬を欲しがりはじめているのか。

見城は悪い予感を覚えた。

結衣が生欠伸を嚙み殺し、虚ろに視線をさまよわせはじめた。いつからか、指先で受け皿の縁を小さく叩いていた。

「結衣、お行儀が悪いわよ」

「ごめんなさい」

結衣は母親に叱られると、素直に謝った。指の動きも止まった。

しかし、一分も経たないうちに結衣はふたたび受け皿を指で連打しはじめた。

両親が暗い表情になった。

結衣が不意にソファから立ち上がり、意味もなく部屋の中を歩き回りはじめた。

顔色がすぐれない。目も、きつくなっていた。

「無作法だよ、結衣。坐りなさい」

森脇が娘に命じた。

「じっとしてると、なんだか苛々してくるの。耳の奥で、何か金属と金属が擦れ合って、厭な音をたててるのよ」

「結衣……」

「あっ、誰かが近づいてくる！　犬を引っ張ってるわ。いやーっ、こっちに来ないで！」

結衣が後ずさり、野良犬でも追っ払うような手つきをした。

「誰も接近してこないじゃないか。犬なんか、どこにもいない」

「ほら、そこにいるじゃないの。大きなアフガンハウンドよ。長いベロを垂らしてるわ」

「どこにいるんだ!?」

森脇が長椅子から立ち上がった。妻の律子も腰を浮かせた。

結衣が飾り棚を指さして、童女のように首を振った。両親は絶望的な表情でうなだれた。愛娘が薬物に禁断症状に陥ったことを覚ったようだ。〝パラダイス〟の主成分の覚醒剤のせいだろう。

見城は煙草の火を揉み消した。

覚醒剤を常用しているうちに、被害妄想、幻聴、幻覚に悩まされるようになる。そして、統合失調症を誘発するようだ。アンフェタミン類の禁断症状は、肉体にはっきりと現われるわけではない。しかし、精神的には極めて不安定になる。猜疑心がやたらに募り、恐怖心も膨らむ。むやみに怒りっぽくなり、興奮しやすい。

「まだ疲れが抜けていないのね。結衣、失礼して少し寝んだほうがいいわ」

「お母さんったら、冷たいのね。犬は、わたしに変なことをしようとしてるのよ。早くキッチンから庖丁を持ってきて」

結衣が言った。

「庖丁なんか、どうするつもりなの!?」

「アフガンハウンドを刺し殺すのよ。そうしないと、わたしは大型犬にレイプされちゃうの」

「とにかく、あなたの部屋に行きましょう」

「駄目よ。どこまでも追いかけてくるわ。それで、わたしのお尻にのしかかるつもりなの！」

「結衣、はしたないことを言うんじゃありません」

「いいわ、わたしが庖丁を取ってくる」

結衣が叫んで、ドアに向かおうとした。

見城はソファから立ち上がり、結衣を抱き締めた。森脇夫妻が走り寄ってくる。

自分に任せてください。見城は目顔で告げた。結衣の両親が黙って顎を引く。

「いや、放して」

「〝パラダイス〟が欲しいんだね？」

見城は優しく言って、結衣の頭を撫でた。

「持ってるの？」

「ああ」

「ちょうだい。あの錠剤を服むと、気持ちが落ち着くの。それに……」

「それに？」

「とってもエッチな気分になるの。薬をくれるんだったら、あなたに抱かれてもいいわ。だけど、犬はいや！　死んでも犬となんかセックスしたくないっ」

結衣が訴えた。

「おれは、きみが厭がることはしないよ」

「いい人なのね、あなたって。あなたの言うことなら、なんでも聞くわ。だから、〝パラダイス〟を早くちょうだいよ」

「そんなに欲しい？」

「ええ。だって、とっても気持ちがいいんですもの」

「なら、一錠だけあげよう」

見城は言うなり、結衣に当て身を喰わせた。結衣が床に頽れる。

「手荒な真似をして申し訳ありません。少し興奮を鎮めたほうがいいんで……」

「かかりつけの医者に来てもらったほうがいいんでしょうね？」

森脇が問いかけてきた。

「その必要はないと思います。結衣さんが落ち着きを取り戻したら、風呂に入れて、できるだけ汗を掻かせてください」

「体内から薬物を抜くんですね？」

「ええ、そうです。できたら、お母さんがそばにいたほうがいいでしょう」

「それなら、妻と一緒に入浴させます」

「娘さんの部屋は、どちらにあるんです？」

見城は結衣を抱え上げた。両腕で支える形だった。

結衣の部屋は二階にあった。十畳ほどの広さだ。

結衣をベッドに横たわらせ、見城は森脇とともに応接間に戻った。母親の律子は娘のそばを離れなかった。

ソファに向かい合うと、森脇がブラザータイヤの社名の入った茶封筒を差し出した。

「これは娘を救っていただき、十億円分の割引債券を取り返していただいたお礼です。ご不満かもしれませんが、お収めください」

「それでは遠慮なく」

見城は言いながら、中身を検めた。五百万円券の割引債券の束だった。

「二十枚あります」

「というと、総額で一億円ですね。貰いすぎでしょう？」

「いいえ、むしろ少なすぎるかもしれません。ひとり娘を救出していただいたわけですので、その程度のお礼は差し上げなければ……」

「過分な報酬ですが、遠慮なく頂戴します」

「どうぞ。領収証は必要ありません」

森脇が言った。

「それは、ありがたいですね。ところで、警察のほうはどうされるおつもりなんでしょう?」

「昨夜、妻とよく話し合いまして、やはり、このまま警察には何も言わないことにしました。エゴイスティックな考えかもしれませんが、結衣の気持ちを考えますと、被害届を出すことに抵抗がありましてね」

「そのほうがいいと思います。警察の事情聴取は愉しいものではありません。結衣さんが監禁中のことを一部始終、話すのは辛いでしょう」

「と思います。それで、そういう結論に……」

「そうですか。結衣さんは、必ず元通りになりますよ。少し時間がかかるかもしれませんがね」

「ええ、温かく見守ってやるつもりです。それはそうと、見城さんにお願いがあるんです」

「なんでしょう?」

見城は問い返した。

「わたしの娘は幸いにも家に戻れましたが、まだ十四人の女性たちが動物のように飼われ、ひどい目に遭っているのでしょう」

「そうだと思います」

「警察の力を借りれば、事件はスピード解決するかもしれません」

「しかし、下手をしたら、監禁されている女性たちが殺害されてしまう危険性もあります」

「そうなんですよね。そこで、あなたに囚われている女性たちの救出もしていただきたいのです。それが不可能でしたら、せめて彼女たちの監禁場所を突き止めてもらいたいんですよ。自分の娘だけ無事なら、それでいいというものではありませんのでね」

森脇がそう言って、少し照れた。自分の青臭い物言いが照れ臭かったのだろう。

「ご立派だな。なかなかそういう考えにはなれないと思います」

「そうでしょうか。わたしと同じ立場なら、誰でも同じ気持ちになるでしょう」

「いや、この世智辛い世の中では奇特な方ですよ」

「それで、いかがでしょう？」

「できるだけのことはやってみます。ただし、もう報酬は結構です。充分にいただきましたから」

見城は柄にもなく、殊勝な返答をした。

別段、急に正義漢ぶったわけではない。成功報酬を貰うということになったら、ある程度の調査報告はしなければならなくなるだろう。それが煩わしく思えたのだ。

麻薬取締官の麦倉亮子を殺させ、令嬢たちを監禁している悪党たちの黒幕が誰であれ、最初っから法で裁いてもらう気はなかった。

一連の事件の首謀者を闇の奥から引きずり出し、とことん嬲って、丸裸にするつもりだ。金を毟るだけではなく、首謀者の身辺にいる女たちも狩る気でいた。

「危険なお願いですが、ほかの女性たちが保護されることを望んでいるのです」

「よくわかりました。ところで、結衣さんはここに戻られてから、監禁中のことを何か話されました？」

「ええ、少しだけ」

森脇がそう前置きして、娘が断片的に語ったことを明かしてくれた。

しかし、それはすべて昨夜、海の上で聞いた話ばかりだった。

犯人側が城ヶ島大橋を指定したのは、あの周辺に監禁場所があるからなのか。そうではなく、追っ手の目を逸らす目的で、まるで関連のない場所に森脇を呼びつけたのだろうか。どちらとも考えられた。

会話が途絶えた。

見城は一億円分の割引債券の入った茶封筒を手にして、森脇家を辞去した。

表に駐(と)めてあるローバーに歩み寄りかけたとき、背後で短いクラクションが鳴った。

振り向くと、オフブラックのスカイラインに百面鬼が凭(もた)れていた。きょうはクリーム色のスーツだった。

見城は百面鬼に大股(おおまた)で歩み寄った。立ち止まると、悪徳刑事がにやついた。

「おれは友達を大事にする人間だから、見城ちゃんの護衛を進んで……」

「調子がいいな。おれがここに成功報酬を貰いに来ると読んで、きのうの助っ人料を取りに来たんじゃないの？」

「くそっ、当たり(ビンゴ)！」

「昨夜(ゆうべ)、百(どう)さんは何をしてくれたっけ？　城ヶ島周辺をドライブしただけだったよな」

「見城ちゃん、そういう言い種はねえだろうが。おれは、城ヶ島くんだりまで見城ちゃんを助(ス)けに行ったんだぜ」

百面鬼がむくれて、シガリロをくわえた。

見城は百面鬼に三十枚の万札を渡した。

「これじゃ、ガソリン代だな」

「あんまり欲出すなって。それより、きょうは小幡の情報を持ってきてくれたよね。きのうはもっともらしいことを言って、情報集めをしてくれなかったもんな」

「きのうは、本当に職務が急に入っちまったんだよ。一応、おれは現職だから、少しは仕事もしねえとさ」

「とか言ってたが、未亡人の家で娯しんでたんだろう？」

「見城ちゃん、よくわかったな。実は、そうだったんだよ」

百面鬼が好色そうな笑みを拡げ、すぐに言い継いだ。

「小幡隼人って野郎に前科はなかったよ。しかし、商品や手形の取り込み詐欺容疑で三度、検挙られてた。しかし、三度とも不起訴処分になってる」

「職歴は？」

「二十代の後半まで、証券会社で歩合のセールスをしてた。その後は街金融を流れ歩き、三十三、四で一本立ちの金融ブローカーになってる。手形のパクリで少しまとまった銭を摑んで、その後は資金繰りに苦しんでる中小企業主が振り出した融通手形を引き取って、融資先が倒産すると整理屋に早変わりってわけだ」

「前歴は、いかがわしいな」

見城は呟いた。

俗に倒産整理屋と呼ばれている輩は融資先が経営危機に陥ると、会社に乗り込み、机と電話を占拠してしまう。そして経営者を納得させ、他の債権者との交渉を代行する。脅しや涙金で債権者を黙らせると、今度は倒産会社の財産保全や売掛金の回収に励む。

　裁判所で指名される管財人が乗り込んでくるまでの短い間に売掛金を自分の懐に入れ、在庫商品や資材などを勝手に処分してしまう。窃盗罪などになるわけだが、倒産時のどさくさでは事件の立件が難しい。

　そうして倒産整理屋たちは、わずかな投資額を数十倍にも数百倍にも膨らませる。彼らの背後には広域暴力団が控えていることが多い。

「筋者（すじもん）とのつき合いが、どうもはっきりしねえんだよ。桜田門のブラックリストには小幡の名は載（の）ってなかったな。ヤー公とつき合いはあったはずだが、どっかの盃（サカズキ）を貰ったことはねえんだ」

「刺青（スミ）しょって粋（いき）がってるだけの単細胞（マルタン）じゃなさそうだな」

「ああ、それは間違いねえだろう。だから、五つの病院を乗っ取れたんだよ。でもな、病院経営はあまりうまくいってねえみたいだぜ。程度の差はあっても、医療備品なんかの支払いはどの病院も滞（とどこお）ってるみてえなんだ」

「金融機関からの借入金は、かなりあるんだろうな？」

「そこまでは調べてねえけど、おそらく借金だらけなんだろうよ」

「ほかに何かわかったことは？」

「小幡は、どうも武道家が好きみてえだな。レスラー崩れや短杖使いなんかの面倒を見てるようなんだ」

「小幡には、二メートル近い巨漢がいつも影のように寄り添ってたよ。あいつが、きっとレスラー崩れの用心棒なんだろうな」

「そうだよ。リングネームは、クラッシャー大室だったかな。アメリカやメキシコの田舎町で、現地のレスラーとセメントマッチをやってたらしいぜ」

「日本では試合をしてなかったのかな？」

「そうなんだ。最初から、アメリカでプロデビューしたらしいよ。しかし、メキシコのプロモーターの娘を孕ませて、お払い箱になっちまったようだ」

百面鬼が言った。

「幸三郎丸に乗ってた二人組は、第三海保で何か自白ったんだろうか？」

「横浜の第三管区にいる知り合いに問い合わせてみたんだが、二人とも完全黙秘してるらしいよ」

「そうか」

「見城ちゃん、もたもたしてねえで、小幡を締め上げようや。おれが小幡を任意同行か何かで、うまく外に連れ出さあ。現職のおれには、まさか飛び道具は向けねえだろう」

「そいつは、まだ少し早いよ」

「どうして？」

「小幡が首謀者かどうかわからないし、奴に共犯者（レツ）がいるかもしれないしね。小幡を不用意に痛めつけたら、共犯者がいた場合は取り逃がしかねないじゃないか」

「それも、そうだな」

「もう少し泳がせたほうがいいだろう」

　見城は軽く手を挙げ、自分の車に歩（ほ）を運んだ。

　背後で、覆面パトカーのエンジンが高く鳴った。見城は運転席に入った。スカイラインが横を走り抜けていった。

　イグニッションキーを捻ったとき、自動車電話（カーフォン）に着信があった。

「おれっす。スポーツクラブの近くに仕掛けといた自動録音機からは、これといった収穫はなかったすね。でも、ちょっと新情報が……」

　盗聴器ハンターの松丸だった。

「例の世田谷のドラ息子のことで何かわかったようだな？」

「そうなんすよ。ドラ息子は温心会病院の末松和憲（すえまつかずのり）って薬剤師から、〝パラダイス〟という新麻薬を一錠一万円で買ってたんす。おれ、二人がファミリーレストランの男子トイレの中でドラッグの売り買いしてるところを見たんすよ」

「そいつは、いい情報だ」

「そうっすか。末松って奴のマンションも、ついでに突きとめておきました」

「やるなあ。で、末松のマンションはどこにあるんだい？」

「東急目黒線の大岡山駅の近くっす。東京工大の裏にある『大岡山コーポラス』の三〇三号室に住んでます」

「家族は？」

「独身みたいっすよ。まだ三十二、三歳だと思うけど、額がかなり禿げ上がってます。そのせいかどうか、ちょっと陰気な感じのする男っすね」

「そうか。松ちゃん、今度会ったときに何か奢るよ」

見城は通話を切り上げた。

温心会病院は大田区の久が原にある。末松って薬剤師を少しマークしてみることにした。

見城はシートベルトを掛けた。

第五章　報復のバラード

1

駐車場は一つしかない。

末松が白いスカイラインで通勤していることは、三時間ほど前に看護士（現・師）から聞き出していた。

見城はローバーの中で張り込んでいた。あと十四、五分で、午後七時になる。

温心会病院は七階建てだった。駐車場は表玄関の左横にあった。

さすがに車の数は少なかった。入院患者の見舞い客や病院職員の車ばかりだろう。末松の車は、通路の向こう側にあった。

こんなふうに張り込んでいるより、殺された麦倉亮子の家に行ったほうが収穫があるかもしれない。見城は、そんな思いに捉えられた。

亮子が自宅に新種の混合麻薬に関するメモや写真の類をこっそり保管してあった可能性は低くない。しかし、たった一度抱いただけの女の自宅を訪れるのは、何やらスタンドプレイめいている。なんとなく抵抗があった。

それだけではない。亮子の同僚だった鬼塚靖から、未投函のラブレターのことも聞かされていた。遺族が自分の顔を見たら、切ない気持ちになるにちがいない。

亮子は亮子の美学を貫き通したのだろう。自分も己れの美学を大事にしたい。一度寝ただけの女を利用するのは避けたい。

見城は迷いを捨て、ポケットの煙草を探った。ロングピースを抓みかけたとき、カーフォンが着信音を奏ではじめた。見城は自動車電話に腕を伸ばした。

「悪い男ね、フリーライターになんかなりすまして」

相手が、いきなり言った。『東京フィットネス・パレス』の社長夫人の真咲だった。

「『週刊ワールド』の編集部に電話したようだな」

「ええ、そう。それで、あなたが偽のフリーライターだってわかったのよ。でも、そんなことはどうでもいいの。ね、また会いたいのよ。今夜、高輪のマンションに来てくれない?」

「自動車電話の番号、どうやって調べたんだ?　インストラクターの妻木あたりに、おれの正体を探らせたのかな?」

「妻木君は関係ないわ」

「それじゃ、旦那が誰かにおれを尾行させてたんだろうな?」

見城は早口で訊いた。

「ううん、夫じゃないわ。最初にあなたがフリーライターじゃないって気づいたのは、友浦遙さんなのよ」

「なんで彼女が!?」

「遙さん、どうもあなたに関心を持ったみたいね。だから、あなたのローバーのナンバーを憶えてたみたいよ。自動車電話の番号は、ローバーのナンバーを手がかりにして調べたの。結構、手間取ったのよ」

鵜沢社長の妻が言った。咎める口調ではなかった。甘く拗ねたような感じだった。

「おれのことは、どこまで知ってるんだ?」

「本名が見城豪で、職業は私立探偵さん。それから、うちのスポーツクラブで森脇結衣さんに関することで何かを調べていた。それぐらいのことね」

「別に夫は何も言ってなかったわ。あなた、鵜沢に何か言ったの？」

「一度、３Pをやろうって誘ったんだよ」

見城は滑らかに答えた。とっさに思いついた嘘だった。

「大胆ねえ。でも、夫は怒らなかったでしょ？　前にも言ったけど、わたしの浮気は公認だから」

「旦那は、ただ笑ってたよ」

「そう。ねえ、なんとか都合をつけていただけない？　例の催淫剤を服んだら、なんだか体の芯が疼いてきて……」

「今夜は無理だな」

「そんなに冷たくしないで」

好色な社長夫人が媚を孕んだ声で言った。

「若いペットに面倒見てもらえよ」

「それ、誰のこと？」

「ホストの甲斐翔吾のことさ」

「あの坊やはお払い箱にしたの。だって、お店でわたしの顔を潰したんですもん。翔吾の奴、元女優のクラブママに侍りっ放しで、わたしの席には十分も坐ってなかったの」

「それで、頭にきたのか」

「当たり前でしょ。翔吾には、五、六千万は遣ってあげたのに」

「別の店で、犬みたいに従順な坊やを捜すんだね」

「もう年下の男の子には飽きたわ。あなたがいいの」

鵜沢真咲が喘ぎ声で言った。自分の性感帯を刺激しているようだ。見城は無言で電話を切り、煙草に火を点けた。

なぜ、友浦遙はローバーのナンバーを憶えていたのか。最初から偽のフリーライターと見抜いていたのだろうか。それとも、単に自分に興味を示してくれたのか。

仮に後者だとしたら、腑に落ちない。浮気癖のある社長夫人に、わざわざ偽ライターの正体を教えるのは妙だ。これは何かの警告のつもりなのか。そうだとしたら、美人ゼネラルマネージャーは何らかの事件に関わっていそうだ。

しかし、それを匂わせる言動や気配は感じられなかった。遙は鵜沢の愛人なのだろうか。あるいは、妻木と恋仲なのか。

どちらかの女だとしたら、警告と受け取れないこともない。

見城は妻木を痛めつけ、鵜沢から巨額を脅し取っている。それ以上のことをしたら、もはや黙ってはいないという遠回しの威嚇(いかく)なのだろうか。

一度、遙に会っておく必要がありそうだ。

見城はそう思いながら、灰皿を引き出した。

煙草(たばこ)の火を揉(も)み消していると、また自動車電話(カーフォン)が鳴った。おおかた鵜沢の妻だろう。

「この世の極楽はどうだった？」

見城は、先に言葉を発した。

「ごめんなさい。わたし、かけ間違えたようです」

「あれっ、里沙だったのか」

「やっぱり、見城さんだったのね。のっけに、おかしなことを言われたんで、てっきりナンバーを間違えたと思っちゃった」

里沙が、ほっとした声を出した。見城は少し焦(あせ)ったが、いつもの調子で取り繕(つくろ)った。

「悪い、悪い！　少し前に百(どう)さんから電話があったんだよ。やくざ刑事の旦那、ビル持ちの未亡人の腹の上に乗っかりながら、電話してきたんだ」

「ほんとに？」

「だから、この世の極楽がどうとか口走っちまったんだよ」

「普通、ああいう言い方は女性にしか使わないんじゃない？」

里沙が訝しそうに問いかけてきた。

「最高のセックスは、男にも女にもこの世の極楽だろうが？」

「そうかもしれないけど」

「別に言葉の使い方は間違ってないと思うよ。それより、何か急用かい？」

「ううん、そうじゃないの。仕事の帰りに、渋谷に回ろうと思ったんだけど、かまわない？」

「もちろんさ。ただ、張り込みで何時に帰れるかわからないんだよ。先にベッドに入っててくれ」

見城は電話を切り、冷や汗を拭った。

里沙が見城の女遊びに気づいていないわけはない。しかし、情事の場に踏み込まれない限り、シラを切り通すつもりだ。それが恋人に対する礼儀というものだろう。

見城は退屈しのぎにカーラジオを点けた。

ニュースが流れていたが、事件を解く手がかりは得られなかった。チューナーをFEN放送に合わせると、オーティス・レディングの古いR&Bがかかっていた。

ダイアナ・ロスの曲に変わったとき、前髪の薄い三十二、三歳の男が白いスカイラインの横に立ち止まった。薬剤師の末松和憲にちがいない。柄ポロシャツに、黒っぽいツータックのスラックスを穿いている。

見城はラジオのスイッチを切った。

男がスカイラインの運転席に腰を沈めた。見城は、いつでもローバーを出せる準備を整えた。

スカイラインが発進した。七時十数分後だった。見城も車をスタートさせた。

末松と思われる男は東雪谷、上池台と進んで環七通りに出た。柿ノ木坂陸橋を右折し、目黒駅方面に向かった。

数百メートル先で左に折れ、目黒区鷹番の住宅街を抜けた。

見城には、まるで行先の見当がつかなかった。スカイラインが停まったのは、東急東横線の高架沿いにあるゴルフ練習場だった。

男は馴れた足取りで、練習場の建物の中に入っていった。

見城も車を降りた。料金を払って、クラブと五十打分のボールを借りた。

打席は一階と二階に分かれていた。額の禿げ上がった男は、二階に上がった。

やや間を取ってから、見城は二階に駆け上がった。ずらりと並んだ打席に、男は立っていなかった。打席は三つ空いていた。

末松らしい男は奥のベンチに腰かけ、ほかの客たちのフォームを見ていた。

見城は中ほどの打席に入った。クラブを握るのは生まれて初めてだった。子供のころから天邪鬼の見城は、流行りものには背を向ける傾向が強かった。ゴルフもブームになったとたん、まるで興味が湧かなくなってしまった。グリップの握り方さえ覚束なかった。横の客の手許を見ていると、陽灼けした二十七、八歳の男が近寄ってきた。

インストラクターだった。見城はクラブを握ったことがないと正直に告げた。すると、男はグリップの握り方からスイングの基本姿勢まで親切に伝授してくれた。

見城はゴルフボールを叩きはじめた。

一打目は打ち損なって、すぐ下の芝生の上に落ちた。しかし、二打目からはボールがなんとか目標のフェンスまで届くようになった。とはいえ、一打も的には命中しなかった。

「案外、難しいもんだな」

「お客さまは筋がいいですよ。百打もこなせば、すぐにコツをマスターできると思います」

「そう。しかし、ああいうベテランみたいな人間に見られてると思うと、ちょっと上がるね」

見城はそう言って、前髪の薄い男に目をやった。

「あの方、ベテランではありませんよ。まだビギナーですね。あまりゴルフはお好きじゃないようです」

「そんなことまでわかるの!?」

「ほとんどクラブを振らずに、お帰りになることもあるんですよ」

「へえ。それだったら、こういう練習場に来る意味がないと思うがな」

「ここは、待ち合わせにご利用されてるみたいなんですよ」

「女と待ち合わせて、それからどっかに行くわけか」

「いいえ。いつもお会いになってるのは男性の方です」

インストラクターが言った。

「ゲイ仲間と待ち合わせなのかな?」

「いいえ、そういう感じではありませんね。何かの受け渡しをしてるようです」

「何かって?」

「さあ、そこまではわかりません」

「そりゃ、そうだろうな。どうもありがとう」

見城は礼を言った。インストラクターが笑顔で一礼し、ゆっくりと遠のいていった。

また、見城はクラブを振りはじめた。

ゴルフボールを打ちながら、時々、男の様子をうかがう。男は煙草を吹かしつづけ、打席に入ろうとしない。

ちょうど三十打し終えたとき、末松らしい男に接近する人物がいた。三十一、二歳の長身の男だった。スーツ姿だ。理智的な容貌だった。男は有名デパートの手提げ袋を持っていた。

二人の男は目で挨拶を交わした。

背の高い男が末松と思われる男のかたわらに腰かけ、さりげなく手提げ袋を渡した。額の後退した男は、手提げ袋を自分の右横のベンチの上に置いた。金銭の遣り取りはしなかった。

ひょっとしたら、中身は新種の混合麻薬の原料かもしれない。見城は、そう思った。元刑事の勘だった。

長身の男がネクタイの結び目を緩め、上着を脱いだ。末松と思われる男が借りたクラブとボールを抱え、空いている打席に入った。

五、六打したころ、前髪の薄い男が手提げ袋を摑んで立ち上がった。見城は打席を出て、わざと男にぶつかった。

男がよろけ、手提げ袋を通路に落とした。茶色の包装紙にくるまれた小ぶりの南瓜(かぼちゃ)ほどの大きさの塊(かたまり)が、袋の中から零(こぼ)れた。

「どうも申し訳ありません」

見城は屈(かが)み込んで、零れ落ちた塊を拾い上げた。小麦粉のような感触だった。中身はヘロインか、覚醒剤(かくせいざい)かもしれない。

「気をつけてほしいな」

「すみません」

「大事な物なんだからさ」

男が低く呟(つぶや)き、見城の手から包みを奪い取った。見城は立ち上がるなり、ことさら驚いた表情を作った。

「あれっ、あなたでしたか。その節は大変お世話になりました」

「え？　面識はないと思うけど」

「温心会病院の末松さんですよね、薬剤師をされてる？」

「そうですが、あなたは？」

「先々月、外科病棟に入院してた者ですよ。そのときにドクターやナース、それから薬剤師さんのお顔とお名前をだいたい憶えたんです」

「我々は、患者さんの目に触れない所で仕事をしてるんだがな」

　末松が首を傾げた。

「ええ、そうですね。しかし、時々、薬の受け渡しカウンターに現われるでしょ？　そのとき、お見かけしたんですよ。お名前は胸の名札で知ったんです」

「そうでしたか。ちょっと急ぎますので、失礼します」

「お引き留めしちゃって、ごめんなさい」

　見城は頭を下げ、路を空けた。末松が気味悪げな顔で、足早に歩み去った。

　やはり、末松だった。末松の自宅マンションはわかっている。手提げ袋を持ってきた長身の男の正体を探る気になった。

　見城は打席に戻り、残りのゴルフボールを打ちはじめた。

　やがて、上背のある男が五十個のボールを打ち終えた。打席を出て、使ったクラブを所定の場所に収めた。

　見城もクラブを片づけ、男を追った。

　マークした男は、ゴルフ練習場の駐車場で黒いマスタングに乗り込んだ。見城もローバーの運転席に入った。

　長身の男の運転するアメリカ車は駒沢通りに出ると、中目黒方面に向かった。

見城は細心の注意を払いながら、マスタングを追尾しつづけた。マスタングは神宮前の表参道に駐められた。

長身の男は車を降り、洒落たレストランの中に入っていった。見城は車の中で一服してから、同じ店に入った。

男は奥のテーブルで、ラテン系の外国人と向き合っていた。

外国人は三十代の半ばだろうか。彫りの深い顔立ちだが、肌の色は浅黒い。白人とインディオのハーフかクオーターなのだろう。中南米には、そうしたメスティーソが多い。

二人が話しているのはスペイン語だった。

見城は出入口に近いテーブルにつき、ビールとフィレステーキを注文した。

長身の男のスペイン語は流暢だった。卓抜な語学力を考えると、スペイン語教師か商社マンなのか。

見城は煙草に火を点け、黒服の支配人を小さく手招きした。
四十五、六歳の小太りの男だった。丸顔で、気が好さそうだ。
「何か店の者が失礼なことをしたのでしょうか?」

「そうじゃないんですよ。実は、こういう者です」

見城は黒の麻ジャケットの内ポケットから模造警察手帳を抓み出し、支配人に短く呈示した。

「何か?」

「奥でスペイン語で話してる二人は、この店の常連ですか?」

「サルバドル・ロペスさんは常連の方ですね。もう五年以上も前から、ご利用いただいております」

「そう。コロンビア人かな?」

「いいえ、ボリビアの方です」

「商社関係で働いてるの?」

「ボリビア大使館の二等書記官とうかがっております」

支配人が小声で言った。

「日本人のほうもわかる?」

「はい。親和交易(しんわこうえき)の堤滉二郎(つつみこうじろう)さんです」

「商社マンだったか」

見城は呟き、煙草の灰を落とした。

親和交易は中南米諸国との貿易で知られた準大手の商社だった。本社ビルは神田にあり、名古屋、大阪、博多などに支社があったのではないか。中米や南米にも、いくつか駐在員事務所を構えているはずだ。

「ロペスさんか、堤さんが何かの事件にでも巻き込まれたのでしょうか？」

支配人が声をひそめた。

「そのあたりのことは、外部の方に話せないんですよ」

「ええ、そうでしょうね。余計なことを訊きまして、失礼いたしました」

「いや、お気になさらずに。それより、彼らはよく二人でここで落ち合ってるんですか？」

「月に二、三回だと思います」

「それは、いつごろから？」

「去年の十一月ごろからだったでしょうか。わたし、スペイン語はまるっきりわからないものですから、会話の内容までは……」

「ロペス二等書記官は、まるで日本語は話せないのかな？」

見城は短くなった煙草の火を消した。

「いいえ、かなりお上手ですよ」

「だったら、日本語で喋れ（しゃべ）ばいいものを」

「そうですね。いつか堤さんは中米、カリブ海周辺国、南米の政治の動向をロペスさんに教えてもらっているとおっしゃっていました。あのあたりの国はたいてい政情が不安定ですので、ちょっとした変化が貿易のお仕事に影響するのではないでしょうか？」

「そうなのかな」

「もう下がっても、よろしいでしょうか？」

「ちょっと待ってほしいな。ロペス氏が同じ国の大使や書記官と連れだって、ここに来たことは？」

「それは一度もございません。もしかしたら、ロペスさんはちょっとしたアルバイトをなさっているのではないでしょうか」

　支配人が一段と声を低めた。

「つまり、政情不安定な国々の情報を親和交易に提供して、その謝礼を貰ってると……」

「はい、そうなのでしょう。堤さんが本の間に挟んだ米ドル紙幣をロペスさんにお渡しになったことがございましたので」

「なら、そうなのかもしれないな。ロペス氏は何がきっかけで、この店に来るようになったんだろう？」

　見城は訊いた。

「最初は、確か日本人のガールフレンドの方とご一緒だったと記憶しています」

「その女の名前、わかります？」

「それは存じません。お顔を見れば、すぐにわかりますが……」

「ロペス氏の住まいは？」

「広尾あたりのマンションに住んでいらっしゃるというお話でしたが、正確なご住所はわかりません」

「堤氏のほうは、どうです？」

「自宅までは存じ上げません。刑事さんのことは、奥のお二人には内分にしておいたほうがよろしいんでしょうね？」

支配人が問いかけてきた。

見城は無言でうなずいた。支配人が心得顔で静かにテーブルから離れた。

ロペスなら、外交特権を悪用して、あらゆる麻薬や銃器を堂々と日本に持ち込める。

見城はそう考えながら、またロングピースをくわえた。

各国の駐日大使館には外交特権がある。大使だけではなく、書記官や大使館付き武官も特権を行使できる。

たとえ犯罪に走っても、彼らが任地国の法律で裁かれることはない。また大使館の敷地そのものが治外法権とされ、わが国の警察官や検察官が足を踏み入れることもできない。つまり、外交官たちがどんな罪を犯しても、捜査や逮捕の権利はないわけだ。ただし、彼らの犯罪が立証された場合は、その犯罪者を〝好ましからざる人物〟として、強制退去させることはできる。しかし、そうした例はそれほど多くない。外交関係が、ぎくしゃくしてしまうからだ。

この外交特権が悪徳外交官たちの温床になっている。彼らはその気になれば、麻薬、銃器、貴金属などを自由に国外から持ち込める。本国から大使館に送られる外交行嚢（こうのう）は治外法権に護（まも）られ、税関でチェックされることはない。

それを一部の不心得者が悪用するわけだ。第三世界の国々の大使館や領事館の職員の中に密輸の片棒を担（かつ）いでいる者がいることは、想像に難くない。現にヘロイン、コカイン、拳銃などの密輸に手を貸し、強制退去させられた外交官が十人近くいる。さすがに大使は少なく、大半は書記官クラスだ。それも二等か、三等書記官が多い。

そのクラスは大使と較（くら）べたら、待遇がはるかに悪い。任地で金のかかる遊びでも覚えたら、非合法手段で荒稼ぎするほかなくなってしまう。

ビールとステーキが運ばれてきた。ウェイターは、すぐに下がった。

ロペスと堤を少しマークしてみることにした。

見城は煙草の火を消し、ビールの壜を掴み上げた。

2

ボルボが走りだした。

ナンバープレートは青だった。外交官ナンバーだ。

薄茶のスウェーデン製の車を運転しているのはロペスだった。親和交易の堤は、まだレストランの中にいる。

見城は車を発進させた。

午後九時近い時刻だった。ボルボは明治通りにぶつかると、左に曲がった。広尾の自宅マンションに帰るつもりなら、青山通りを突っ切るはずだ。大使館のある方向でもなかった。

日本人の愛人宅に行くのだろうか。考えられないことではない。

見城は尾行しつづけた。

ロペスの車は渋谷駅に出ると、なぜか明治通りを逆戻りしはじめた。尾行に気づかれてしまったのか。見城は一瞬、そう思った。しかし、ロペスが警戒心を深めた様子はうかがえない。

見城は胸を撫で下ろした。

ボルボはしばらく直進し、やがて余丁町にある六階建てのマンションの前に横づけされた。ロペスは車を降り、マンションの中に入っていった。

表玄関はオートロック・システムにはなっていなかった。管理人室も見当たらない。

見城も車から出た。

マンションの入居者のような顔をして、エントランスに近づく。集合郵便受けを見ると、五〇五号室のボックスに友浦という名札が掲げてあった。

ロペスの女は、友浦遙だったのか。まだ何とも言えない。ただの同姓とも考えられる。

見城はロビーに視線を向けた。ちょうどロペスがエレベーターに乗り込んだところだった。エレベーターの前まで走る。

階数表示ランプは五階で停まった。やはり、美人ゼネラルマネージャーはロペスと何らかの関わりがありそうだ。

見城も五階に上がった。

すでに歩廊には、ロペスの姿はなかった。人影は一つもない。

見城は五〇五号室に近寄り、白いスチールのドアに吸盤型の盗聴マイクを貼りつけた。小型FM受信機は上着の内ポケットに入っている。見城は耳栓型のレシーバーを抓み出し、左耳に嵌めた。男同士の会話が響いてきた。

片方はロペスだ。もうひとりは、日本人のようだった。声から察して、五十年配だろうか。

——ロペス君、コロンビアのエメラルドをもう少し集められないかね。コーヒーの価格は変動が大きくて、リスキーなんだよ。コロンビア大使館のパブロ一等書記官にだいぶ鼻薬をきかせたんだが、現地の業者が色よい返事をしてくれなくてねえ。とても困ってるんだ。

——そうですか。それじゃ、カリ・カルテルの連中に、ちょっと業者を脅してもらいましょう。連中はライバルのメデジン・カルテルを完全に押さえ込んで、いまやコカイン市場を支配してますし、コーヒーやエメラルドといった基幹産業も牛耳りはじめてます。影響力は大きいんですよ。

——カリ・カルテルはインテリ集団だから、政府上層部にも喰い込んでるんだろうね？

——ええ、そうです。彼らはメデジン・カルテルのような荒っぽい手段は使いませんが、凄い力を持っています。カリ・カルテルの大幹部のサントスさんをよく知っていますから、さっそく頼んであげましょう。

——それはありがたいことだが、例の品物の取引値に色をつけてくれなんて言い出すんじゃないだろうな。

——その心配はありませんよ。カリ・カルテルは、だぶついてるコカインに頭を抱えてるんですから。それに、ヘロイン、覚醒剤、LSDまで買ってくれる日本のお客さんは大事にするでしょう。

——そうかな。それはそうと、インドネシアの覚醒剤は安くて質がいいという話を小耳に挟んだんだが、ルートはないかね？

——ないこともありませんが、インドネシアの覚醒剤はチャイニーズ・マフィアが取り仕切ってるんですよ。彼らと取引したら、カリ・カルテルは黙っていないでしょう。連中は裏切り者の喉をナイフで掻っ切って、舌を引きずり出します。

——そのリンチのことは知ってるよ。長く垂れた舌がネクタイのように見えることから、〝コロンビア人のネクタイ〟と呼ばれてるんだろう？

——そうです。コロンビア人、残忍な面があります。ボリビア人は怠け者もいるけど、誰も陽気です。

――それから、商売上手だな。たとえば、きみのようにね。

――わたし、世渡りは下手ですよ。ただ、日本は物価が高いので、大使館のサラリーだけでは……。

――日本女性の世話はできない？

――専務さん、はっきり言いますね。わたし、吉岡あぐりを愛してます。ボリビアにいるワイフよりも好きですね。だけど、あぐりとは結婚できません。

――だから、彼女にせめて贅沢な暮らしをさせてやりたいと言いたいんだ？

――そうです、そうです。織笠さん、何でもわかってる。頭もいいし、ビジネスの才覚もあります。

――あまり金儲けはうまくないよ。例のことで、会社に大損させてしまったのだからさ。

――仕方ないですよ、金融派生商品の取引は一種の賭けですから。

――それにしても、大火傷だったよ。わずかな間に損失額が百二十数億円になってしまった。

――大金は大金ですが、サイドビジネスで取り戻せますよ。

――それを期待してるんだ。

会話が中断した。

友浦遙がロペスにコーヒーを勧める声が響いてきた。優しげな声音だった。

遙は、織笠専務と呼ばれた男の愛人のようだ。織笠は親和交易の専務なのだろう。

陰謀の構図が透(す)けてきた。織笠は金融派生商品(デリバティブ)の取引で、会社に百二十数億円の損をさせてしまった。

金融派生商品は商品という名がついているが、そうした商品が銀行や証券会社で売られているわけではない。先物取引、権利を売買するオプション取引、金利などを交換するスワップ取引などの総称だ。

価格が変動し、相場が立つ商品なら、なんでもデリバティブになり得る。そうしたことから、先物取引やオプション取引などが行われるようになったのである。

金融派生商品という呼称が生まれたのは最近のことだが、最先端の金融取引というわけではない。歴史は意外に古く、古代ギリシャ時代に溯(さかのぼ)る。

その遠い昔に、オリーブを圧搾(あっさく)する機械を借りる権利を買って大儲けした知恵者がいた。

それがオプション取引の第一歩だった。本格的なオプション取引が盛んになったのはたのだ。

十七世紀のことだ。オランダで、チューリップのオプション取引が行われるようになっ

先物取引のルーツは日本にある。将来の価格を予想して取引される先物取引は、江戸時代に大坂の堂島で行われた米(こめ)取引が先駆けだった。

ただ、それらの取引がデリバティブという専門用語として、世界の金融界に登場するようになったのは一九八〇年代の初期だ。

日本では、八〇年代の半ばに株式の先物取引やオプション取引が開始されるようになった。大手銀行を中心にスワップ取引などが盛んになったのは、九〇年前後からだ。

しかし、デリバティブ取引のリスクは大きい。

二百三十年の歴史を誇る英国の名門銀行のベアリングズ社が一九九五年二月に、ついに倒産に追い込まれた。同社は日本の株価指数先物取引の失敗によって、経営の破綻(はたん)を招いた。遣り手のトレーダーが日本の株価は上がると読み、約七千億円の先物を買っていた。しかし、思惑は大きく外れてしまった。

日本でも、創業八十五年の日本酸素が金利スワップ取引で百十九億円もの損失を出した。

デリバティブ取引には金利負担を軽減したり、為替相場によってリスクを抑(おさ)えるとい

うメリットもある。また、少ない元金で大きな金額の取引ができることも魅力の一つだ。うまくいけば、巨額が転がり込む。しかし、一歩間違えたら、巨大な損失に泣くことになる。きわめてリスキーな投資と言えよう。

部屋に押し入るか。見城は意を固めた。

そのとき、歩廊に足音が響いた。複数だった。

見城は素早く耳のレシーバーを外した。

五〇四号室の前に、夫婦らしい中年の男女がたたずんでいた。どちらも怪しむような表情だった。

「そこで、何をしてるんです？」

男のほうが声をかけてきた。

「内偵捜査ですよ」

「警察の方なんですか？」

「ええ、まあ」

見城は返事をぼかし、ドアから盗聴マイクを引き剝がした。五〇四号室の者に一一〇番されたら、面倒なことになる。

外で張り込んで、ロペスか織笠という男を締め上げることにした。

見城はエレベーター乗り場に戻った。マンションを出ると、ローバーの横に巨漢が立っていた。レスラー崩れのクラッシャー大室だ。

「病院乗っ取り屋の小幡はどこにいる？」

見城は訊いた。巨身の元プロレスラーは薄く笑ったきりだった。

「おれに何か用かっ」

見城は身構えた。

「ちょっとつき合ってくれ。面白い所に連れてってやるよ」

「リッチマンの娘たちは、どこで飼ってるんだ！」

「さあな」

クラッシャー大室がポケットから、パイプ銃のような物を取り出した。小型のデリンジャーに似ていた。銃弾は一発しか装塡されていないのだろう。

見城は、それほど恐怖を感じなかった。

深呼吸したとき、肩口を李のような塊が掠めた。それは分銅付きの鎖だった。振り向くと、黒ずくめの男が立っていた。見城は道端に走ろうとした。その瞬間、クラッシャー大室の右腕が前に突き出された。

見城は脇腹に衝撃を覚えた。

体内にめり込んだのは、拳銃弾ではなかった。岩塩のような物体だった。

銃声は聞こえなかった。ゴム式のパイプ銃で、どうやら麻酔弾を撃ち込まれたらしい。

見城は助走をつけて、路面を蹴った。元レスラーの厚い胸板に、飛び膝蹴りを見舞う。クラッシャー大室は少し体をふらつかせたが、倒れなかった。

見城は着地し、今度は後ろ回し蹴りを放った。

癪だが、大男には届かなかった。見城はバランスを崩し、路上に転がった。ほとんど同時に、腰に分銅を叩きつけられた。

「くそっ」

見城は立ち上がろうとした。

だが、足腰に力が入らない。全身の筋肉が痺れ、目がぼやけはじめた。路面に崩れた。

それから間もなく、見城は意識が混濁した。

冷たさで、我に返った。

見城は両手首を太い縄で縛られ、滑車で井戸の中に吊り下げられていた。

胸まで井戸水に浸っている。服は脱がされていなかった。靴も履いている。水を吸った衣服が、やけに重く感じられた。

どれほど意識を失っていたのだろうか。

手首が痺れて、まるで感覚がなかった。なんとかして、ここから出たい。

見城は顔を上げた。井戸は円形だった。縁まで、五、六メートルはありそうだ。

取水口のほぼ真ん中に太い丸太が横に渡され、そこに滑車が取り付けてあった。夜空には、淡く星が瞬いている。

見張りは井戸の近くにはいなかった。葉擦れの音が、かすかに響いてくる。

見城は右手首を捩って、張り詰めたロープを摑んだ。左手首も回してみたが、縄を摑むことはできなかった。

見城は片腕懸垂の要領で、上に体を動かしてみた。
二、三十センチは浮くが、それ以上は無理だった。水を含んだ衣服の重さを加えれば、優に八十キロ以上の重さになるだろう。
それだけの体重を片腕だけで支えつづけることは難しかった。

見城は、立ち泳ぎをする要領で両脚を動かしてみた。靴の先が、井戸の内壁に辛うじて届いた。

両脚をいっぱいに伸ばすと、靴の底がなんとか内側の壁面に達した。土踏まずに力を込める。水の中で、体を支えることができた。

そのままの姿勢で、ふたたび片腕懸垂を試みる。

両足で体重を支えている分だけ、楽に上昇できた。左手もロープに届いた。

見城は両手足を使って、少しずつロープをよじ登りはじめた。

すぐに足を滑らせ、元の位置まで落ちてしまった。

忌々しかった。気を取り直し、再度チャレンジする。焦らずに、少しずつ取水口に迫っていく。

やがて、丸太に両手が届いた。井戸の縁に足を掛け、井戸から出た。

周囲は雑木林だった。

左側に二階建ての大きなロッジがあった。誰かの別荘らしい。夜風が草や牛の匂いを運んでくる。そう遠くない所に、牧場があるようだ、虻の羽音が聞こえた。

見城は丸太や滑車を引きずって、すぐさま林の中に入った。ひとまず縛めを断ち切らなければならない。

見城は林の奥まで分け入り、下生えに両膝をついた。滑車を膝頭の間に挟みつけ、車の角張った所にロープを宛てがい、根気よく擦りつづけた。

十分ほど経過すると、湿った縄がようやく切れた。

見城は手首のロープをほどき、滑車を支えていた丸太を引き抜いた。バットほどの長さだったが、太さは大人の拳ほどだ。

見城は丸太を手にして、雑木林を出た。

中腰で山荘の周りを一巡してみる。ロッジは明るかったが、どの窓も雨戸が閉まっていた。

玄関の前の車寄せには、見覚えのあるクラウンが駐めてあった。

少し離れた場所に、見城のローバーが放置されている。二人組のどちらかが、遙のマンションの前から、ここまで運転してきたようだ。

見城はクラウンを先に覗いた。鍵は抜かれていない。

そっと運転席のドアを開け、エンジンキーを抜く。そのまま鍵を繁みの中に投げ捨てた。これで、車は使えないだろう。

見城は自分の車の中に入った。

やはり、エンジンキーは差し込まれたままだった。静かに引き抜き、濡れた上着の右ポケットに入れる。車に妙な細工をされた気配は感じられなかった。

見城は山荘の方に引き返した。

表札の類は見当たらなかった。見城はテラスに上がり、雨戸の隙間に目を近づけた。

サロン風の広い部屋に、裸の女たちが十四人いた。

女たちは、大物政財界人の娘や孫娘にちがいない。いずれも足枷を嵌められている。足首に括りつけられた鉄の球は、マスクメロンほどの大きさだった。

五人は首に太い革のベルトを掛けられていた。それには、銀色の鎖が繋がっていた。

元レスラーのクラッシャー大室は二人の女を床に這わせ、交互に男根を抜き挿ししていた。

黒ずくめの男は六人の女を横一列に正坐させ、順番に口唇愛撫を強いていた。

拒絶する女は、ひとりもいなかった。性的な奉仕をしなければ、麻薬にありつけないことを知っているからだろう。

残りの六人の女は虚ろな表情だった。薬物依存症になっていることは明らかだ。中には苛立ったり、怯えているように見える者もいた。

十四人とも、どことなく垢じみていた。髪の毛も、そそけ立っている。めったに入浴はさせてもらえないのだろう。

山荘の中に入ったら、女たちを楯にされるかもしれない。二人組を表に誘き出したほうがよさそうだ。

見城は丸太で雨戸を強く叩きはじめた。

クラッシャー大室が二人の女の尻を蹴りつけ、だぶだぶのスラックスの前を整えた。

黒ずくめの男も裸の女たちから離れ、分銅付きの鎖を掴み上げた。短杖に似た柄は真っ黒だった。

男は十手を想わせる奇妙な形状の武器をベルトに挟んだ。

釵だった。沖縄古武道の武具である。

十手のような造りだが、先端は鋭く尖っている。十手の鍔は片翼だけしか付いていない。だが、釵には両翼がある。その部分は外側に迫り出す形で、大きく彎曲していた。

大広間の電灯が消された。

女たちがざわつきはじめた。二人の男は女たちを叱りつけた。すぐに山荘の中は静かになった。

見城は故意に物音をたてながら、林の中に走り入った。

数分後、山荘の中から二人の男が飛び出してきた。見城は太い樹木に身を添わせた。

誘いだ。

先に走ってきたのは黒ずくめの男だった。

分銅の付いた鎖を短めに握っていた。樹木が多い。奇妙な武具は有効には使えないだろう。後から駆けてきた元プロレスラーは丸腰のようだ。

見城は黒ずくめの男が眼前まで迫ると、樹木の陰から出た。

男が立ち竦んだ。見城は丸太を上段から振り下ろした。面を狙ったのだが、男が上体を傾けた。丸太は相手の肩口に当たった。

男が分銅を投げつけてきた。

見城は躱した。もう一度、面打ちを試みると見せかけ、男の喉笛を突いた。

男がくの字になった。

見城は丸太を水平に薙いだ。男の胴が鈍く鳴る。見城は踏み込んで、相手の金的を蹴り上げた。睾丸だ。

黒ずくめの男が呻いて、膝から崩れた。

見城は、男の顎を蹴りかけた。男が腰から釵を引き抜いた。釵が逆手に握られた。尖った先端が、見城の軸足の甲に突き立てられそうになった。

見城は丸太で、男の胸を力任せに突いた。

黒ずくめの男が尻餅をつく。見城は丸太を上段に振りかぶった。

その瞬間、背後から左腕とベルトを掴まれた。クラッシャー大室がいつの間にか、後ろに回り込んでいた。見城は強い力で後方に引き込まれた。

巨漢の首は見城の腋の下に潜っていた。

見城は体が宙に浮くのを感じた。丸太が手から離れた。バックドロップだった。見城は、背中を地べたに叩きつけられた。

起き上がる前に、左腕を封じられた。腕十字固めだった。

見城は痛みを堪（こら）えて、クラッシャー大室の右の足首を捻った。

元レスラーが短い悲鳴を放つ。十字固めが緩（ゆる）んだ。見城は跳ね起き、大男の腹を蹴り込んだ。

黒ずくめの男が気合を発して、高く飛翔（ひしょう）した。奴が頭上から垂直に落ちてくる。

見城は数歩退（さ）がり、男のこめかみに横蹴りを入れた。黒ずくめの男は、クラッシャー大室の上に倒れ込んだ。

次の瞬間、大男が凄（すさ）まじい声をあげた。奴が元レスラーの太腿（ふともも）に突き刺さっていた。

「ドジだな、おまえら」

見城は嘲笑し、二人の男の肩口を丸太で思うさま打ち据（す）えた。男たちは転げ回りはじめた。

そのとき、ロッジで小さな爆発音がした。

山荘が火に包まれたら、足枷を嵌（は）められた十四人の女たちは自由に動けない。敵の男どもは、もう逃げられないだろう。

見城は山荘に走った。

建物の裏側が燃えていた。見城はテラスの雨戸を丸太でぶち破り、大広間に躍(おど)り込んだ。

女たちがサロンの隅に固まって、恐怖に戦(おのの)いていた。

見城は女たちをひとりずつロッジの外に連れ出した。その直後、大音量とともに山荘が爆(は)ぜた。ロッジは、みるみる炎上しはじめた。

「みんな、ここにいるんだ。すぐに戻ってくる」

見城は女たちに言いおき、林の中に舞い戻った。

二人の男は掻き消えていた。傷ついた体では、そう遠くまで逃げられるわけはない。

見城は地面に耳を押し当てた。

乱れた足音が、かすかに伝わってきた。見城は足音のした方に走った。雑木林の向こう側は、なだらかな丘になっていた。

大男と黒ずくめの男は、パラグライダーのハーネスを装着中だった。

見城は全速で駆けた。二人の男が追っ手に気づき、丘の斜面を駆け降りはじめた。

グライダーが風を孕(はら)んだ。

二人が離陸(テイク・オフ)する。見城は、全速で駆けた。

だが、間に合わなかった。大男たちはうまく風に乗り、丘の下に降下していった。ほどなく二人の姿は闇（やみ）に溶け込んだ。

「くそったれ！」

見城は大声で吼（ほ）え、女たちのいる場所に駆け戻った。

やはり、十四人は都内で拉致（らち）された政財界人の娘や孫娘だった。海老原朝美は数日前に江戸川放水路で全裸死体で見つかっている。ほかに二人が、もう自宅に戻っていた。

残りは十四人だ。ここは朝霧高原の外れだという。

「いま、警察に連絡してやる。みんな、自分の家に帰れるんだ」

見城は誰にともなく言って、ローバーに駆け寄った。自動車電話で静岡県警に事件の通報をする。

朝霧高原は富士山の西側の山裾（やますそ）に拡がる高原だ。少し北上すれば、もう山梨県の上九（かみく）一色村（いしきむら）だった。

見城は電話を切ると、女たちのいる所に戻った。

十四人は肩を抱き合って泣いていた。見城は必要なことを探（さぐ）り出したら、パトカーが駆けつける前に姿を消すつもりだ。

3

どのテレビ局も同じニュースを報じていた。

一連の拉致監禁事件に関するニュースだった。画面には、朝霧高原の焼け落ちた別荘が映し出されている。十四人の被害者は全員、無事に保護された。

見城はリモート・コントローラーで幾度もチャンネルを換えた。

一刻も早く燃え尽きた山荘の所有者名を知りたかった。おおよその見当はついていた。

おおかた小幡隼人か、親和交易の織笠専務の山荘だろう。そうでなければ、どちらかの知人のロッジだったにちがいない。

見城はパジャマ姿だった。数十分前に目覚め、すぐにテレビの前に坐ったのだ。

もう正午を過ぎていた。朝霧高原から戻ったのは明け方近い時刻だった。

てっきり里沙がベッドで眠っていると思っていたが、彼女はいなかった。気が変わって、昨夜はやって来なかったのだろう。

後で里沙のマンションに電話をしてみるつもりだ。見城は煙草に火を点けた。

数秒後、画面に男の報道記者が映し出された。

「こちらは朝霧高原の現場です。救出された女性たちの証言通り、焼けたロッジの地下室で鉄球の付いた足枷や滑車が見つかりました。そして、耐火金庫の中には大量の麻薬が入っていました」

報道記者が間を取った。

「その内訳は、覚醒剤六十キロ、ヘロイン百十キロ、コカイン九十キロ、乾燥大麻二十三キロ、大麻樹脂十八キロ、さらに数種の混合麻薬の錠剤が約千錠です。犯人グループは、拉致した女性たちに麻薬を頻繁に投与し、薬物依存者に仕立てていたと思われます。被害者の半数近くの家族が、犯人グループに億単位の麻薬代を要求されていたことを認めています。その金額や受け渡しの日時など詳しいことは、まだわかっていません」

縁なし眼鏡をかけた三十三、四歳の報道記者が取材ノートを引っくり返し、ふたたびカメラに顔を向けた。

「警察の調べで、この別荘の所有者は民自党の国会議員市毛崇さんの後援会会長とわかりました。市毛議員は三十代の後半で入閣を果たしたエリート議員でしたが、舌禍事件で大臣職を失いました。市毛議員も別荘の所有者も、事件への関与は強く否定しています。これで、現場からの報告を終わります」

画面から、報道記者の顔が消えた。

市毛崇が黒幕ということも考えられる。見城はそう思いながら、煙草の火を揉み消した。

四十四歳の市毛は通産（現・経済産業）大臣のポストを失うまで、スター議員だった。テレビや雑誌にしばしば登場し、茶の間の人気を集めていた。

しかし、アジア諸国の国民たちの神経を逆撫でするような暴言を吐き、わずか半年で閣僚から外されてしまった。その後は、党の下働きをやらされているようだった。

インターフォンが鳴った。

見城はテレビのスイッチを切り、インターフォンの受話器を外した。

「鬼塚です」

関東信越地区麻薬取締官事務所（現・関東信越厚生局麻薬取締部）の取締官だった。

「妙なお客さんがお見えだな」

「帆足里沙さんをご存じですね？」

「里沙が何か？」

「昨夜、身柄を押さえました。コカイン所持の容疑です」

「なんだって!?」

見城は受話器をフックに掛け、パジャマのままで玄関に走った。ドアを開ける。

鬼塚が会釈し、玄関口に入ってきた。

「いったい、どういうことなんだ？　説明してくれ」

「うちの玉井課長に密告電話がありまして、帆足さんがコカイン常用者だと……。それで、課長自身が帆足さんの仕事先のパーティー会場に行って、ハンドバッグの中を見せてもらったそうです。そうしたら、百グラムほどのスノーパウダーが入ってたというんですよ」

「里沙は誰かに陥れられたんだろう。彼女は麻薬に手を出すような女じゃない。密告を鵜呑みにするなんて、あんたたち、どうかしてるぞ」

　見城は声を張った。

「しかし、現に帆足さんのハンドバッグにはコカインが入ってたんですよ」

「誰かが里沙を犯罪者に仕立てる目的で、コカインをこっそり入れたにちがいない」

「そういう可能性もあると思って、課長に内緒であなたに会いに来たわけなんですよ。帆足さん、誰かに恨まれてませんでした？」

「里沙を恨む人間なんかいないよ。それより、彼女は中目黒の事務所にいるんだな」

「いいえ。ついさっき、一応、お引き取りいただきました。彼女、鼻腔吸入のことも知らなかったんですよ。で、我々が玉井課長に帆足さんを釈放しないと、後で面倒なことになると……」

「玉井は、里沙に名誉毀損で訴えられることになるな。おたくの課長は、相当な点数稼ぎ屋らしいね」

「ふだんは、そんなこともないんですがね。きのうの晩は、なぜか強引でした。それから、麦倉亮子が新種の混合麻薬の潜入捜査を申し出たときも、どうしてか強硬に反対したんですよ。まだ未熟だし、女だから、危険すぎると言いましてね」

　鬼塚が言った。

「亮子、いや、麦倉さんは課長の反対を押し切って囮捜査に？」

「結果的には、そういうことになりますね。玉井は、なぜだか新麻薬の捜査にはあまり熱心ではありませんでした。死んだ麦倉は、そのことを訝しんでました。それで彼女は、『課長の身内か誰かが、〝パラダイス〟の密造をしてるのかしら？』なんて冗談を言ったぐらいなんです」

「確かに、妙な話だな。玉井課長に小幡という知り合いは？」

　見城は訊いた。

「よくわかりませんが、そういう名の人物が事務所に電話をかけてきたことはなかったと思います」

「織笠という名に聞き覚えは？」

「いいえ、ありません。その二人はどういう人間なんでしょう？　もしかしたら、あなたは麦倉の弔い合戦のつもりで、新麻薬の密売グループを突きとめようとしてるのではありませんか？」

「そんな暇はないよ。浮気調査で、ここんところ忙しいんだ。小幡と織笠は、ちょっと前に里沙にモーションかけて相手にされなかったんだよ。それで、一応、訊いてみたんだ」

「そうだったんですか」

　鬼塚は納得したようだった。

　話が途切れたとき、固定電話が鳴った。それで、鬼塚は引き揚げた。見城は仕事机に走った。受話器を取る。

「昨夜は事情があって、そっちに行けなかったの」

　里沙が開口一番に言った。

「たったいま、麻薬取締官の鬼塚が訪ねてきたよ。きのうのことは、鬼塚から聞いた。とんだ災難だったな」

「ええ。玉井って課長、何がなんでも、わたしをコカインの常用者にしたいような感じだったわね。それから、あいつ、見城さんのことをいろいろ訊いたの。何か思い当たる？」

「いや、別に何も」

見城はそう答えたが、玉井を怪しむ気持ちを強めていた。

玉井は、新種の混合麻薬(ドラッグ・カクテル)の密売組織に何か情報を提供しているのかもしれない。汚職警官と同じように、麻薬取締官の中にも金や女で釣られて犯罪組織に取り込まれてしまう者がいる。

「わたし、悔しいわ」

「玉井を名誉毀損で告訴する気なら、反骨精神の塊(かたまり)みたいな老弁護士を紹介してやるよ」

「考えてみるわ」

「そうか。里沙、マンションの戸締りは厳重にしといてくれ。おれの仕事で、きみまで巻き添えにしたくないからな」

「危ない調査を引き受けたのね」

「うん、まあ。しかし、もう心配することはないよ。ほぼ真相はわかってるんだ」

「無茶なことはしないでね」

「わかってるよ」

「近々、あなたのお部屋に行くわ」

里沙が電話を切った。

見城は受話器をフックに戻し、資料棚から『会社四季報』を引き抜いた。親和交易の役員欄を見る。専務の織笠善幸(よしゆき)は五十六歳で、一男一女の父親だった。妻は、親和交易の時任修一(ときとうしゅういち)社長の実妹と記されている。

織笠は義兄の時任社長や妻にデリバティブによる巨額の損失を咎(とが)められ、新麻薬で穴埋めする気になったのだろうか。

見城は紳士録を開き、小幡隼人の項を見た。

織笠と小幡は地方競馬の馬主で、どちらも持ち馬を同じ厩舎(きゅうしゃ)に預けていた。さらに、同じ猟友会にも属している。二人に接点はあったわけだ。

見城は、ほくそ笑(え)んだ。

今度は民自党の市毛崇議員のことを調べてみる。三人の共通点は、すぐに見つかった。市毛、織笠、小幡の三人は、いずれも中部地方にある同じ県の出身者だった。三人が県人会などで顔を合わせている可能性は高い。

しかし、三人が共謀する動機がやや弱い気がする。デリバティブで大火傷をした織笠と病院経営に四苦八苦している小幡が、まとまった金を欲しがったことはすんなりと理解できる。

だが、市毛議員の妻の実家は大変な資産家だ。経済的に苦しいとは思えない。おそらく市毛の狙いは金銭ではないのだろう。

舌禍事件を起こして以来、市毛をバックアップしていた民自党のベテラン議員や財界人が彼から遠のいたという記事が何かの雑誌に載っていた。

見城は、拉致された女性たちの父親や祖父の名をひとりずつ思い起こしてみた。すると、市毛に見切りをつけた政財界人ばかりだった。

市毛の目的は自分から離れていった大物政財界人への復讐だったにちがいない。森脇の場合は、どうだったのか。

見城はブラザータイヤの本社ビルに電話をかけた。少し待つと、電話は社長室に繋がった。

「朝霧高原で監禁されていた女性たちを救い出した謎の男というのは、あなたなんですね？」

森脇が唐突に訊いた。

「謎の男のことはテレビのニュースで知ってますが、わたしではありません。昨夜は南青山の馴染みの店で明け方まで飲んでましたんで」

「しかし、十四人の女性は口を揃えて、その男性が黒いローバーに乗って走り去ったと……」

「ローバーは特に珍しい車じゃないでしょ？」

「ええ、それはそうですが」

「結衣さんの様子はいかがです？」

見城は話を逸らした。

「おかげさまで、少しずつ明るさを取り戻しつつあります。時々、気だるげに庭をぼんやりと眺めたりしていますが……」

「そういうことが度々つづくようなら、一度、医者に診せたほうがいいでしょうね」

「そうします。ところで、何か？」

「あなたは、民自党の市毛議員と親しくされていた時期があったのではありませんか？」

「ええ、彼が舌禍事件を起こすまではね。しかし、あのようにアジア人全体を傷つけるような発言は赦せません。若い政治家なので、だいぶ期待していたんですがね。あの暴言には失望させられました」

「それまでは、政治活動資金などの面倒を見られてたんでしょ？」

「ええ。法に触れない範囲で、できるだけ経済的な援助はしました。しかし、失脚してからは縁を切ったも同然でしたね」

森脇が言った。

「それじゃ、市毛議員に逆恨みされてるかもしれないな」

「恨まれてるようです。一年あまり前に、ある経済人の告別式で顔を合わせたとき、『わたしが総理大臣になったら、ブラザータイヤをぶっ潰してやるからな』と真顔で凄まれました」

「そんなことがあったんですか」

「見城さん、まさか市毛議員が一連の事件に絡んでたというわけでは……」

「それが、どうも絡んでるようなんですよ」

「えっ!? 信じられない話です。いくらなんでも大臣まで務めたことのある男が、あんな愚かなことを考えるなんて」

「少し調べてみるつもりです。何かわかったら、お教えしましょう」

見城は通話を切り上げた。

奥の寝室に入り、手早く外出の支度をする。

友浦遙、ロペス、薬剤師の末松などを締め上げ、口を割らせる気だった。見城は自宅マンションを出ると、近くにあるレンタカー営業所に向かった。

ダークグレイのカローラを借り、『東京フィットネス・パレス』に急いだ。しかし、遙は無断欠勤していた。余丁町の自宅マンションにも行ってみたが、留守だった。

見城はボリビア大使館に回った。

英字新聞の記者に化けて、ロペスの取材をしたいと申し込んでみたが、けんもほろろに断られてしまった。当然、自宅の住所も教えてくれなかった。

見城は親和交易の本社ビルに車を走らせ、夕方まで張り込んでみた。堤や織笠が社内にいることは電話で確かめてあったが、どちらも姿を見せなかった。

見城は渋谷の『小幡エンタープライズ』のオフィスにも行ってみた。しかし、小幡隼人は外出中らしかった。のんびりと張り込んでいる時間はない。見城は、レンタカーを温心会病院に走らせた。

病院に着いたのは午後七時半ごろだった。

すでに末松は二時間も前に帰ったとかで、職場にはいなかった。見城はカローラを大岡山に向けた。数十分で、目的地に着いた。

末松が借りているマンションの前には、覆面パトカーや鑑識の車が縦列(じゅうれつ)に並んでいた。

報道関係者の車も、あちこちに見える。

立入り禁止のロープが張られ、マンションには近づけない。見城はカローラを路上に駐め、野次馬のひとりに声をかけた。

「何があったんです？」

「三〇三号室に住んでた薬剤師さんが殺されたって話ですよ」

初老の職人っぽい男が答えた。

「どんな殺され方をしたんでしょう？」

「さあ、そこまではわかりません」

「そうですか。どうも！」

見城は人垣から離れた。そのとき、毎朝日報の社旗を付けたセルシオが目に留まった。あたりを見回すと、近所の主婦らしい中年女性に何か訊いている唐津の姿が目に留まった。見城は唐津に歩み寄り、取材が終わるのを待った。

気配で振り向いた遊軍記者が、驚きの声をあげた。

「びっくりしたな。ずっとそこにいたのか？」

「いや、ちがいます。温心会の薬剤師が殺されたとか？」

「そうなんだ。末松という男でね、どうも硝酸ストリキニーネをコーヒーの中に入れられたようなんだよ」

「確か温心会の棟方とかいう院長が、硝酸ストリキニーネで自殺したでしょ？」

見城は言った。

「それが、どうも他殺の疑いが濃くなってきたんだよ。棟方院長は死ぬ前夜に、盛岡に嫁いだ娘の家に電話をして、小学生の孫に『来週遊びに行くからね。お土産は何がいい？』なんて言ってたらしいんだ。翌日に死のうとしてる人間が、そこまで冷静でいられるかい？　それに、孫に嘘をつくようなことはしないと思うんだ」

「しないでしょうね」

「副理事長の小幡と経営上のことで対立してたこと以外に、棟方にはこれといった悩みはなかったようなんだ。そんなことで、捜査当局は他殺の線で洗い直しはじめてるんだよ」

唐津が言った。

「棟方院長と末松とかいう薬剤師を殺ったのは、同一人と考えられますね」

「こっちも、そう考えてる」

「薬剤師が毒殺される前に、来客はあったんですか？」

「ああ。夕方、末松の部屋に黒い鍔広帽を被った二十六、七歳の女が入っていったのを同じ階の入居者が目撃してるんだ」

「女の特徴は？」

「垢抜けた美人だったそうだよ」

「その女の身許は判明したんですか？」

「いや、警察もわれわれもまだ……」

「そうですか」

見城は興味なさそうに応じた。鍔広帽の女は友浦遙と思われる。遙は織笠に頼まれ、末松が立った隙にでもコーヒーにこっそり毒物を入れたのだろうか。

　末松が葬られたのは、新種の混合麻薬の錠剤化を手がけていたからにちがいない。昨夜、朝霧高原の山荘は警察に知られてしまった。首謀者は捜査の手が自分に伸びてくることを恐れ、末松の口を封じたのだろう。

早い時期に『小幡エンタープライズ』の栗原を始末したのも、同じ理由からと考えられる。栗原が勝手に〝パラダイス〟や〝クライマックス〟を街で売り捌いていたら、早晩、警察の目に留まることになるだろう。そうなったら、黒幕も安泰ではいられなくなる。

「なんだって、おたくがこんな場所にいるんだ!?」

唐津が、どんぐり眼をしばたたいた。

「この先に友人の家があるんですよ」

「友人って、どこの誰？　それを教えてくれ」

「プライベートなことだから……」

「また、そうやって空とぼける。一連の拉致事件と麻薬のことを洗ってるんだろうが？　手札を見せ合って、情報交換しようじゃないか」

「いつも唐津さんは考えすぎですよ。おれ、ちょっと急ぐんで、また！」

見城はレンタカーに駆け寄った。

後ろで唐津が毒づいたが、そのままカローラに乗り込んだ。少し後ろめたかった。

もう一度、遙のマンションに行ってみることにした。見城は車を発進させた。環七通りに向かうと、路地から数台ずつ単車が出てきた。

カローラは、たちまち二十台ほどのバイクに取り囲まれた。

ライダーは全員、フルフェイスのヘルメットを被っていた。目のあたりしか見えないが、明らかに女ばかりだった。

「どこの女暴走族か知らないが、しつこくじゃれつく気なら、少し痛めつけるぞ」

見城はパワーウィンドーを下げ、女ライダーたちに怒鳴った。

と、ひとりが鉄パイプでリア・シールドを打ち砕いた。別の者がオートバイブーツで、レンタカーの車体を蹴った。それに倣う者が続出した。

「おっさん、上等じゃねえかっ」

リーダーらしい女が七百五十ccのバイクのタイヤで、運転席のドアをへこませた。

どうやら行きずりの女暴走族ではなさそうだ。おそらく、敵の手引き役だろう。

見城は、そう直感した。

「おっさん、ビビってんのかよっ。あん？」

「どっか人気の少ない場所でケリをつけようじゃないか。案内してくれ」

「従いて来なっ」

黒革のジャンプスーツの女が、巧みなハンドル捌きで先頭に立った。

見城は二十台あまりの単車に前後左右を封じられる恰好で、カローラを低速で走らせつづけた。連れ込まれたのは、砧公園の一隅にある広い運動場だった。

ライダーたちはカローラの周りを旋回しながら、鉄パイプや棒切れで代わる代わるに車体を叩きはじめた。

見城は車を降りた。

そのとたん、バイクが次々に猛進してきた。威嚇ではなかった。本気で襲ってくる。

鉄パイプや棒切れが唸りつづけた。

見城は山吹色の綿ブルゾンを脱ぎ、それでライダーの顔をはたいた。凶暴な相手には回し蹴りを浴びせ、車体ごと土の上に落とした。

「くたばれ！」

革のジャンプスーツの女が高く叫び、ホンダの大型バイクで真っ正面から突っ込んできた。

見城は横に跳び、リーダー格の女に右流し突きをくれた。拳は相手の腋の下に入った。女が悲鳴をあげ、バイクから転げ落ちる。

大型バイクは斜めに傾きながら、しばらく滑走した。見城は倒れた単車に駆け寄り、すぐに引き起こした。

バイクに跨がり、仰向けで唸っている女リーダーの前まで走る。いったんブレーキをかけ、太いタイヤを女の股の上に載せた。

妹分たちのバイクが一斉に突っかけてくる動きを見せた。

「みんな、引っ込んでろ！　退がらないと、リーダーの大事なとこと腹がぺちゃんこになっちまうぞ」

見城は切れ長の目を攣り上げた。

妹分たちのバイクが七、八メートル後退した。どの顔も不安げだった。

「誰に頼まれた？」

見城はタイヤの下の女に訊いた。

返事はなかった。見城はシートに尻をゆっくりと落とした。タイヤが女の恥丘を圧(お)し潰しかけている。

見城は、わずかにスロットルを動かした。

すると、女リーダーが喚いた。

「重い！　痛(いて)え。やめろよ、てめえ！　あたしの腹ん中にゃ、ガキがいるんだ」

「ヤンママになりたかったら、素直に吐くんだな。まだ突っ張る気なら、もっと吹かす」

「くそ！　麻薬取締官(マトリ)の玉井さんに頼まれたんだよ。あたし、先月、覚醒剤(スピード)で検挙(アゲ)られたんだ。だけど、あたしが妊娠してるんで、玉井さん、見逃してくれたんだよ」

「玉井に借りを返したかったってわけか」

「そう。悪いかよっ」

「玉井は、おれを轢(ひ)き殺せって言ったんだな？」

見城は確かめた。

「そこまでは言ってねえよ。あんたが当分の間、動き回れないようにしてもらえたら、ありがたいって……」

「そうか。おまえ、なんて名なんだ？」

「亜美だよ」

「そろそろ暴走族を卒業して、いいガキを産むんだな」

「うるせえ！　大人ぶって、説教垂れてんじゃねえよ。あたしがどう生きようが、あたしの勝手だろうがっ」

亜美が涙声で虚勢を張った。

仲間のライダーたちは、すっかり戦意を失っていた。一様にうなだれている。

見城はスタンドを起こし、ホンダのエンジンを切った。レンタカーに乗り込み、煙草をくわえる。

百面鬼に、玉井稔の弱みを探ってもらうか。

見城は煙草に火を点けた。ひと汗かいたあとの一服は、格別にうまかった。

4

玉井の顔が蒼ざめた。

見城は冷笑し、コーヒーテーブルに写真を並べはじめた。

関東信越地区麻薬取締官事務所（現・関東信越厚生局麻薬取締部）の捜査一課である。

午後九時過ぎだった。二人のほかには誰もいなかった。レンタカーを返し、自分の車でここに来たのである。

写真には、玉井が押収品の覚醒剤十キロを四国の暴力団関係者に売り渡しているシーンが鮮明に写っていた。十数葉の写真は、どれも百面鬼が隠し撮りしたものだった。剃髪頭のやくざ刑事は、そのときの会話もＩＣレコーダーで録音してあった。

「だ、誰がこんな写真を!?」

「おれの知り合いの刑事が撮ったんだよ。密談音声のメモリーもある」

「なんてことなんだ」

玉井が頭髪を掻き毟った。

「あんたは押収品の覚醒剤十キロを高松の暴力団に三千万円で売った。その事実が明るみに出たら、もう明日はない。それだから……」

「魔が差したんだよ。受かるはずがないと思っていた息子が、ある私大の医学部に合格したんだ。それで、どうしても高額の入学金を工面（くめん）しなければならなくなったんだよ」

「親も大変だな」

見城は上着の右ポケットにさりげなく手を入れた。そこには、高性能のＩＣレコーダーが収まっていた。録音スイッチを押す。

「写真とＩＣレコーダーのメモリーを譲ってもらえないか。頼む、わたしを救（たす）けてくれ」

「いくら出す？」

「一千万ぐらいなら、なんとか掻き集められるかもしれない」

「そんな端金（はしたがね）を貰う気はない」

「足りない分は、押収品の麻薬（ヤク）を回すということで勘弁してくれないか」

「おれに同じ犯罪（ヤマ）踏ませて、てめえの悪さをチャラにする魂胆（こんたん）か。汚ない野郎だっ」

「そんなつもりはない。嘘じゃないよ」

「口止め料の話は後（あと）にしよう。昨夜（ゆうべ）、亜美があんたに頼まれて、おれを襲ったことを吐いた」

「やっぱり、そうだったのか。おたくが現われたとき、そう直感したんだ」

玉井が、また髪の毛を搔き毟った。

「あんたは、誰の情報提供者だったんだっ。小幡か？　織笠か？　それとも、市毛なのか！」

「織笠さんだよ」

「何か弱みを握られて、引きずり込まれたんだなっ」

「いや、そうじゃないんだ。織笠家には恩義があったんだよ」

「恩義？」

「わたしの家は代々、織笠家の小作人だったんだ。戦後の農地解放でわが家もようやく自分の田畑を持てるようになったが、それまでは織笠家の援助がなければ、とても暮らしていけないほど貧しかったんだよ。わたしの父は、織笠家の先々代の当主に学費を出してもらって、旧制中学を出たんだ。父の妹も、嫁入り道具を織笠家に揃えてもらった」

「時代錯誤も甚だしいな。戦前は小作人が大地主どもに搾取されてたんだ。その程度のことをしてもらったからって、別に恩義を感じることはないだろうが」

見城は言って、煙草に火を点けた。

「おたくは都会育ちなんだろうな。わたしが生まれ育った山村は、いまも戦前の主従関係が尾を曳（ひ）いてるんだよ。本家と分家の格式も微妙に違う」

「そんな話は聞きたくもない。混合麻薬（ドラッグ・カクテル）の〝パラダイス〟と〝クライマックス〟の密造を思いついたのは、いったい誰なんだ？」

「織笠さんだよ。それに、小幡と市毛が加わったんだ。織笠さんはデリバティブ取引で百数十億円の損失を出して、義兄から降格させられそうになってたんだよ」

「で、なんとか損失の穴埋めをして、専務のポストにしがみつきたかったわけか」

「そうなんだろう。織笠さんは最初、小幡と二人だけで麻薬（ドラッグ）の密売をやるつもりだったらしい。そんなときに、市毛から大物政財界人の娘や孫娘を誘拐してくれる前科歴のない奴らを集められないかと言われたようだな」

　玉井が言って、長嘆息した。

「それで三人は結託したのか。三人は拉致した女たちを麻薬依存者にして、途方もない〝薬代〟を請求したんだな？」

「ああ」

「それだけでは旨味（うまみ）がないと考え、織笠たちは殺人ビデオを仕組んだんだろ！」

「そこまで知ってたのか!?」

「ちょっと偽装工作が甘かったな。おれは、森脇家に送りつけられたビデオを観たんだよ。結衣の体にのしかかってた栗原は、すでに死んでた。あれだけ体が硬直してりゃ、刺殺されたばかりとは思わないからな」

「わたしは、硬直が緩んでからにしたほうがいいと織笠さんに言ったんだが……」

「栗原は混合麻薬を勝手に売り捌いて、小遣い稼ぎをしてた。それで小幡が怒って、自分の番犬の誰かに栗原を殺らせたんだなっ」

見城は煙草の火を消しながら、玉井を見据えた。

「殺ったのは元プロレスラーだったと聞いてる」

「クラッシャー大室か。釵の使い手は何者なんだ？」

「名護用高は沖縄で空拳道を教えてたらしいが、それだけでは喰えなかったそうだ」

「第三海保に身柄を押さえられた二人組は？」

「片方の耳がカリフラワーのように潰れてるのが盛山昌裕、もう片方は花岡北斗だよ。盛山はシュート・ボクサーで、中国拳法の心得もあるらしい。花岡は、柔術と少林寺拳法の有段者だという話だったな」

「四人とも、小幡が集めたのか？」

「そうだ。小幡という男は、武道家が好きらしいんだよ」

「話を戻すが、殺人ビデオで結衣のほかに人殺しに仕立てられたのは？」

「六人だったと思うよ。それぞれの身内から、十億円ずつ脅し取ったようだね」

「細工した殺人ビデオで、まんまと六十億円も強請り取りやがったのか。ほかにも、薬代をせびってたんだろっ。そっちは、いくらずつ脅し取ったんだ？」

「正確なことはわからないが、おそらく数億円ずつ……」

「なら、総額で百億円前後になる計算だな」

「多分、もっと多いだろう」

玉井が伏し目がちに言った。

「麦倉亮子は、あんたに殺されたようなもんだな。あんたが亮子の動きを織笠に逐一報告したから、彼女はあんなことになってしまった」

「まさか殺すとは思ってなかったんだ。わたしは織笠さんに、麦倉亮子を麻薬依存者にするだけにしてくれと頼んだんだよ。いくらなんでも、自分の部下を殺させるなんてことは惨すぎるからね」

「亮子の喉を掻っ切ったのは、誰なんだ！」

「クラッシャー大室だよ。大室は盛山に手伝わせて、死体をバラバラに切断したようだ」

「てめえらは狂ってる」

見城は吼（ほ）えた。

「そうかもしれないな」

「友浦遙は、織笠の愛人だな。あの女の役割は？」

「彼女は織笠さんに言われて、一連の事件に『東京フィットネス・パレス』が関わっているように見せかける工作をしたんだよ」

「それじゃ、あのスポーツクラブの社長夫人に匿名で混合麻薬（ドラッグ・カクテル）の錠剤を送ったのは遙なんだな？」

「そう聞いてる」

「きのう、遙は薬剤師の末松のマンションを訪ねて、コーヒーに硝酸ストリキニーネを落としたはずだ」

「そのことは知らない。織笠さんは何を考えてるんだろう？　末松がいなければ、〝パラダイス〟や〝クライマックス〟の密造はできないのに」

玉井が小首を傾げた。

「朝霧高原の監禁場所が発覚したんで、織笠たちは薬剤師の末松の口を封じたにちがいない。おそらく小幡の温心会の病院長も自殺に見せかけて殺してるな」

「それは当たってると思うよ。末松は混合麻薬（ドラッグ・カクテル）の錠剤化に必要な薬品を勤め先から盗み出してるところを、運悪く院長に見られてしまったという話だったから」

「なるほど、院長はそれで消されたわけか。捜査の手が自分たちに迫ったら、織笠はロペス二等書記官や連絡係の堤も始末する気なんだろう。その二人だけじゃなく、きっとあんたも消されるな」

見城は言った。

玉井の顔が一段と白くなった。開きかけた唇は、わなわなと震えている。

「混合麻薬（ドラッグ・カクテル）の密造所は、どこにあるんだ？」

「織笠さんが葉山に持ってるリゾートマンションだよ。末松は、そこで混合麻薬の錠剤をせっせとひとりで造ってたんだ」

「そのリゾートマンションの名は？」

「『葉山シーサイド・コーポラス』だよ。織笠さんのセカンドハウスは一〇〇一号室だ」

「そうか。ここで、話を整理しておこう。小幡が元レスラーたち四人を使って、大物政財界人の娘や孫娘を拉致させた。織笠はロペスの外交特権を利用して、カリ・カルテルから各種の麻薬を買った。末松が錠剤化した新種の混合麻薬（ドラッグ・カクテル）で女たちを麻薬依存者にして、その弱みと仕組んだ殺人ビデオで大物政財界人たちから百億円以上を脅し取った。

間違いないな？」

　見城は念を押した。

「ああ」

「民自党の市毛議員は逆恨み（さかうら）してる大物政財界人をリストアップして、後援会長の別荘を提供しただけなのか？」

「織笠さんの話だと、そうだよ」

「ということは、脅し取った銭（ぜに）は織笠と小幡が山分けしたんだ？」

「多分ね」

「織笠は口が軽い男なんだな」

「どういう意味なんだ？」

　玉井が訊いた。

「単なる内通者に、危い（ヤバ）話をそう簡単に喋る（しゃべ）かい？　あんたも深く事件に絡んでるんだろうが！」

「わ、わたしは麦倉君のことを洩らし（も）ただけだよ」

「それから？」

「何を言ってるんだっ。ほかには何も悪いことなんかしてない。ただ、時々……」

「つづけろ!」

「あんたをこっそり尾けて、大室たちが動きやすいようにしただけだよ」

「織笠は、いくらくれたんだ?」

「金なんか貰ってないよ」

「きれいごとを言うんじゃない!」

見城はコーヒーテーブルを玉井に押しつけた。テーブルの角が、玉井の膝の下を圧迫している。

「五千万貰ったよ」

「息子の学費として、貯金でもしたのか?」

「そうだよ。医者になるまでには、大変な金がかかるんだ。しかし、わたしは何としてでも倅を医者にしてやりたかったんだよ。息子が一人前のドクターになれば、貧しい小作人を何代もつづけてきた玉井一族にも光が当たりはじめるかもしれないじゃないか」

「そいつは明治時代か、大正時代の発想だな。いまの世の中では、医者なんて大した職業じゃないぜ」

「それでも、サラリーマンや公務員なんかよりは収入がはるかに多いし、社会的地位だって……」

　玉井がコーヒーテーブルを元の位置に押し戻し、ソファから立ち上がった。

「何をする気なんだ？」

「煙草とライターを取ってくるだけだ。逃げやしない」

「怪しいな」

　見城は口の端を歪(ゆが)めた。

　玉井が自席に歩み寄り、机の引き出しを開けた。動作がぎこちない。何か企んでいるようだ。

　見城は組んでいた脚を床に下ろした。

　玉井が体ごと振り返った。右手に、銃身の短い輪胴型拳銃(リボルバー)が握られていた。

「知り合いの刑事が高松で録音したっていう密談音声のメモリーをテーブルの上に置いて、おとなしく帰るんだな」

「ここで、ぶっ放す度胸があるか？」

　見城は腰を浮かせた。

「坐れ！　坐って、早くＩＣレコーダーのメモリーを出すんだっ」

「撃(ハジ)けるかな、あんたに」

「こっちに来るな」

玉井が撃鉄（ハンマー）を起こした。蓮（はす）の輪切りに似た輪胴（シリンダー）が小さな音をたて、わずかに回った。

見城は前進しつづけた。

引き金（トリガー）を絞ったら、玉井の人生は暗転してしまう。撃ちたくても、撃てるわけはない。

見城は怯（ひる）まなかった。

玉井が、ぶるぶると身を震わせはじめた。銃口が上下に大きく揺れている。見城はリボルバーを奪い取り、静かに撃鉄を戻した。

ラッチを押し、シリンダーを左横に振り出す。銃口を上に向けると、弾倉から五つの実包が零（こぼ）れ落ちた。

玉井がへなへなと回転椅子に坐り込んだ。

見城はシリンダーを戻し、拳銃を机の上に置いた。それから上着のポケットからＩＣレコーダーを摑み出し、停止ボタンを押した。

玉井の顔が引き攣（つ）った。頰の肉が震え、笑っているように見えた。

「そのレコーダーのメモリーで織笠さんたちを強請（ゆす）るつもりなのか？」

「どうするかは、今夜、ゆっくり考えるよ」

「わたしはどうなるんだ？」

「そのうち、わかるさ。邪魔したな」

見城はコーヒーテーブルの写真を掻き集めると、大股で捜査一課を出た。

一階に駆け降り、ローバーに乗り込んだ。車を麻薬取締官事務所（現・関東信越厚生局麻薬取締部）の横に移動させ、徒歩で駐車場に戻る。

玉井が通勤に使っている白いビスタに忍び寄り、ブレーキオイルのパイプを半分ほど切断した。完全に断ち切ってしまったら、車体の下にすぐに油溜まりができる。そうなったら、玉井に気づかれる恐れがあった。

見城はローバーに戻り、橋の袂まで後退した。

ヘッドライトを消す。

目黒川に架かった橋の向こう側に目的の建物の門が見える。左斜め前だ。

亮子、もうじき仇を討ってやる。ただし、自分の手は直に汚す気はない。玉井には、それだけの値打ちもないだろう。

見城は煙草に火を点け、ヘッドレストに頭を凭せかけた。

玉井の運転するビスタが門から走り出てきたのは、小一時間後だった。ビスタは左のウインカーを灯していたが、曲がりきれなかった。

川の柵を突き破り、対岸の壁に激突した。フロントグリルのひしゃげたビスタは、そのまま川底に落下した。

その瞬間、ビスタは横倒しになった。ほとんど同時に、火が噴いた。
見城はヘッドライトを点け、ローバーを滑らせはじめた。

エピローグ

黒革の鞭が唸った。

喚き声を放っていた裸の女たちが、相前後して口を噤んだ。女は四人だった。

友浦遙、織笠の娘の千絵、小幡の娘の安寿、市毛議員の妻の洋子だ。四人とも、薬物依存症になりかけていた。蒸し暑い晩だった。

「餌をやるから、あんまり騒ぐなよ」

見城は居間の床に、〝パラダイス〟と〝クライマックス〟を撒いた。

四人の女たちは獣のように這い、我先に新種の混合麻薬の錠剤を拾い集めた。全員、すぐに錠剤を齧りはじめた。

九十九里海岸の近くに建つ貸別荘だ。百面鬼の協力を得て、四人の女をここに監禁したのは三週間前だった。

玉井が事故死した翌日から、見城は織笠、小幡、市毛の三人に揺さぶりをかけた。玉井の告白音声をコピーして、それぞれ三人に送りつけたのだ。

すると、敵の三人は元プロレスラーのクラッシャー大室や沖縄古武道で鍛(きた)え上げた名護用高が集めた武闘集団を見城に差し向けてきた。

敵に裏取引をする気がないと判断した見城は、現職刑事の百面鬼に荒っぽい男たちを次々に逮捕させた。それから、四人の女たちを引っさらった。

遙は末松を毒殺したことを認めた。温心会の棟方院長に毒を盛ったのは、小幡自身だった。

「逃げようとする女はいないな？」

見城は、鞭を持った若い女に声をかけた。

ロペスの愛人の吉岡あぐりだ。あぐりは貸別荘に寝泊まりして、四人の人質を見張っていた。見張り役を買って出たわけではない。見城の威(おど)しに屈(くっ)したのだ。

あぐりはロペスには独身と偽っていたが、実は若い人妻だった。夫の吉岡達彦(たつひこ)は国連の職員で、ニューヨークに単身赴任していた。

麻薬の買い付け役のロペスと堤は、ただの雑魚(ざこ)だ。痛めつけるだけの価値もない。見城は二人を見逃してやった。

「みんな、もう混合麻薬(ドラッグ・カクテル)なしでは生きていけないんじゃない？　四人とも、ずっとあなたに飼育されたいと思ってるはずよ」

「おれは飼育者ってわけか」

「ええ、そうね。なぜ、この四人を薬物漬けにしたの？」

あぐりが訊（き）いた。

「彼女たちの愛人、それから父親や夫がなんの罪もない令嬢たちを拉致（らち）して、薬物依存者にしたからさ」

「少しは悪党たちに、被害者側の辛さを味わわせたいわけね？」

「そういうことだよ」

「わたしも混合麻薬（ドラッグ・カクテル）、ちょっと体験してみたいわ」

「そいつはやめてくれ。見張りがラリってたんじゃ、なんの役にも立たない。駄目だ」

見城は首を振った。

その直後だった。誰かが、勢いよく吉岡あぐりに体当たりをした。遙だった。

「見張りのくせに、わたしたちの男にちょっかい出すなんて、生意気よ」

「あんたたちは、見城さんに飼われてるだけじゃないの。別に彼氏なんかじゃないわ」

「いいえ、わたしたち共有の彼氏よ」

二人は、摑みかからんばかりの剣幕で罵（のの）り合った。

「いい加減にしてくれ。おれは誰の彼氏でもない。たまたま四人の相手をしてやったが、ただの退屈しのぎさ」

見城は遙とあぐりを等分に見ながら、きっぱりと言った。

するとう、遙がおもねるように言い直した。

「そうね。あなたは誰の彼氏でもないわ」

「ああ、その通りだ」

「でも、きょうは最初にわたしを抱いて……」

「なに言ってんのよ」

あぐりが遙を突き飛ばし、鞭を振った。威嚇だった。床が高く鳴った。

「くじ引きで順番を決めましょうよ」

市毛の妻が提案した。洋子は三十八歳だったが、まだ肌は張りを失っていなかった。瑞々しい。

「若い順にしてもらいたいわ」

女子大生の織笠千絵が言った。

同年代の小幡安寿が、千絵に同調した。すかさず市毛洋子が切り返す。

「大人の男性には、あなた方のような小娘は物足りないんじゃないのかしら？　やはり、ある程度は熟れてないとね」

「おばさまは少し熟れすぎなんじゃない？」

千絵が雑ぜ返した。議員の妻が柳眉を逆立てる。

「みんな、おれがまとめて面倒見てやらあ」

玄関先で、百面鬼の大声がした。

議員夫人が嬉しそうな顔になった。洋子は素肌に喪服をまとわされ、数日前に憚りのない声をあげていた。

百面鬼が居間に入ってきた。

麻の白いスーツ姿だった。腕には、数枚の喪服を抱えていた。

「百さん、いいところに来てくれたな。三人ほど面倒見てくれないか」

見城は頼んだ。

百面鬼が胸を叩き、洋子、千絵、安寿の三人を二階の寝室に連れていった。

見城は遙と吉岡あぐりに手を引かれ、奥の和室に連れ込まれた。十畳間だった。

畳の上に大の字になると、二人の女は協力し合って見城の衣服を剝ぎ取った。

全裸の遙は、すぐに見城の左側に仰向けになった。あぐりも手早く素っ裸になり、右側に身を横たえた。

二人の女は、ほぼ同時に見城の股間に手を伸ばしてきた。

少しの間、女たちは主導権争いをした。先にペニスを握ったのは遙のほうだった。あぐりは、上半身に口唇を滑らせはじめた。遙がオーラルプレイを開始する。

葉山のリゾートマンションから盗み出した二種類の混合麻薬（ドラッグ・カクテル）は、まだ七百錠近くある。

四人の人質を薬物依存者にすれば、三人の悪党も数十億円は吐き出す気になるだろう。

見城は瞼（まぶた）を閉じた。蕩（とろ）けるような快感が全身に拡（ひろ）がりはじめた。

あとがき

なぜか、子供のころから優等生タイプとは反りが合わなかった。

特に学校秀才が苦手だった。彼らは、成績のよくない同級生を見下す傾向があった。そう感じたのは劣等生の僻み(ひが)だったのだろうか。

所詮(しょせん)、人間は五十歩百歩だ。たとえ学業、スポーツ、芸術面で秀(ひい)でていても思い上がってはいけない。謙虚さは必要だろう。

ぼくは、やたら正義を振り翳(かざ)す者にも距離を置きたくなる。どうしても偽善者っぽく感じてしまうからだ。

生身の人間は欲望や打算を棄(す)て切れない。そもそも人は愚(おろ)かで、弱い動物である。高潔な生き方は望ましいが、それを貫くことはきわめて難しい。賢人や聖者とて例外ではないだろう。

綺麗事を真顔(まがお)で口にする人たちはどうも信用できない。胡散(うさん)臭く思える。要注意人物だろう。

ぼくは、逆に露悪趣味のある者に興味をそそられる。照れ隠しにことさら悪ぶる人間はたいがい好人物だ。経験則で、そのことを知っている。

勧善懲悪は大衆小説の王道だが、まともに直球を投げられたら、読み手は気恥ずかしくなるのではないか。斜に構えた読者は、作者の偽善を見抜くにちがいない。ＳＦやファンタジーなどは別だが、等身大の人間を描くことが小説の基本だろう。

そうした思いがあって、ぼくは二十代の半ばから少し屈折した若者を主人公に据えた青春小説を学年誌やジュニア小説誌で十五年ほど書いてきた。文庫の書き下ろしも手がけた。

いつからか、読者受けを狙って〝いい話〟を題材にするようになっていた。そのことを自覚したとたん、ぼくは自分が偽善者に成り下がったようで落ち着かなくなった。同時に、尖った青春ハードボイルドを紡ぎ出せなくなったことに苛立つようにもなっていた。いま思えば、スランプだったのかもしれない。

折よく三十八歳のとき、『西日本スポーツ』で百八十回の連載小説を書くチャンスを与えられた。学芸通信社による配信で、求められたのはスピード感のあるハードサスペンスだった。

その『獣たちのカーニバル』は連載後、春陽堂書店で文庫になった。反応は悪くなかったようだ。それに力づけられて、ぼくは大人向けエンターテインメントにシフトした。迷いはなかった。何事にも潮時がある。

それ以来、さまざまな犯罪サスペンスと警察小説を三十五年あまり執筆してきた。二次文庫を含めれば、拙著は六百数十冊になった。その中でも、当シリーズは多くの読者に恵まれた。作者の励みになったことは言うまでもないだろう。

この『飼育者』は五、六回増刷された。さらに『強請』というタイトルで、Vシネマ化もされた。主演は竹内力だった。

小説の主人公・見城豪は元刑事の私立探偵である。それが本業だが、裏の顔は非情な強請屋だ。見城は女と金に目がない。本音で生き、欲望にはきわめて忠実だ。

要領よく立ち回っているが、心根までは腐っていない。正義感の欠片は残しているし、卑怯者でもなかった。他人の憂いには敏感だ。

弱者に注ぐ眼差しは常に温かい。法網を巧妙にすり抜けている救いがたい犯罪者たちをぶちのめし、汚れた大金をせしめているだけだ。といっても、義賊を気取っているわけではない。無法者だが、侠気のある好漢に描いた。

当シリーズの刊行が開始されたのは一九九四年八月だ。徳間書店で十五冊書き下ろした。時代設定はあえて変更しなかった。その当時の空気を味わってもらいたかったのだ。

まだインターネットもスマートフォンも普及していなかった。二十五年ほど前の社会や出来事を中高年層は懐かしく思い出されるのではないだろうか。その時代を知らない若い世代は、ある種の新鮮さを覚えるかもしれない。

すでにバブル経済は崩壊していたが、まだ世の中は熱気に包まれていた。妙な高揚感が漂い、人々は平成不況を実感していなかったようだ。

サスペンスフルなストーリー展開になっているが、謎解きはそれほど複雑ではない。不自然なトリックも使わなかった。

肩の凝らない悪漢（ピカレスク）サスペンスを娯（たの）しんでいただきたい。息抜きになれば、作者の張りになるだろう。

本書は、二〇一三年一月に徳間文庫から刊行された作品に、著者が大幅に加筆修正したものです。

本作品はフィクションであり、実在の個人・団体とは一切関係がありません。（編集部）

実業之日本社文庫　最新刊

伊東 潤
敗者烈伝
歴史の敗者から人生を学べ！　古代から幕末・明治まで、日本史上に燦然と輝きを放ち、敗れ去った英雄たちの「敗因」に迫る歴史エッセイ。（解説・河合 敦）
い141

倉阪鬼一郎
しあわせ重ね　人情料理わん屋
身重のおみねのために真造の妹の真沙が助っ人に。そこへおみねの弟である文佐も料理の修行にやって来たことで、幸せが重なっていく。江戸人情物語。
く46

沢里裕二
極道刑事 ミッドナイトシャッフル
新宿歌舞伎町のソープランドが、カチコミをかけられた。襲撃したのは上野の組の者。裏には地面師たちのたくらみがあった!?　大人気シリーズ第3弾！
さ39

余非　嶋中 潤
オーバー・エベレスト 陰謀の氷壁
山岳救助隊「ウィングス」に舞い込んだ超高額依頼。エベレストへ飛び立つ隊員を待ち受ける陰謀とは!?　日中合作のスペクタクルムービーを完全小説化！
し42

朱川湊人
私の幽霊　ニーチェ女史の異界手帖
日枝真樹子は、故郷で高校生時代の自分にそっくりな幽霊を目撃することに……。博物学者と不思議な事件を解明していく、感動のミステリーワールド！
し32

田丸雅智
ふしぎの旅人
ふしぎな旅の果てにあるのは、楽園、異世界、それとも…？　世界のあちこちで繰り広げられる、旅をテーマにしたショートショート集。（解説・せきしろ）
た101

実業之日本社文庫　好評既刊

南 英男
刑事（デカ）くずれ
刑事を退職し、今は法で裁けぬ悪党を闇に葬る裏便利屋・郷力恭輔。彼が捨て身覚悟で守りたいものとは？灼熱のハードサスペンス！

み71

南 英男
裏捜査
美人女医を狙う巨悪の影を追え――元SAT隊員にして始末屋のアウトローが、巧妙に仕組まれた医療事故の陰謀に鉄槌を下す！　長編傑作ハードサスペンス。

み72

南 英男
切断魔　警視庁特命捜査官
殺人現場には刃物で抉られた臓器、切断された五指が。美しい女を狙う悪魔の狂気。戦慄の殺人事件を警視庁特命警部が追う。累計30万部突破のベストセラー！

み73

南 英男
特命警部
警視庁副総監直属で特命捜査対策室に籍を置く畔上拳。未解決事件をあらゆる手を使い解決に導く。元部下の巡査部長が殺された事件も極秘捜査を命じられ…。

み74

南 英男
特命警部　醜悪
闇ビジネスの黒幕を壊滅せよ！　犯罪ジャーナリストを殺したのは誰か。警視庁副総監直属の特命捜査官・畔上拳に極秘指令が下った。意外な巨悪の正体は？

み75

実業之日本社文庫　好評既刊

南英男
特命警部　狙撃
新宿の街で狙撃された覆面捜査官・畔上拳。本人は助かったが、流れ弾に当たって妊婦が死亡。その夫は畔上を逆恨みし復讐の念を焦がす……シリーズ第3弾！
み76

南英男
特命警部　札束
多摩川河川敷のホームレス殺人の裏で謎の大金が動いていた——事件に隠された陰謀とは!?　覆面刑事が闇に葬られた弱者を弔い巨悪を叩くシリーズ最終巻。
み77

南英男
報復の犬
ガソリンで焼殺された罪なき弟。復讐の狂犬となった、元自衛隊員の兄は犯人を追跡するが、逆に命を狙われ……壮絶な戦いを描くアクションサスペンス！
み78

南英男
探偵刑事（デカ）
警視庁特命対策室の郡司直哉は探偵稼業を裏の顔に持つ刑事。正義の男の無念を晴らすべく、手段を選ばぬ怒りの鉄拳が炸裂。書下ろし痛快ハードサスペンス！
み79

南英男
捜査魂
誤認逮捕によって警視庁のエリート刑事から新宿署生活安全課に飛ばされた生方猛が、さらに殺人の嫌疑をかけられ……刑事の誇りを賭けて、男は真相を追う！
み710

実業之日本社文庫 み7 13

飼育者(しいくしゃ) 強請屋稼業(ゆすりやかぎょう)

2019年10月15日　初版第1刷発行

著　者　南 英男(みなみひでお)

発行者　岩野裕一
発行所　株式会社実業之日本社
〒107-0062　東京都港区南青山5-4-30
CoSTUME NATIONAL Aoyama Complex 2F
電話［編集］03(6809)0473［販売］03(6809)0495
ホームページ　http://www.j-n.co.jp/
DTP　ラッシュ
印刷所　大日本印刷株式会社
製本所　大日本印刷株式会社

フォーマットデザイン　鈴木正道(Suzuki Design)

ISBN978-4-408-55546-1（第二文芸）